崇贤文化丛书

崇贤记忆

王跃田　许　莹◎主编

浙江工商大学出版社

图书在版编目(CIP)数据

崇贤记忆 / 王跃田,许莹主编. —杭州:浙江工商大学出版社,2013.10

(崇贤文化丛书)

ISBN 978-7-5178-0039-2

Ⅰ.①崇… Ⅱ.①王… ②许… Ⅲ.①纪实文学—作品集—中国—当代 Ⅳ.①I25

中国版本图书馆 CIP 数据核字(2013)第 246868 号

崇贤记忆

王跃田　许　莹　主编

策划编辑	沈　娴	
责任编辑	沈　娴　李相玲	
封面设计	王妤驰	
责任印制	汪　俊	
出版发行	浙江工商大学出版社	
	(杭州市教工路 198 号　邮政编码 310012)	
	(E-mail:zjgsupress@163.com)	
	(网址:http://www.zjgsupress.com)	
	电话:0571-88904980,88831806(传真)	
排　　版	杭州朝曦图文设计有限公司	
印　　刷	浙江云广印业有限公司	
开　　本	880mm×1230mm　1/32	
印　　张	8.625	
字　　数	170 千	
版 印 次	2013 年 10 月第 1 版　2013 年 10 月第 1 次印刷	
书　　号	ISBN 978-7-5178-0039-2	
定　　价	28.00 元	

目　　录

下　卷·我与崇贤

崇贤记忆

目 录

序

让记忆真实并感人——《崇贤文化丛书——崇贤记忆》 | 董复新

崇贤记忆

记忆,是历史的一部分,因而,捍卫记忆也就是捍卫历史。人需有记忆,社会需有历史,如此,《崇贤文化丛书》便有了《崇贤记忆》这一册。

一本怀旧的好书,不在于篇幅的长短,也不在于文字的华丽,它的魅力在于,令读者在不经意中感受时间的流逝和历史的沧桑,瞬间感到怀旧的亲近和温暖,昔日的生活扑面而来。感谢《崇贤记忆》的作者们,为崇贤留下了真实而感人的记忆。

用真实打动人,也许是作文的最高境界。收录在《崇贤记忆》里的三十多篇文稿,均从真人真事出发,艺术地再现了生活的真实。因而,《崇贤记忆》既可以当作崇贤的故事来读,也可以当作崇贤的历史来读。古人云:"修辞立其诚。"行文首先要诚恳、诚实。态度坦诚,内容真实,文章才能打动人心,才能滋养人心。

用记忆感染人,是《崇贤记忆》追求的目标之一。《鸭兰春雷》,

是我们的红色记忆;《裘家兜, 1973》,是知识青年上山下乡的记忆;《怀念战友黄玉山》,是复员军人们军营生涯的记忆;《野荡儿,童年的乐园》,是我们童年生活的记忆;《造屋》,是农民改善住房条件的记忆……方方面面的崇贤记忆,渲染着崇贤形形色色的人。

记忆是私人的,每个人都有专属于自己的回忆,但如果把记忆和人类社会发展过程联系在一起的话,你会发现正是这一个一个人的记忆汇成了浩瀚的历史之海。作为个人,我们人生的昨日、今日、明日靠记忆串联;作为社会成员,我们通过他人的记忆来认识世界,感知兴亡,唯有这样,才能清晰地看到眼前的光明与美好、黯淡与缺失。

一位伟人曾经说过,忘记过去,就意味着背叛。崇贤民间有句俗话,叫作"吃苦不记苦,到老没结果"。这就告诉我们,无论是美好的记忆,还是苦难的记忆,都不能轻易忘怀。事实上,记忆是很难自灭的,《崇贤记忆》能结集,就足以说明这一点。

用真实打动人,让记忆感染人,将纪实转变为文化,用艺术再现历史——这恐怕是《崇贤记忆》的作者、编者们的心愿。

是为序。

崇贤记忆

上卷·回味光阴

发生在大食堂里的故事 | 陆云松

这里所说的大食堂，不是某单位的大食堂，也非某机关的大食堂，而是人民公社时期创办的大食堂。这里记述的，就是发生在公社大食堂里的故事。

敞开肚皮吃饱饭

1958 年，我已步入很想吃、很会吃的年龄段。一天，刚成立不久的四维人民公社，豪情满怀地宣称：人民公社要办吃饭不要钱的大食堂！紧接着，"敞开肚皮吃饱饭，欢欢喜喜搞生产"的宣传标语也上了墙。与我年纪相仿的伙伴们，见了这么诱人的广告语（那时叫宣传标语），高兴得不得了，巴不得"敞开肚皮吃饱饭"的大食堂，明天就能办起来。可我们的父辈、爷辈们，却少有我们那种激动，上面几次催他们把家里烧饭的灶头扒了，他们就是迟迟不动手。我爷爷胆子小，去开了两次会，回家后也只在灶头上敲掉了几块砖头，象征性地扒了一点。来检查的干部明知故问："为什么不扒光？"爷爷答："日里要下田，没有空，晚上再扒。"也就搪塞过去了。

崇贤记忆

上 卷·回味光阴

几个胆大的贫下中农,连象征性地扒一点的动作也没有。于是,上面就派来一位大干部,东家进、西家出地做大家的工作。这位大干部,据说老家在山东,是一位南下干部,姓崔。有的叫他"崔书记",有的叫他"崔同志"。崔同志上门做过工作后开了个会。在会上,崔同志这个那个地讲了一大堆,归纳起来有三点:第一,人民公社办大食堂,可以让原本整天围着锅台转的女同志参加田间劳动,解放了生产力;第二,把几十户、几百户人家的饭菜合在一起烧,既省工、又省柴,符合"多快好省"的总路线精神;第三,办吃饭不要钱,要吃多少就吃多少的大食堂,体现了共产主义按需分配的原则,是"跑步进入共产主义"。最后,崔书记强调:"不拥护办大食堂,就是不拥护走共产主义道路,不拥护过共产主义生活!"

这次会议过后的五六天,我们村里的大食堂就办起来了,紧邻我家的三间公房和我家的两间前屋,成了四维人民公社崇贤管理区木塘坝大队石前村的大食堂。大食堂没置办什么值钱的家当,最贵重的是占据半间屋子的老虎灶和安在老虎灶上的两口大铁锅,其中烧粥烧饭的那口大铁锅上,还安了一只高过四市尺,无底有盖、环径与铁锅一样大小的大木桶,以确保一口锅能烧出足够两百多人吃的粥和饭。吃饭时所需的桌凳和碗筷,是农民各自从家中拿来的。四十多张吃饭桌,将五间卸下堂门的厅屋塞得满满当当,食堂成了名副其实的"大"食堂。

大食堂没有食言,真正做到了"敞开肚皮吃饱饭"。开饭时,四只盛满米饭的大木桶,呈一字形摆放在大食堂中间,要吃多少就去盛多少，要吃几碗就去盛几碗；至于菜肴，地上种什么，食堂就烧什么，我们就吃什么，豆瓣酱炒青菜、豆瓣儿滚腌菜，吃得有滋有味。

挂 饭 坎

忽然有一天，队里抽干了一个小鱼塘，鲢鱼包头鱼捉了两草篰，队长说，一条也不卖，统统送到食堂去。食堂里飘出了鱼香味，我早早候在了饭桌旁。这一天，崔书记也来了。他在食堂里东看看，西瞅瞅。他说："办得这样好的大食堂，应该通知周边村的领导来看看，受受启发。"于是，他便问刚跨进食堂大门的宝松伯："你们这里有地主富农吗？"崔书记一口山东腔，不知是宝松伯没听懂，还是不愿讲，他摇了摇头不开腔。正在这时，我家的小爷爷也走进了大食堂，他听后，立马回答："我就是地主，叫陆文虎。"崔书记一听，脸上就没了阳光，立马把宝松伯推出大食堂门外，虎着脸说："你不老实，包庇地主富农，今天挂你的饭坎！"宝松伯不带饭坎，食堂里只有饭桶，也没有饭坎，崔书记拿什么来挂饭坎？其实挂饭坎就是不让吃饭的代名词。这一天，宝松伯真的被拒之食堂门外，难得的鱼汤饭没有吃上。不过，香喷喷的鱼汤饭，崔书记和小爷爷叫来的几位队干部，也只有眼里过，没有肚里过。这一点，至今想来，还很佩服他们。

从这之后，大食堂不断发生挂饭坎的故事。我们村里，有个叫马松根的汉子，他虽斗大的字不识一箩，但说话水平很高，三言两语就能把很难说清楚的问题说得明明白白。人民公社头一年年底分红,有人问松根分到了多少钞票,松根实话实说:"日做夜做没得歇,铁耙做得银子式,钞票分得三块七,卖了蜡台过大年。"这话一传传到崔书记的耳朵里,说松根对现实不满,便挂了他一天的饭坎。松根不服要冲到食堂里去吃饭。崔书记不仅不让,还说:"你若不是长工出身,文盲一个,就给你戴上右派分子的帽子!"言下之意,挂他的饭坎,是轻饶了他。

翻 桌 子

"敞开肚皮吃饱饭"还没吃到一个月,大食堂里发生了饭桌四脚朝天的"翻桌子"事件。事件的当事人是全村公认的老实人,名叫邵炳元。

邵炳元,新中国成立前在一户地主家做过大长工。所谓大长工,就是长工们的头头,相当于现在宾馆饭店的领班、工矿企业的工段长。据说,一般长工的年薪是三石至五石米,而他的年薪是九石米。人民公社刚成立时,推行的是八级工资制,炳元是我们村里唯一一位被大伙定为八级工的平头百姓,这足以说明他是一位说得很少、做得很好的老实人。要是他说得也很好,队长非他莫属。

新中国成立后,邵炳元才成家立业。结婚后,在不到九年的时间里,妻子给他生了四男一女五个孩子。在吃食堂饭的时候,最大的孩子才八岁,最小的还不满周岁。我们石前村的村民,大多数居住在石前浜北岸,大食堂就办在浜北岸的中间地段,大家走过去吃饭较为方便。可炳元一家人，却居住在石前浜南岸最西端，小地名叫角落里。一家人到大食堂吃饭，要从浜南西端走到浜北的中间，足有五百多米路程，且要过一条泥土筑的河堤，来来回回到食堂去吃饭，晴天还可应付，夫妻俩各怀里抱一个、手里拉一个，很快就能走完这段路。可一到雨天，泥泞路滑，麻烦就大了，夫妻还得来回走两趟，背着没有雨鞋的孩子来吃饭。这一天，当炳元的妻子撑着雨伞，背着孩子去食堂吃饭时，一不小心，脚下一滑，连人带伞一并滚到了河滩上，顿时呼声哭声连成一片。已背了两趟孩子，正在饭桌边等妻子的炳元见状，一气之下，"砰"的一声将自家的饭桌掀了个底朝天。

老实人、老贫农的这一举动，似于无声处的惊雷，将父辈、爷辈们对吃大锅饭的怨气一下子从肚里扑向口外。但它丝毫没有动摇村里跑步进入共产主义者的信念，大食堂照办不误，炳元夫妻还得天天拖儿带女地去大食堂吃饭。

吃荸荠粥

翻桌事件过后约一月，大食堂不再强调敞开肚皮吃饱饭，而是强调技术革新提高出饭率，原定一斤米烧两斤半的饭、六斤粥的标准，要求提高到一斤米烧三斤饭、八斤粥。措施是全民动员，各显神通。各显神通的结果，便有了提高出饭率的第一招：烧炒米饭。烧炒米饭的制作方法是：先将米炒熟，然后再上蒸笼将炒熟的米蒸成饭，说是炒熟的米胀性好。结果呢，炒米饭不仅没有提高出饭率,有的还成了僵米饭,吃了一餐就停了。第一招不成,就有了第二招:将一日三餐的两干一稀改为两稀一干,即早晚吃稀饭,中午吃干饭。这一招倒没有招致怨声载道。可好景不长,不到一周,又出第三招:将一日三餐的一干两稀,改为一日三餐统统稀。那一年,我已十七岁,一日三餐稀,对我来说,差不多一天有一半时间在饥饿中煎熬。每到呼噜呼噜喝粥时,我免不了要发出一些怨气声。每到这时,爷爷往往会瞪着眼睛说一句:"知足吧,怕只怕三餐粥也吃不长。"果真,被爷爷言中了。于是便有了第四招:吃荸荠粥。美名曰"以蔬果代粮"。制作荸荠粥的步骤是,先将荸荠上的泥用大篮洗净,接着请不下田劳动的老奶奶、小姑娘一只一只地将荸荠芽、荸荠衣抹净,然后再把抹净荸荠芽、荸荠衣的荸荠倒进大篮里洗一次,沥干水后倒进原先舂米的石臼里,将荸荠夯成糯糊状,最后倒进锅里,加上少量的大米一起煮。

荸荠粥并不难吃,头几天觉得甜滋滋的,很可口。但它毕竟是蔬果,不是粮食,吃多了,还滑肠,拉屎和拉尿一样轻松。于是,我们天天盼着能换换口味,能吃上一餐白米饭或白米粥。可白米饭、白米粥没盼上,天天餐餐供应荸荠粥的石前食堂,却被公社评为模范食堂,三天两头有人来开现场会,说我们石前食堂的荸荠粥煮得好,甜甜的没有一点泥土味,是人见人爱的营养品,石前食堂制作荸荠粥的"洗——净——洗——夯——烧"工艺,在全公社得到推广。想想也是,每到开饭的时候,石前食堂门口天天停满走村串户的匠人们的铜匠担、补碗担、补鞋担和剃头担。若是石前食堂的荸荠粥煮得不好，这些吃过百家饭的工匠会拿着粮票、钞票来吃吗？

几次现场会开过后，全公社的吃饭问题不仅没有得到改善，可怕的消息却接二连三地传到我们的耳朵里。先是听说梅子湾的大食堂，荸荠没了，水草煮粥已煮了十多天，后又听说南山的大食堂，开始供应树皮草根了。得到这些信息后，石前人觉得很庆幸，水草粥仅象征性地吃了一餐，荸荠粥仍天天敞开供应。可过后不久，原本整天笑眯眯的食堂主任，脸上没了笑容，大人们也三三两两地在窃窃私语，大食堂要怎么样怎么样了？不久，模范食堂也不得不硬着头皮宣布：荸荠粥无法敞开供应了。由此，一个新名词——"饭人口"，在饥荒中诞生了。

饭 人 口

"饭人口"的书面语言是"折实人口"，"饭人口"是折实人口的俗称。顾名思义，"饭人口"不是有一个人算一个人的人口，是分饭吃的人口。那么，这折实人口是怎么"折"出来的呢？列表如下：

年龄	1岁	2岁	3岁	4岁	5岁	6岁	7岁	8岁	9岁	10岁	11岁	12岁	13岁	14岁	15岁
折实人口	0.1人	0.2人	0.25人	0.3人	0.35人	0.4人	0.45人	0.5人	0.55人	0.6人	0.65人	0.7人	0.75人	0.8人	0.85人

16岁	17岁	18—60岁	61—65岁	66—70岁	71—75岁	76岁以上
0.9人	0.95人	1人	0.95人	0.9人	0.85人	0.8人

　　大食堂按饭人口定量分配到户后,吃饭用的桌台板凳都各自被人们搬回了家。

　　那时,我家有五口人,我和小叔十七岁,饭人口是 0.95 人;胞弟十三岁,饭人口是 0.75 人;爷爷奶奶还不满六十岁,是十足人口。全家五口人打折后的饭人口是 4.55 人,大食堂分配给我家的定量是早餐,荸荠粥七斤;中餐,荸荠粥九斤;晚餐,荸荠粥八斤。这样的定量,要是现在,恐怕有的人还吃光。可在那时,一无荤腥,二无零食。一天清汤水三餐荸荠粥,吃了像没吃过一样,肚皮整天空荡荡的。"早七中九晚八"吃了约一个月,大食堂又降低了定量标准,我家的定量变为"早五中七晚六"。这样一来,男劳力少,女人小孩多的人家,还勉强可以过过,而男劳力多,女人小孩少,尤其是单身汉,日子就难过了。我们村里有个单身汉,名叫陆福根,想必是饿昏了头。有一天半夜里,他悄悄地起来,出门偷了一小篮队里藏在地窖里的种番薯。在回家的路上,正巧被从公社开会回来的队干部碰到。福根伯连忙叩头求饶,并立马把一小篮种番薯放还回地窖。尽管那位队干部没有把他送到公社去,只对他说了句不轻不重的大实话:"阿福啊,你年纪一大把了,难道'宁可饿死,不食种子'的道理还不懂?"可福根回到屋里,年仅三十六岁的他,还是悬梁自尽了。

柴　荒

　　粮荒尚未缓解,柴荒已接踵而至。

大食堂里没柴烧饭了，先遭殃的是长在河滩旁、坟墩边的榆树、樟树等杂树。石前大家坟头的那棵百年大樟树，就是那个时候砍掉的。大樟树砍倒之后，盘踞在树洞的数百条蛇，同时遭了殃。杂树砍光了，便砍树大柴多的柿子树、梅子树、枣子树等果树。我们石前村的村后和村东，原本都是梅子园和柿子林，结果被大食堂砍得一棵不剩；果树砍光了，便砍用来采叶养蚕的桑树。

　　无论是杂树、果树，还是桑树，长在地上的时候都是活树，砍伐后，活树便变成了湿柴。不经过十天半月的风吹日晒，湿柴很难变成引火就燃烧的燥柴，这就苦了食堂里的炊事员，原先烧稻草，烧豆梗的时候，炊事员早上五点起来烧早饭即可，烧湿滋滋的硬柴，即使提早到凌晨两三点，有时还是会耽误开饭的时间。烧了一段时间湿硬柴，很是辛苦的食堂人员，终于找到了一个湿柴能快速变燥柴的窍门：每天晚饭烧好熄火之后，将烧早饭所需的一部分硬柴，塞进热烘烘的灶膛里烘烤，早上起来用豆梗之类的软柴引火，烘燥的硬柴很快会窜出熊熊烈火，不用一个小时，早饭就能烧好。可窍门再巧，也会有马失前蹄的时候。有一天早上，我去食堂打早粥，食堂里不仅没粥可打，工作人员还在手忙脚乱地"熏野猫"。原来，这一天塞在灶膛里烘烤的湿硬柴，在半夜里就自燃起来了，等食堂人员起来烧早饭，灶膛里已无燥柴了。好在食堂人员歇工前，在烧粥的大锅里装满了水，否则，铁锅会炼成铁水，后果不堪设想。结果，这一餐早饭开饭时，已是"锄禾日当午"的时候了。

轮 流 碾 米

　　回忆吃公社大食堂的日子,饥饿的滋味和恶吃的滋味,一直萦绕心头,挥之不去。

　　饥饿的滋味,一句话就说得清道得明,肚皮饿得咕咕叫,顿觉五脏六腑在翻腾。恶吃的滋味得从轮流碾米中细细道来。那个时候,无论是很会吃、很想吃的年轻人,还是相对来说食量较小的老年人,最大的期盼当属能吃上一餐白米饭,而能吃上一餐白米饭的机会,只有被食堂派到加工场去碾米时才能获得。那时碾米的加工场还不普遍,离石前食堂最近的加工场坐落在青龙桥,碾米时将稻谷背上船,再将装满稻谷的船摇到青龙桥,需两三个小时,若米尚未碾好便到了饭点上,可以在加工场的灶头上烧一餐白米饭吃。去碾米的劳力,开始时是食堂主任指派的,指派了几次后,没指派到的人就有了意见。于是,就变指派为轮流,凡十八岁至六十岁的男劳力,都写进了一张轮流表里。那一年,我正好十八岁,轮流表上就有我的大名,排名虽不靠前,但估算了一下,两三个月后就会轮到我。吃到一餐白米饭已指日可待,为期不远了,我心里自然挺激动。能吃上白米饭的时刻终于到来了。这一天吃早饭的时候,平时从不嫌我多吃的爷爷,低头对我说:"今天你去碾米,早饭少吃碗。"我心领神会,喝了一饭碗薄粥就不喝了。

　　轮到这一天去碾米的有三个人,阿林、阿华和我。阿林和阿华比我年长十来岁,正是年富力强的年纪。我们将装满稻谷的农船摇到青龙桥加工场时，沈家塘食堂的人已在加工稻谷了。于是，我们就只好排在后面等，等了一会儿，阿华提议，趁现在空着没事干，可以烧饭吃。我们都说好。我们的谷还没碾成米，阿华就向已碾成米的沈家塘借了三斤米生火烧饭。那个时候的人，真当个个是饿鬼投胎，三斤米做的饭，外加五分钱什锦菜，吃得你朝我看看，我朝你看看，都说有饭还吃得下。等我们把米碾好，已是下午3点，照理个把小时的水路，赶到石前吃晚饭还早，然而，我们偏不急于往回赶，从米袋里捧了些米，要在加工场烧了饭，吃了晚饭再回去。这次烧饭的米，不用还，我们胡乱从在米袋里捧了些，没过秤，估计一定超过三斤，因为我们三人都吃得饱饱的了，锅里毛估估还有两碗剩饭。阿林说，浪费掉要天打死的，得分分吃下去。于是，我们把剩饭分成三份，和着什锦菜慢慢吃着。吃着吃着，恶吃的滋味就来了，肚皮胀鼓鼓的，身子一动肚皮就跟着痛起来。回到船里，我想吐掉点又吐不出来，便躺倒在米袋上。刚躺下，阿华说，快起来，饭吃得太饱了不能躺着，躺着不动要生病的。我连忙爬起来，准备去摇船，可阿林说，摇船的动作太激烈，不让我摇。躺也不行，摇也不能，我便踏着米袋从船头走到船尾，再从船尾走到船头，来来回回地走着。船到石前食堂河埠头时，饭饱导致的胀痛有所缓和，但我仍担心背不动米袋会露出恶吃的马脚。正在这时，崔书记踱着方步来了。他说："这米不用背到食堂里去了，刚才召开了紧急会议，传达了关于人民公社若干意见的'六十条'，这些米得按饭人口分到户里去。"听崔书记这么一说，我心里高兴得不得了。第二天，大食堂就关门大吉，但按饭人口分粮的模式一直延续到二十二年之后的 1982 年。

有一种财富叫记忆。记住发生在大食堂里的故事，是期盼人世间不再发生类似大食堂里发生过的故事。

造屋 | 陆云松

在我手里，造过三次屋。

第一次造屋是在 1972 年，不是造新屋，而是拆屋造屋。

我家祖传的老宅，可以说是当时石前村最大的建筑，前后各有五间大房子，大房与小房的连接处还有许多辅助房。整个房屋群，东边是我家的，西边是小爷爷家的。属于我家的房屋中有两间九椽头起架梁的大屋，大屋的门面和堂前的板壁不是木板，而是落地门窗。两间大屋后面有两间六椽头的灶披楼。灶披楼后面有一个长穿堂。长穿堂后面是三间和九架梁大屋差不多的大屋。说差不多，而不是完全相同，是因为前面的大屋没有楼板，后厅三间大屋的前半间有楼板；三间大屋的后面，还有一个小穿堂。长长的一埭房屋，大大小小有十一间，前前后后有三个天井。

1969 年，经过"漏划富农"的惊吓后，爷爷决定要分家。那时，土地是集体的，分家其实就是分房屋。我们分家与人家分家不同。人家分家是同胞兄弟分，我们分家是叔叔同侄儿分。但前来分家的东户阿爹仍坚持按老规矩分，即小叔得一半祖产，我和胞弟代表我们已故的父亲得一半祖产。按照老规矩分,这是天经地义的事,分家的原则就这样定了下来。接下去的事情就是怎样分这么长长的一埭房子了。显然,我们的分房是无法像爷爷辈那样,从前屋到后屋各一半了,若再这样分,穿堂恐怕就成走廊了。于是,有备而来的东户阿爹就推出了第一个分房方案:以灶披楼后面的那堵墙为界,拦腰截断一分为二,一个拿前面的屋,一个拿后面的屋。大家都同意了这个分房方案。遵照方案,我父亲是长子,我和胞弟理应拿前面的屋,但东户阿爹考虑到我们两兄弟都已成家,若拿前面的屋,虽有出面,但房屋的面积要少一些,若拿后面的屋,虽无出面,但房屋的面积要多一些,于是,建议我们两兄弟拿后面的屋。我和胞弟领受了长辈们的一番好意,同意拿后面的屋。一心想要前屋的小叔自然求之不得。分家一个上午就分好了。

分家后,后屋没有出面,在生活上带来诸多的不便。1972年春,我便萌发了拆屋造屋的想法,计划将主屋前后的两个大小穿堂拆掉,在主屋后的竹园地上建造三间七椽头的小屋。这一设想得到爷爷和胞弟的认可。我们便请懂得建筑的堂叔计算拆了穿堂造三间七椽头的小屋还缺哪些材料。堂叔家的房屋结构和我家的一模一样,他不用看就对我说,桁条、柱脚、瓦片绰绰有余,缺的就是椽子和砖头。我问缺多少,他说,穿堂上的椽子有长有短,短的无法用,估计缺少五椽一百余根,拆下来的砖头是单砖,只能砌后墙,而搁桁条的山墙,须买窑上的八五砖,至少要四千块。那时胞弟在大队开办的砖厂烧窑,用稻草调砖头的事就由他办,我则到处打听哪里有橡子卖。忽一日,船腰里的阿根告诉我,塘河西岸栅庄桥有橡子卖。我听后喜不可言,第二天一早,便向生产队里借了条船,去栅庄桥买橡子。摇到那里一看,堆在供销社里的哪里是橡子,分明是细细的拖把柄。一问价钱,两角钱一根,不是很贵。这样的"橡子",是买还是不买? 正当我犯难之间,匆匆跑来一位当地人,不假思索地买走了两捆"橡子",共四十根。我问:"你买去派啥用场呀?"他说:"造屋做橡子呀,上次买得少了,用用不够,再来添两捆。""这么细,能做橡子么?"我又问,他说:"一根太细,两根一并就不细了,总比草绳扎起来的竹竿橡子强呀!"我一听觉得蛮有道理,就买了两百根。其后,胞弟把用稻草调换的砖头载回家,"双抢"顺利结束。我们将余粮卖掉,钞票分进后就开始拆屋造屋。

那时造屋,尤其是拆屋造屋,其实不需要花多少钱的。大队里有个建筑队,本队社员造房子,泥水匠和木匠的劳动付出,可以靠划工分抵消,东家只需付每个帮工两角钱的工具费。拆屋造屋的最大费用,是"开伙仓",即招待帮工吃饭的开销。招待帮工吃饭,一天要招待三餐:中饭、点心、晚饭。中饭不上酒,点心不上菜,晚饭上酒但限量,每桌上两斤黄酒,价值六角六分。菜肴以黄豆、芋艿、青菜、萝卜为主,鱼肉之类的荤菜虽有一点,但量极少,仅仅是多一只菜碗而已。中午吃饭时发一包雄狮牌、旗鼓牌之类的香烟,但平时不吸烟的一般都不拿,饭后仍放在桌上。那一年早稻分红,我家分得四十元,东借西借借了七十元,加上积蓄,开伙仓的钱已筹集到近两百元,我心想,"开伙仓"的钱足够也。殊不料,头一天除旧(民间拆屋称除旧)加放样,不请自来的帮工有四十来人,包括泥工、木工,"伙仓"开了七桌。第二天埋墙脚砌石脚,帮工来了五十来人,"伙仓"开了九桌……四天"伙仓"开下来,到第五天要上梁的这一天,身边只剩下了二十元钱。那时,虽不时兴摆上梁酒,也无力置办上梁酒,但上梁这一天的伙食要好一点的风俗还是不可违的,二十元钱显然难以跨过这个坎。为此,这一天席散人走之后,我便硬着头皮去敲邻居有富家的门。有富是生产队里的经济保管员,我说明来意之后,就壮着胆子开口向队里借八十元公款,两个月后卖了毛猪归还。有富听后一言不发,只是不停地吸烟,一支烟吸完,才说:"我借你三十元,队里借你五十元,队里的钱捆了毛猪一定要还。"我连声说"好",并要写借条。有富急忙制止说:"不用写,也不能跟外人说。"

那次拆屋造屋所欠的经济债,自然很快就还清,但所欠下的人情债,有的至今尚未还。比如,我家拆屋造屋时石前村两个生产队五十多户人家家家都来帮过工,有的更是从头帮到尾。而我在他们造房时,已进了一家单位。吃人一碗,服人使唤,身不由己的我无法一一去帮工、去还情,大都是提前下班赶去象征性地做一点,或者只是到一到、看一看,有的时候连到一到都做不到。尤其是本家的小叔和堂叔造屋的时候。我家拆屋造屋时,懂点建筑的堂叔既是工段长,也是实干家,劳的心、费的力,绝对不比我少。小叔则是日日天未亮就去街上帮我买菜,上梁这天还半夜动身,步行到杭州拱宸桥去排队买猪肠。而到了他家造屋的时候,我去帮忙的时间还是去吃饭的时间多。还有那可亲可敬的小姑，除了天天来烧饭烧菜当"伙头"之外，还把她家里的洋葱、黄豆之类的农产品一包包一篮篮搬来，以丰富帮工桌上的菜肴……这些比金子还珍贵的亲情、友情，哪怕是在严寒的冬天，回想起来，心里也总是暖洋洋的。

第二次造屋，是在改革开放之后的 1984 年。

1982 年，土地分到户，我家分得四亩多水田，其中两亩一级田田土肥沃，灌水方便。1983 年早稻收起之后，我便在这块田里栽种了茭白。茭白田前面是村办造纸厂。需要灌溉的时候，就将造纸厂排在沟里的温水改排在茭白田里。可意想不到的是，这一"偷巧"，却"巧"出了奇迹：到了第二年"五一"节过后，人家的茭白还未打孕，我家两亩茭白的身子已鼓了起来，露出了白白的茭白。采头茬茭白这一天，天一亮我就下田去采茭白了，可采了一个多钟头，一百多行茭白连四行都没采完。乡亲们见了，便陆陆续续赶来帮忙。8 点过后，赶来帮忙的人越来越多了，我便跳到岸上当起了敬敬香烟、张张嘴巴的甩手掌柜。二十多位村邻忙到了天黑才把两亩茭白采完、捆好、装上船。草草吃过夜饭，我便和姨姐的儿子摇船到杭州环城北路的杭州蔬菜公司卖茭白。船摇到那儿，天已快亮了，蔬菜公司的值班经理见到了满满的一船茭白，还当是生产队集体的，便问："你们还没分田到户？"我说："1982 年就分了。"他又问："分田到户了为什么会有这么多茭白？"我反问道："为什么分田到户了就不能有这么多茭白？"说笑间，我们进了经理值班室。经理打了一通电话,回头对我说:"今年带草的茭白每一百斤二十元,你是第一个客户,头儿说了,折扣不打了(带草的茭白一般都打八至九折,这是惯例),就二十元一担。"我一听,心头一阵喜悦,虽说这趟茭白长在田里的时候我就知道它会卖个好价钱,但也没想到会有二十元一担,而且不打折扣,但出口的话却是"能否再高点"。值班经理笑笑说:"你就知足吧,过了今天,怕是没有这个价了。"十天过后,三趟茭白卖毕,存折上的余额已上升到三千两百元,这个数额已超过了我之前五年工资的总和。有了钱,我不能免俗,想到的第一件事便是造屋。

　　与胞弟分家时,我家分得了两间祖传的大屋以及一间 1972 年拆屋造屋时建成的小屋。小屋旁边有一块地,还可造一间屋。当然,这次造屋,不再是造小屋,而是准备将那间小屋拆了,在原地造两栋小楼房。粗粗估算了一下,存折上的钱已足够买建造两栋小楼的重头材料——砖头和预制板了。

　　那时购买建筑材料,市场上有两种价格,一种是国家计划价,一种是市场价。民间称前一种为"白市",后一种为"黑市"。崇贤乡村工业起步早,烧砖产能较低的土窑已升格为产能较高的轮窑。水泥厂、水泥预制构件厂都投入生产,产品均供不应求,开好票,付了钱,有时还提不到货,且价格都是市场价。

　　爷爷见我准备要造楼房了,就告诉我,老底子传下来造楼房要先买楼板。于是,我就赶到坐落在大华桥边的社办水泥预制构件厂去开了五十块五孔预制板,预定一个月后提货。提货这一天,我在邻居亲戚家请了八个壮劳力,租了四条水泥船去载预制板。当满载预制板的水泥船停靠在我家河埠头的时候,村书记施金祥正好路过,我和他打过招呼后,他问我:"要造楼房了?"我说:"是。"他又问:"造在哪里呀?"我说:"打算把后面的一间小屋拆了,在原基地上造两间小楼房。"他去过我家多次,对我家的居住环境一清二楚,便说:"太后面了,楼房应该造在前面。"我说:"楼房当然造在前面好,可前面哪有造房的基地呀!"他说:"你们生产队仓库旁边,不是还有一块可造房的空地吗?"书记说的那块空地,原来是生产队给社员倒毛灰的地方。土地分到户后,堆毛灰的地方也就成了一块空地。经书记这么一说,我顿觉眼前一亮:那块空地的南面是原生产队的晒谷场,东面是良田,西面是原生产队的库房,北面是阿年家的住房,楼房能造在那儿,两面凌空,乃风水宝地也!再一想,地方虽是好地方,但土地分到户时,这块空地已当杂边地分给了七八户人家(其中也有我家的二十几平方米),已分给人家的土地。能让出来给你造楼房吗? 书记听后,说:"工作我来帮你做,今天的预制板就不要扛到后面去了。"书记说到做到,三天后的傍晚,他亲自到我们的队里来召开户长会。他讲明会议的议题后,大家都默不出声。我一看这架势,猜想已是凶多吉少了,可书记很会做工作。他说:"今后大家都要平房改楼房,造房的基地只有今天我让你一点,明天他才能让你一点,平房改楼房的速度才会快起来。"他这一说,族中人天财头一个表示,分给他的那点地,愿意让给我家造楼房。接着,干爷家的三儿子金龙以及梅兴等邻里也都同意了。

柳暗花明,生产队仓库旁边的杂地很快成了我家的宅基地。

有了两面腾空的上好的宅基地,当然不再是拆掉一间小屋造两栋小楼了。而是决定将两间大屋拆掉,搬出去造两栋两层的楼外加两个平台。这一变,不仅建房材料需增加一倍多,而且原打算不用钢材的,现在也必须要用钢材浇大梁、浇门框、做窗栅了。那时的钢材很难买,要用这么多钢材到哪里去买呢?我想到的第一个人就是在杭州钢铁厂工作的老董。老董也是一位业余作者,我和他在《西湖》杂志社举办的一次创作班上结识,他也特地到崇贤来看过我。请求老董买钢材的信寄出一周后,老董就回了信。他在信里告诉我,他虽在钢铁厂工作,但要买钢材之类的事,实在帮不上忙,并希望我多多谅解。老董那儿没有指望了,只好厚着脸皮去找既是老乡又是纺机厂当家人的老俞。为什么要"厚着脸皮"呢?因为那时民间流传着一段顺口溜,叫作"大干部送上门,小干部开后门,老百姓骂山门"。我是属于开后门的那一类,觉得不光彩,买多了说不出口,就打算在老俞那儿只求购浇大梁的螺纹钢。说明情况后,老俞却说:"阿松啊,你自家造楼房,忙总是要帮的,但你买钢材不能这样买,今天买浇大梁的,明天买做窗栅的,后天买浇门框的,这样反而影响大,要买就在我这里一次性买足吧。没有什么不好意思的。"老俞肯帮这样的忙,我当然求之不得。

买了钢材,添了砖头,已负债三千多元,便决意造屋一切从简,能省的就省,五孔预制板只搁一层,不搁两层。可不知咋地,这事被时任崇贤公社的经委主任徐永祥知道了。他对我说:"现在造楼房,都搁两层预制板了,想办法争取搁两层!"我说:"谁不知道搁两层好,缺钱,白市买不到,黑市买不起,没办法呀!"过后不久的一天,水洪庙的松奎打电话给我,问我放在他那里的钢材何时去拿。我一听,懵了,便问:"哪来的钢材?"他说:"是永祥帮你买的,说你造楼房还缺一层预制板,要我留两百公斤钢材给你。"两百公斤足够加工一层预制板了,同买市场价预制板相比,钞票可省一半呢!我万万没有想到,无意间说的一番话,听者却放到了心上,让我好生感动。

那时造屋,买建筑材料很难,若要及时提到货更难。

石灰是在闲林石灰厂买的,可托向阳造纸厂载纸的便车去提了两次货,都说提不到货。电话打给闲林广播站的郑其产问他能否帮忙提到货。其产在电话里说:"找我帮忙提石灰,你找对了,我爱人就是闲林石灰厂的发货员,三吨石灰,无论上午来还是下午来,保你提到货。"隔天,同是托造纸厂的便车去提货,不仅一到就提到货,而且石灰质量特别好。

砖头,是在崇贤轮窑买的。同事阿云的家,就在轮窑附近,他有不少熟人在轮窑工作。于是,到轮窑提砖头的事,就顺理成章地托付给了阿云。可那时的砖头实在俏,尽管阿云在轮窑上有不少熟人,但一时还是提不到货。一天,阿云对我说:"五万块砖头想一天提完看来只能等到'双抢'期间了。"我问:"'双抢'一开始,载砖头的拖拉机都得下田耕作,到哪儿去叫载砖头的拖拉机呀?"阿云说:"宏畔那边拖拉机多,'双抢'耕田任务轻,我可以帮你到宏畔那边去叫。"我就说:"'双抢'过后想造屋,就请你一帮到底了。"提砖头的那一天,阿云从宏畔那边叫来了七台拖拉机,带了一帮人在轮窑帮我提砖头,我带了一帮人在家里卸砖头,五万块砖头不到太阳落山就提完。隔了四五天我才知道,即使是在"双抢"期间,提砖头也是你争我夺的。那天,阿云在"你争我夺"中与同在提砖的康桥人发生了冲突,阿云还受到了一些委屈。对此,直到今日我总觉得还欠着阿云一笔无法偿还的人情债。

第三次造屋是在2001年。这一次造屋,不是我要造,而是儿子要造。

那一年春节过后,儿子说今年要造新房。我说:"房子不漏不裂,上下都有卫生间,造什么房?"他说:"要造打地桩的三层楼房,房基就选在我家门前的葡萄地上。"

我家门前的那块葡萄地,西面是人家的两层楼房,东面也是人家的两层楼房,南面是石塘至塘栖的石塘公路,确实是个造楼房的好地方。儿子要在那里造楼房,我说:"你要造你就去造吧!"儿子说:"别的事不用你们操心,只要把建房报告批出来就行了。"

那一年,适逢政府机构改革,在我的单位,五十五岁以上的人员都得退养。于是,我同办公室的主任讲,退养前要请他帮我一个忙。他问帮什么忙。我便把要造房的事情跟他说了一遍,主任听了后只说了声"晓得了",当面没有承诺什么。但我知道主任对这件事很上心。有一次与分管城建的领导说起批建房报告的事,这位领导说,你们的主任和我说过多次了,你等着退养后住新房吧。

不久，虽未拿到建房报告的批复，但我接到通知，让我到村里去缴两万元押金、五千元办证手续费，就可以造房了。

政府说可以造了，儿子就找来了打桩的施工队，可意想不到的是，当施工队的打桩设备拉进场时，房基东边的住户前来阻止。理由有两条：一是打桩会影响他家住房的质量，不让打桩；二是我家是造三层楼房，高度超过他家，不让造。

第一个理由根本不成立，施工队打的是水泥搅拌桩，即用水泥浆搅拌地下桩，施工时无震感，哪会影响周边的住房。第二个理由虽摆不上台面，但它合乡风民俗：西边的房子最好不高于东边的房子。我家要造三层楼，势必高于东边的两层楼。镇、村干部、堂兄堂弟出面帮助做工作，都做不通，被迫将房基后移，不造在第一埭，而造在第二埭，离开公路有二十几米。

我家筹划造房时，镇政府正在造办公大楼，儿子想把房子造好点，想请有资质的建筑队造，便托人去请造政府办公大楼的建筑队。放样这一天，建筑队的老板派来了两位技术员，用白石灰圈定了一百〇八个搅拌桩的方位。按惯例，哪个建筑队放的样，房子就由哪个建筑队造了。可搅拌桩打好两月有余，保养期已过多日，仍不见建筑队来施工，儿子前去催了几次，还是不来。这时，我嘴上不说，心里已经察觉到，大概建筑队的老板对我家的情况已有所了解，儿子的父亲虽在政府机关工作，却是个人微言轻之辈。于是，我就对儿子说："你别指望他了，他不会来造了。"

儿子事前虽然言称在造房时"不用我操心"，但看到他在请建筑队的事上碰壁后，我还是主动跑到崇贤建筑队，与老板秦守法商量，请他帮我家造房子。我说明情况后，秦老板一口应允，答应一有空就来造。隔天，我送去了两万元造房工资的预付费。秦老板不肯收，说是造好了再付。我说："你很忙，我知道你在多家企业造厂房，你不收预付款，我心里不踏实啊！"我这一说，他才一边收下造房预付费，一边说，"造了这么多房子，付工钱这么急的，没碰到过。"

大约过了十多天，秦老板的建筑队就开了进来，房子断断续续从夏天造到了冬天，我一直担心的安全事故没有发生，但不尽如人意的事却接连不断。楼房造到三层的一天早上，我刚起床，天天与搅拌机为伴，天天头一个到建房工地的李师傅跑到屋里来对我说，搅拌机上的电动机夜里被人偷走了。没了电动机就拌不了灰；拌不了灰就砌不了墙。急于要在年内结顶上梁的我连忙打电话给秦老板。秦老板在电话里说了句"晓得了"，就立马派人送来了一台电动机。可隔了三天，秦老板派人拿来的那只电动机又不见了。这次，我再也不好意思打电话了。因为我家的楼房，虽然是包给秦老板造的，但秦老板出的造价已经很低了，再叫他今天买电动机，明天买电动机，实在是开不了这个口。于是，我就问李师傅："买个电动机要多少钱？"李师傅说："大概要五百多元。"于是我就催儿子赶快去买一台。楼房结顶到了浇地坪的时候，说是基地太低，还需添两车塘泥。两车塘泥载来后，倒在门口道地上，需挑进去。这个"挑进去"不在包工之内，需要自己挑或者花钱找人挑。这天夜里，正好有五六位肩背铁锹的民工路过，就请他们进来挑。这帮挑土方的民工真可谓挑出了门道，扒、挑硬硬实实的塘渣，像扒、挑毛灰那样轻松。不到一个小时，两车塘泥就挑完了。问多少钱，他们回答说："两百四一车，共四百八。"我说："上次挑是一百二十元一车，这次怎么要两百四了？"其中一个民工说："上次是上次，这次是这次。"我想，这次跟上次不同的是上次是先谈好价再挑的，这次是先挑了再谈价的。价格翻了一番真有点离谱。

付过钱，心里仍在翻腾：人住的房子越造越高了，可这人品呢？越想越觉得不是个味道。

杂话养猪 | 陆云松

开场白

自古以来,五谷丰登、六畜兴旺是农家兴旺发达的重要标志。在我儿时的印象中,崇贤一带五谷丰登中的"五谷",以稻谷为最,其余的"四谷"虽有,但都很少;六畜兴旺中的"六畜",以羊、鸡为最,几乎家家户户都养,猪、狗为次,仅为富户所有,牛很少,马没有。

崇贤养猪业的兴起与普及,源于伟人毛泽东所说的"一口猪就是一座小型的化肥厂",将原本于崇贤六畜排位居中的猪,一度推向六畜之首。这一变化中所发生的一系列杂七杂八的故事,有的至今仍历历在目。

养猪场里出了个全国"三八红旗手"

1959 年,家乡刚成立不久的四维人民公社,在离我家不远的巧山,办起了四维人民公社巧山青年牧场。牧场的墙壁上书写着斗大的"六畜兴旺猪为首,五谷丰登粮为先""猪是农家宝,种田少不了"等标语口号。巧山牧场以养母猪为主,兼养肉猪。因饲养员以青年为主,故称青年牧场。青年牧场里有个女青年叫金银仙,丁家木桥村人,她又红又专,身兼饲养员、配料员、兽医之职,整天忙得不得不以牧场为家。《浙江日报》登载了她的事迹,号召全省青年向她学习。因工作出色,1960年她加入了中国共产党,还被评为全国"三八红旗手"。这是迄今为止崇贤人获得的最高荣誉。

　　巧山青年牧场生不逢时,新生的第二年,就遭遇了三年暂时困难。到了1961年青黄不接的时候,巧山青年牧场因养猪的饲料供应中断,被迫停办。停办前,大一点的肉猪卖给了国家,送进了屠宰场;公猪和母猪杀了分肉,小猪分到了各生产队。我们生产队分到了一头十几斤重的小猪。队长声明,谁家要就捉回家去养。可那时连人都吃不饱,虽声明白送,大家还是推来推去都不要。猪是活口,一天也耽搁不起,队长就对我爷爷说,这猪我家养最合适,他还说了"最合适"的理由:第一,我家养猪用的猪棚、猪栏栅、放猪粪的五六只茅坑都还在;第二,我家小叔这一年冬天要结婚,养头猪,到时杀了,猪肉可以用来办喜酒。一说二说,爷爷竟被说动了心,便壮着胆子把那只大家推来推去不敢要的小猪捉回了家。

　　俗话说,荒年的囡儿好养。其实,荒年的仔猪也好养。在我六七岁的时候,家里曾养过猪。记忆中,那时给猪吃的大都是豆腐渣、豆饼、米糠之类的饲料,一天喂三次。这只小猪捉回家后,豆腐渣、豆饼之类的饲料没有尝过，米糠也吃得很少，吃得最多的是地水草、番薯藤之类的青饲料。而且，一天喂的也不是早、中、晚一日三餐，而是早、晚两餐。这只猪从不挑食，给它吃什么，它就欢天喜地、摆头摆尾地吃什么，且没生过一次病，到小叔结婚启媒那天宰杀后一称，竟有六十斤白肉。而这六十斤白肉，吃时的那个香味四溢，至今想起，还会让人口舌生津。

养猪的优惠奖励政策多多

三年暂时困难过后，从上到下对养猪业空前重视，猪多、肥多、粮多的传统模式，一度披上政治色彩上升到国家促进农业发展的方略。为鼓励百姓多养猪，上至国家机关，下至人民公社的生产队，都相继出台了鼓励养猪的优惠奖励政策。

国家层面的优惠奖励政策有：贫下中农养猪缺资金，银行可以发放无息贷款或低息贷款；向国家出售一头标准肉猪（白肉七十斤以上），奖励饲料票五十斤，持票人可凭票向粮站购买大麦、玉米、番薯干、米糠等饲料粮；白肉七十斤以上的，每超过一斤，奖标准化肥票（尿素）一斤。

生产队层面的优惠奖励政策更多。主要有：凡出售给国家的肉猪，每斤白肉，奖励稻谷一斤半；每斤毛猪，可得猪肥款两角；国家奖励给养猪户的化肥票，生产队高价收购，每斤三角。有地方生产队，对年均养猪一人超过一头的户，另有更为诱人的奖励。因而，那个时候养猪，醉翁之意不在酒，养猪之意在于奖。那时养一头猪，从小猪捉进门养到可出售，少则要六七个月，多则要十来个月，甚至养一年的也有。若踢一脚（刚好七十斤白肉）的话，甲级猪才54元，丁级猪仅51.65元，除去捉小猪和买饲料的成本，从钱的角度去衡量，基本上无利可图，图的是这奖那奖。有一年，我家五口人，出售了九头猪，生产队奖励的稻谷有一千两百多斤，猪肥款和化肥票款达三百多元。当时粮食还比较紧张，生产队分配粮食的方案是：先完成国家的征购粮，再留足下一年的种子粮，然后提取当年应兑现的饲料粮。也就是说，不管你收多收少，上述三种粮都必须优先保证兑现，余下部分才按饭人口（折实人口）和劳动工分二八分成作为口粮分配到户。因此，你家若不养猪或少养猪，分到的粮食往往不够吃，只有多养猪，才能多得粮，才会有足够的口粮。那时乡间有句口头禅，叫"人揩猪的油"，说的就是这种怪现象。

我家所在的向阳大队第八生产队，是一个典型的"猪多、肥多、粮多"的生产队。从1965年开始栽种耐肥抗倒的早稻新品种矮脚南特后，早稻亩产年年超纲要（亩产八百斤），不仅缺粮问题很快得到解决，而且养猪较多的户，都有了余粮。我家猪养得多，余粮也多。户里的余粮，自然不会轻易地以白市价卖给国家，大都是趁着去杭州城里载粪扒垃圾的机会，带上一袋米，偷偷地在农贸市场的弄堂边卖高出白市价四五倍的黑市价，一袋米可卖到一个月的工资价，真是托猪的福呀！

队办牧场赴义乌捉种猪

1970 年，崇贤公社号召"队队办牧场"。这个"队队办牧场"，不是一个大队办一个，也不是一个生产队办一个，而是一个中队办一个（那时的向阳大队划分为三个中队，即徐家浜中队、沈家塘中队、石前中队，每个中队下面有若干个生产队），规模要求一个牧场养母猪五头以上、十头以下，目的是为本队社员提供仔猪。石前中队经过商量，决定饲养母猪六头，种猪选用义乌两头乌，并指派新中国成立前就在街上摆肉墩头、与猪打了半辈子交道的屠工方阿毛和我赴义乌捉种猪。

说是到义乌去捉种猪，可我们打探到，其实是义乌不到，诸暨过去点的，一个叫白马桥的地方才是真正的义乌两头乌的原产地。那天，我们从杭州城站乘火车到白马桥。一下火车，正想打听种猪在哪里买，一位四十开外的中年汉子就朝我们走来，热忱有礼地和我们打招呼，询问我们是否是来买种猪的。我们回答是，并问他，买种猪的地方在哪里。他说，哪里有种猪，他清楚，可以领我们去看，若成交了，一头猪收五角钱，不成交，分文不取。这时，我们已经知道他是一位种猪买卖的中介人了，用现时的话来说，就是猪托。

出了白马桥小站，走在前面引路的猪托问我们，打算买几头种猪。我说，打算买六头。他又问我们，打算买大一点的，还是小一点的？我不知大一点的好，还是小一点的好，不敢贸然回答，就停住脚步，让屠工方老伯靠前，便于与猪托对话。方老伯说，我们打算买廿斤上下,不大不小的,但一定得是二胎、三胎母猪生的两头乌口猪!听方老伯这么一说,猪托便止步不前了。他说,要买这样的种猪,得去前庄。于是,我们又返回来,岔进另一条羊肠小道。走了约三里路,猪托把我们引入了一户养母猪的农家。这户农家养了两头母猪,尚有十三头小猪待售,毛估估均在廿斤上下,其中七头是可做种猪的母猪,母猪、仔猪均是头上一块黑,屁股上一块黑的"两头乌"。我以为这就是我们要买的种猪了。可方老伯蹲下立起地看了会儿,就朝门外走去。猪托追出去问方老伯:"咋,不中意?"方老伯说:"是,'顶泡儿'(一窝仔猪中最大的)已被人家买去了,还有,其中一只母猪可能已生过五胎以上了。"猪托听罢,不再言语,然后拍拍方老伯的肩膀说:"行家啊,行家!"

　　猪托告别东家,领着我们又朝前走去。走了约一里路,猪托说,快到了,可这户人家的猪今天不一定会卖给我们。我们询问原因,但猪托避而不谈,只说进去看看再说。

　　这户农家也是养着两头母猪,一共生了二十四头小猪。小猪还未到"双满月",大的已长到约廿斤。二十四头小猪中,有八头是母猪。我们见到它们时,它们都翻着肚皮在睡懒觉。方老伯看到这两窝小猪,脸上堆满了笑容,问东家雌仔卖多少钱一斤。东家说,打算卖一块两角钱一斤。方老伯又蹲下立起地看了会儿说,价格可以依东家的要求,但要让我们挑六头。东家说,今天不卖,要养到"双满月"后再卖。猪托劝东家将小猪卖给我们。但东家说,再过一个礼拜来买,小猪会帮我们留着。我们说,我们路远,杭州城北还有二十里，回去了再来不方便。好话说了"交交关"（许多），东家就是不肯卖。方老伯说，东家认死理不肯卖，我们也没办法。说完，就头也不回地走了。方老伯原以为价格依东家，我们走后他会追出来卖给我们，可我们已走了些路，仍不见东家追出来。方老伯就停下步来对我说："给他三十元一头，他肯卖，我们就买，好不好？"我说，你说好就好。猪托听后，再次拍着方老伯肩膀说："老方啊，好货不愁卖，你真是个行家啊！"

这六头种猪买回来后，无病无灾，一年之后，都做了猪娘。不过，配种的公猪是长白猪，生出来的小猪有一大半不是两头乌。

赊小猪拉尾巴回钞

20 世纪 70 年代，崇贤的养猪业进入兴盛期，年饲养量突破两万头，开创了"六畜兴旺猪为首"的新局面。那个时候，尽管不少生产队都办着以养母猪为主的牧场，有的农户也养起了母猪，但这两部分母猪所生产的仔猪，还远远满足不了崇贤养猪户的需求。因而，在崇贤，外引仔猪占有很大的比例。

20 世纪 60 年代，崇贤还没有苗猪交易市场，农户养猪所需的苗猪，需到塘栖或杭州苗猪交易市场去购买，崇贤人称"抲小猪"。杭州的苗猪交易市场设在运河边的大兜里。到这里卖苗猪的，大都是嘉兴人。苗猪的品种多为骨架粗、条格长的长白猪。在交易市场里买小猪可以讨价还价。买卖双方达成交易价后，就去交易处称苗猪。苗猪称好装入麻袋或猪笼后，交易处会给你一张写着苗猪斤两、价格以及买卖双方姓名的小票，嘱咐买主到付款处去付款。付款后，买主会拿到一张一式两份的正式发票，一份交给卖主，领回已过称、已付款的苗猪，一份小心翼翼地放进衣袋里。因为这张买苗猪的发票，到时要和出售毛猪的发票一并交给生产队会计，它是结算猪肥款、饲料粮的有效凭证。

20世纪70年代中期，崇贤也创办了苗猪交易市场，地点在前村街的粮站东边，崇贤第一任兽医站站长沈贵法，走村串户阉猪的老陈以及崇贤第二任兽医站站长顾正富等，都在崇贤苗猪交易市场服务过。崇贤苗猪交易市场的交易方式，与杭州大兜里苗猪交易市场的交易方式一模一样，以服务为主，只象征性地收取一点手续费。

自母猪进入农家后，先赊小猪，后拉尾巴回钞的旧俗，又重新回到民间。旧时，养猪的农户有时缺钱一时买不起小猪，而养母猪的农户又一时卖不掉小猪，于是便双方协定，卖掉毛猪或白肉后再回钞小猪钱。因无论是卖毛猪，还是杀猪卖白肉，都要先拉住猪尾巴，才能捆绑住毛猪，故称为"赊小猪拉尾巴回钞"。当然，若是养母猪的亲朋好友缺钱买小猪，即使小猪行情再好，也会同意他们"拉尾巴回钞"的。在我的养猪生涯中，"拉尾巴回钞"的情况经常发生。记得在70年代中叶的几年时间里，几乎每年至少要向十二队的徐月兴家买三四头小猪，且每每都是拉尾巴回钞的，而徐大哥不仅没有半点怨气，反而每到小猪可以出售时，会亲自跑来或带口信来邀我，若要小猪，再去捉。那个时候大家都很穷，但穷人帮穷人的风气很浓。

卖猪，我与猪同失眠

卖猪，是养猪过程中最快乐的时刻。

明天早上要捆（卖）毛猪的人，当天晚上就得做准备。先声高喉咙响地告知胞弟或堂兄，明天早上捆毛猪，请他过来帮个忙。被请者往往会说："不用请，应该的，到时叫我一声就是了。"回到家里后，先找出几根麻绳，将两只平时挑泥、挑荸荠用的土块系在一起，做成抬猪用的"猪床"，然后再选两片坚韧的麻皮，搓成两根尺余长的细麻绳，用来捆毛猪。做好这些后，就开始为即将送进屠宰场的毛猪准备最后的晚餐。晚餐的主料因季而定，有青菜时用青菜，有番薯藤时用番薯藤，有包心菜时用包心菜。但无论用哪种主料，烧时都会加一碗米，添一把盐。若在平时烧猪食，是绝不会加米，更不会加盐的。因而，这最后的晚餐绝对是猪的一生中吃得最高档的一餐。当然，这最后的晚餐，不仅仅体现在"猪文"关怀上，更是体现在猪身重量上。要知道，猪若能增加一斤重量，仅猪肥一项，就能增加两角钱。为达到增重的目的，这最后的晚餐何时吃，很有讲究。若吃早了，猪食排出了体外变成猪粪，等于白吃；吃迟了，猪肚隆起似鼓，会影响卖相，降低等级，那会适得其反，得不偿失。因而，若是在夏天去卖猪，收购站在运输途中为了避开高温，凌晨3点就开秤收购毛猪，这最后的晚餐，午夜12点就得上；若是在春秋季节去卖猪，收购站要等到天亮之后才开秤，晚餐应推迟到凌晨四五点。唯有这样，到验猪秤猪时，猪食已进入肠道，看上去猪肚不是特别大，降级的可能性就小，而毛猪的重量至少能增加十多斤。

猪是最好睡的动物之一。民间有句损人的俗语："你是猪猡呀，吃了睡，睡了吃"，足以说明这一点。然而，到了卖猪这个节点上，最贪睡的猪，也会遭遇今夜无眠。为了求得猪在最后的晚餐上多吃点，多增加些重量，平日里一日三餐的晚餐，就故意少喂些，有的甚至不喂。猪该吃的时候吃不饱或没得吃，就咕叽咕叽地叫着讨食吃，哪里还有睡意。最后的晚餐端上去了，肚皮空空，又浑然不知情的猪，觉得晚餐味道极好，就扑哧扑哧地吃得既快又多。此时的猪，因为味道极好的晚餐吃得实在太多了，便遭受腹胀的疼痛，虽有睡意，却翻来覆去地难以入睡，等到部分晚餐进入肠道可以安然入睡时，我们却强行霸道地把它的四脚捆绑起来，送它去收购站了。此时，即使最笨、最贪睡的猪，也无心睡觉了。

在卖猪这个节点上，人有时也会跟猪一样一夜无眠。前半夜，往往会想，卖了毛猪的钱先派啥用场，钱少用场多，想来想去困不着；给猪喂过最后的晚餐，已到后半夜，心怕睡过头，误了捆毛猪、卖毛猪的时间，闭着眼睛不敢深睡。

结　束　语

1989 年，大女儿出嫁，宰了自家养的两头猪、两头羊。从此，我们这个家的"家"字，宝盖头底下就没了"豕"。至新千年，曾经是六畜兴旺猪为首的崇贤，养猪业直线下降。至 2005 年，存栏生猪数减少到 2451 头，不足当年的 10％。儿时记忆中的"养猪为富户所为"已变成"养猪为贫户所为"，真是三十年河东，三十年河西啊。

至 2012 年,崇贤年终生猪存栏数仅 1738 头,已有半数以上的建制村无猪可觅。前不久,我接到一个电话,说是向《崇尚贤德简报》反映一个情况,他们那儿有一农户养了两头猪,把猪粪浇到了菜地上,污染了环境。猪肥是有机肥,有机肥施到农作物上,怎么会污染环境呢?直面当今社会,有好多事情让我这个七十老翁似雾里看花,怎么努力去看,都不大看得明白。

周家潭之痛 | 陆云松

　　周家潭，是一个常见的极其平凡的自然村。它离我常年居住地的地方约有七八里路，因而，在相当长的一段时间，我只闻其名，不见其村。

　　1992年4月，余杭县文联要给优秀企业家立传，筹划出一本名为《崛起》的报告文学集，当时的宏畔乡有两位企业家入选，但无合适的作者去写这两位企业家生平。于是，主编《崛起》的县文联屠再华老师点名要我去代劳。恩师的授命，自然不好推辞。接受任务之后，我便着手做起采访前的准备，开始在崇贤政府机关打听宏畔乡是谁在管乡村工业，一问问到了顶头上司、分管宣传工作的党委委员寿其村同志。他说，宏畔管乡村工业的副乡长叫莫阿见，是我们周家潭村人（寿也是周家潭人）。他问我去找他干什么，我说要去一趟宏畔，写写宏畔的两位企业家。寿委员一听，立马说："这好办，我帮你联系莫阿见，到时陪你一道去。"我当然求之不得，连声道谢。

　　寿委员没有食言，他真的很快联系上莫阿见，陪我一道去宏畔。到了宏畔，有一位采访对象已在莫副乡长的办公室里等我们了。这么顺利的采访，在我的采访经历中少有，真是熟人好办事。这位企业家衣着无华，很是朴实，他早年在部队当过兵，如今是一家乡办企业的厂长，对职工很是关心，强调严格纪律。听了老莫的介绍，再和采访对象聊了会儿，文章的题目《淡淡的军味浓浓的情》便很快跳了出来。下午老莫带我们去找另一位采访对象，是一位厂长，他已在他的办公室里等我们了。厂长很忙，办公桌上的电话铃声不断，不过，他很健谈，接一个电话，讲一段有关他和他企业的故事。一杯茶喝淡了，我所需材料也足够了。

采访结束后，太阳还老高，我们准备回崇贤，莫副乡长死活不肯，一定要我们吃了晚饭再走。我说，晚了公路就没有公交车了。老莫就说可以派专车送我们回去。一听要派专车送我们回去，我忙说我们吃饭，送就不用了。上个月，我儿子花四万多元钱买了一辆客货两用车，可以叫他来接我们。

酒足饭饱之时，儿子的两用车就到了。谢过老莫，我们就打道回府。寿委员的家在周家潭村，离宏畔乡很近，仅三五里路，我让寿委员坐在副驾驶座便于指路。不多时，寿委员就说，前面要右拐弯了。车子一拐弯，刚加大油门，寿委员又说，开慢点，前面就到了，车子开不进去了。我问，你到家还要走多少路？他说，不远了，就在前面。我下车去与寿委员握手告别。趁儿子给车子调头的当口，我生平第一次打量着"只闻其名"的周家潭村，只见洁白的月色将村庄披上了淡淡的银装，蛙声蝉鸣连成一片，整个村庄平静得似同一潭池水,好一派田园风光。

1992 年 5 月,余杭实施撤区扩镇,塘栖区撤了,崇贤镇与沾驾桥乡合置崇贤镇。我上个月曾经瞄过一眼的周家潭村,也就成了崇贤的一个建制村。随着行政区划的变动,部分周家潭行政干部的工作岗位也随之变动,昔日在宏畔乡任副乡长的莫阿见,就调到了崇贤任工业办公室主任。大概是我与老莫有着宏畔的一日之缘,他到崇贤之后,有事没事经常到我办公室转转、坐坐,凡是他主持召开的会议,都以需要宣传为名请我参加。这一年的 8 月,他还特地邀请了五六位厂长、经理,去他家做客,我既不是厂长,也不是经理,也在被邀请之列。这一天去老莫家,我搭乘的是热电厂厂长的小车,车开到那晚寿委员下车的地方,我们便下车步行去老莫家。老莫家离下车的地方还有一里多路,这条路既不是泥路,也不是沙石路,更不是水泥硬化路,是一条用两块五孔水泥板并行铺成的,我从未见过走过的路。走在这样的路上,让我感慨万千。

走到老莫家,我已是大汗淋漓。老莫敬过烟后,便催我们到屋后大树下去乘凉。到了老莫家的屋后,顿觉凉风习习,三棵参天大樟树,撑起一片清凉世界。绕过大树,一条水清见鱼游的大河便呈现在我的眼前;我急忙跨下河埠,一屁股坐到了贴近河水的挡河埠石上,将双脚伸进河水里,瞬间一股凉意从脚舒服到心里。点上老莫递给的好烟,我猛吸一口,就掂量出所在的大致方位,河西头是鸭兰村,河东头就是北庄村,这条河,一头连着京杭大运河,一头连着老镇塘栖丁山河。这一天,老莫招待我们的饭菜十分丰盛,许多菜我还是第一次品尝到。等到打道回府时,我还真有点流连忘返,这倒并非是被老莫家的美味佳肴而吸引,而是老莫家屋后的那片清凉世界!

1993年小年夜,一个让所有的崇贤人心痛的消息流传出来:周家潭有一对小夫妻被人杀死了,杀人凶手竟是妻妹的男友。春节上班之后我问老莫,妻妹的男友为啥会下此狠心。老莫叹了口气说,祸起是因为违背了"宁拆一座庙,不毁一桩婚"的道理。事情的经过是这样的,两个月前,江西老家已有男友的妹妹到周家潭姐姐家做客,在姐姐家生活了一段时间后,妹妹深感这里的生活条件与老家有着天壤之别,姐姐和姐夫也怂恿妹妹在这里找婆家。殊不料,快到年底的一天,远在江西老家的男友来到了周家潭,声明要带女友回江西老家过大年。老乡见老乡,两眼泪汪汪,更何况他俩又是恋人。经不住男友的劝劝说说,女的同意回老家过年并继续与男友交往。可当他们离开姐姐家,走了不到半里路,姐夫追上去把妻妹拉了回去。男友火了,他没有回老家过大年,而是走了一段路又折回来,再次回到女友的姐姐家。此时,女友姐姐家里人都到哥哥家去吃年夜饭了,屋里一个人也没有,妹妹的男友就潜伏在楼上。下午3点多,女友的姐姐和姐夫回到了家里,先后上了楼,就被潜伏在楼上的妹妹的男友用柴刀砍死了。事发后,受害人的亲属和周家潭的干部群众强烈呼吁警方尽快捉拿杀人凶手,并要求将杀人凶手在事发地正法。警方对此也表示,会尽可能满足干部群众合情合理的要求。

周家潭之痛，痛就痛在周家潭人尚未见到小年夜的杀人凶手在当地正法，2001年5月17日又发生了年仅二十九岁的女青年沈会粉纵火自焚身亡的事件。

　　事实上，"5·17"案件的前因并不复杂。早在十年前，周家村五组沈小品的儿子看中了周家村七组沈纪良的女儿沈会粉，论当时两家的条件，女方胜男方一筹。于是，沈小品一家为了能结上这门亲，可以说千方百计与女方套近乎，果子熟了送去果子，八月半未到就送去月饼，农活忙了主动去帮忙。结婚之后，男家对女家、男方对女方的热情度就逐渐退却。这样一来，新媳妇沈会粉就有了一些想法。想法多了，就患上了轻微的精神分裂症。沈会粉患疾之后，夫家一家人不仅没有很好地关怀她，而且还歧视她，并有明显虐待她的行为，其目的是想逼着沈会粉提出离婚。这样一来，亲家很快变成了仇家。这期间，沈会粉曾到崇贤镇妇联上访过几次，在镇妇联的相关材料中，尚有记载，现摘录如下：

　　　　2001年3月25日接到沈会粉的来访，来访内容是沈
　　　会粉在2001年3月13日夫妻吵架，被丈夫沈祖根殴打，
　　　平时还虐待她，要求妇联帮助做工作。妇联接到沈会粉
　　　来访后，于3月28日会同镇法律服务所一起去周家潭村
　　　帮助沈会粉做工作。参加人员有周家潭村党支部书记、
　　　村民主任和沈会粉丈夫。在做工作中，首先由沈会粉和
　　　沈祖根各自讲了3月13日夫妻吵架的经过及其原因。

然后,调解形成三点意见:1.要求沈祖根从今后不得打自己的妻子沈会粉,在沈会粉身体未康复前,要求其丈夫给予照顾,必要时去医院检查。2.对于3月13日夫妻吵架时,被沈会粉娘家人砸坏的煤气灶,由沈会粉娘家照价赔偿。3.请丈夫将沈会粉从娘家带回去,并要求夫妻从今以后,再不能计较过去夫妻争吵之间的事。

结果,沈祖根要求沈会粉的钱和存折由他保管,沈会粉不依,未达成协议,调解就不了了之。

3月28日和4月10日,沈会粉两次再到镇妇联上访,一是问她被丈夫打伤,是否对其丈夫进行法律制裁。为此,镇妇联去塘栖医院住院部了解沈会粉在3月13日被丈夫打伤住院的病情情况,据了解,沈会粉头皮挫裂伤,左上肢挫伤。2001年4月29日,镇妇联又带沈会粉去余杭区公安分局进行人身伤情检查,结果属轻微伤。沈会粉怕被丈夫再次虐待而迟迟不去告状。二是问了是否离婚。镇妇联将离婚的利弊分析给她听,建议她离婚算了。还陪同她到法律服务所,让她去写离婚书。结果,沈会粉怕离婚之后被别人笑话和以后嫁不出去,且放心不下自己的儿子,又不去法院上诉离婚。5月17日凌晨3时30分,镇妇联主席接到镇综治办主任的电话,说沈会粉已被火烧死了。

"5·17"事件发生后,沈会粉的亲生父母沈纪良、胡子仙等亲属及当地部分百姓,认定沈会粉纵火是被沈会粉的丈夫沈祖根及公公沈小品等家人长期虐待所致。公安机关接到报警后侦查了二十天,于6月7日公布了排除他杀的结论,死者亲属和当地部分百姓对此结论有质疑。之后,便发生了一些不该发生的事情。其中比较突出的有:1.2001年9月3日、9月4日,死者父亲沈纪良以告"地状"的形式,在崇贤政府所在地前村街乞求同情者捐款,募集上访资金。捐款者、围观者数以千计;2.2001年9月4日,因沈纪良夫妇乞求募捐使交通受阻,与出面处理的民警发生冲突,停在街上的三卡被翻倒,沈小品的女儿女婿沈福兴夫妇被殴打。3.2001年9月8日下午,崇贤党委政府为把"5·17"事件统一到科学、公正的结论上来,在崇贤剧院召开镇村两级干部大会,沈纪良夫妇带领20多名亲属,冲击会场;4.2001年9月28日,崇贤政府举行办公大楼落成典礼,沈纪良夫妇等100余人,乘政府举办办公大楼落成典礼之际,再次到政府来讨说法,部分人浑水摸鱼,顺手牵羊,带走了政府准备招待客人的部分食品。

2002年10月23日,因沈会粉焚火死亡事故而长期在外躲避沈会粉亲属纠缠的沈小品回到家中。沈纪良夫妇及周围部分村民见沈小品回来了,就围攻暴打沈小品。上午九时,崇贤派出所接到报警后,当即派民警袁敏华、白荣法及联防队员等四人驾车赶赴现场出警,发现被打者沈小品已倒在自家门前,头部有血。出警民警以救人为重,准备将沈小品扶上警车先送医院救治,却遭到沈纪良夫妇及部分村民的强行阻拦。11时左右,塘栖中心所组织的第二批警力赶到周家潭村,再三宣传教育做工作,提出救人要紧,都未果。时值中午,起哄村民达500余人,部分村民情绪激动,场面混乱。下午2时,现场指挥部三次组织力量,组织民警强行冲入现场,几次抬、背沈小品想突破重围,均被蜂拥而来、成百上千的村民挡住去路,无法将伤者沈小品抢出。下午3时半,现场指挥部决定护送区第一医院救护医生至沈小品家中,进行紧急救治措施,晚上6时20分,医生报告沈小品抢救无效停止呼吸。

发生在崇贤周家潭村的"10·23"恶性案件,惊动了高层领导,时任浙江省省委书记的张德江、副书记周国富、秘书长张曦同志先后指示当地政府要高度重视,化解矛盾,查清问题,严肃依法处理。依法处理的结果,旷日持久的"10·23"案,共有16人入罪,其中一人死刑,一人无期徒刑,14人刑事拘留以上。入罪人员年龄最大的生于1935年9月17日,年龄最小的生于1982年6月26日,这是崇贤有史以来入罪人数最多的案件之一,它留给人们太多的教训。

周家潭"10·23"事件,从家庭纠纷逐渐演变成致人死亡的恶性案件,它留给人们太多的教训,太多的如果。

在"10·23"事件中被致死的沈小品以及他的妻子,"不道德""不结人缘"在周家潭村是出了名的。早在生产队集体经营时,谁要在评工分、分东西时评论一下沈小品及他的妻子,他们知道后就会吵上门去,骂人打架,全队五十多户人家他们几乎和每户都闹过;沈小品一家人对亲戚朋友也是这样,只要对他们有一点点不满,就断绝关系,互不来往。再加之沈会粉生前患有精神分裂症,沈会粉本人在村民中多次讲过沈小品夫妇要害死她,当地村民也确实看到沈小品一家人不给有病的媳妇沈会粉看病,有意逼着她离婚等不道德行为。因此,当地群众普遍认为沈小品夫妇是不讲道德,没有良心的"恶人",全村形成了对沈小品一家人"人人喊打"的局面。换句话说,如果平时沈小品夫妇为人忠厚、讲道德、人缘好,就不可能发生"5·17"案件,更不可能发生"10·23"群体性事件。可见讲道德、做好人是何等重要!

"10·23"事件发生后,民警几次要把沈小品抢离事发现场,但当地村民均百般阻拦,认为这是正义与邪恶的较量,可见村民的法律知识已浅薄到何等地步。从几次事件中暴露出来的问题看,有的群众还分不清道德谴责和犯罪行为之间的界限,还不懂得虐待必须上诉才处理的法律程序,也不懂得妨碍公务也会致罪等。如果了解上述这些法律知识,也不可能演变成如此严重的恶性案件,由此可见,普法工作何等重要!

另外，当时的周家潭村在崇贤二十八个行政村中，在经济建设方面一直处于后进状态。村里无一家企业，没有引进一个项目，村级经济无来源，连村干部的工资也年年拖欠。直至事发时，村里村道没浇一段，落后面貌依旧。换句话说，如果周家潭村经济实力强，落后面貌已经改变，也可能不会发生"环境条件极不利，给救援工作带来较大困难"而导致恶性刑事案件的发生了。可见，壮大村级经济何等重要！

1993年小年夜周家潭村发生命案时，当地干部百姓强烈要求警方将杀人凶手带回当地正法，警方为此也有承诺。可杀人凶手逃离现场后，警方虽通过多种努力，但终因警资不足等原因，没有满足当地干部群众要求，在一定程度上影响了警方的公信力。如果当年警方将杀人凶手带回当地正法，或者说向当地干部群众讲明不能在当地伏法的原因，周家潭人也不会有那么多人对"5·17"案"排除他杀"的结论发生置疑，在"10·23"案发当天，更不会如此藐视头戴国徽的人民警察。可见，树立公信力何等重要！

⋯⋯⋯⋯⋯⋯

周家潭"10·23"事件留给人们太多的教训。说一千，道一万，亡羊补牢，为时不晚！

捻竿剪出丰收景 | 陆云松

"橹板划破满河星，捻竿剪出丰收景"，是 20 世纪 60 年代誉满文坛的好诗句；"老酒不坏肚，河泥不坏土"，是 20 世纪六七十年代崇贤无人不晓的坊间农谚。

在水乡崇贤长大的人，从小就会觉出"捻泥积肥"在农民心里的分量和地位。在评工记分的年代里，倘若你不会捻河泥，不能挑河泥，即使其他农活样样拿得起，也休想拿满分。会不会捻河泥，挑不挑得起河泥，象征着你是不是一个合格的农民。

捻河泥这农活，既能掂量出你有多大的体力，又能测出你有多少巧功。体力不足的人，你休想将满满的一捻篮淤泥一下子从河里拎到船舱中；没有巧功，捻竿抛下去，不仅淤泥捻不到，而且会把捻泥船撑得团团转。因而，学会捻河泥，是不少青年农民为之奋斗的目标之一。

捻河泥的农具叫捻篰。它由两根坚挺的粗竹竿（或小毛竹）与一只能张能闭的篾篮连接在一起而成。两根竹竿分开，篾篮就张开嘴吸淤泥；两根竹竿并拢，吸饱淤泥的篾篮就闭嘴，篾篮拖到船沿,两根竹根一分开,吸在篾篮里的淤泥就"哗啦"一声吐在船舱里了。这捻竿的一分一并,形似剪刀,正应了"捻竿剪出丰收景"中的"剪"字,用得妙不可言。估计是诗人触景生情而得的神来之笔。

水乡崇贤田地多、河港也多。记得那个时候的崇贤,一年四季差不多季季都与捻泥积肥联系在一起,除了夏收夏耕、抢收抢种、秋收冬种三个大忙季节外,其余时间,可以说天天有人在捻泥积肥。船是捻泥积肥必备物,"停人不停船",是那个时候捻泥积肥的流行语。

冬天是捻泥积肥的黄金时段,只要生产队里的农船有得空,生产队长就会派人去捻河泥。冬天轮到捻河泥,说多苦就有多苦。当人们还在被窝里做好梦时,轮到捻河泥的人就得抹去橹把上的冰霜,敲开河面上的薄冰,摇着捻泥船到你该去的河里去捻泥了。当捻泥竿抛向水中,慢慢拉上第一竿河泥时,你会觉得十个指头也跟着掉进河港里,那个痛呀,才称得上真正的十指连心痛。等到一船河泥捻得差不多了,背脊头也开始汗滋滋了,冻僵的十个指头才开始慢慢地暖和过来。这时,派到挑河泥的壮劳力,便陆续来到捻泥船靠岸的河滩头,太阳公公也跟着出来凑热闹,农家捻泥积肥的"正戏"也就正式登台演出了。

当然,捻河泥也有很开心的时候,倘若你运气好,一捻竿下去,就会拉上一条黑鲤头或一条大鲫鱼来。我就碰到过这样的好运气。那天,捻泥竿拉上来哗的一声将河泥卸到船舱里时,一条一斤多重的黑鲤头便在河泥堆里打滚了。中午拿到家里起鳞剖肚切块,用腌菜花儿一炒,那个鲜味呀,终生都不会忘记。不过,最让人开心的,莫过于冬捻河泥夏丰收,春捻河泥秋丰收,河泥施到哪里,早稻、晚稻好到哪里。且今年施过河泥的田块,明年后年栽种作物仍有很大的好处,真是好酒不坏肚,河泥最补土呀!

捻河泥辛苦,挑河泥的更辛苦。挑河泥用的是粪桶,一担两桶一般有一百七八十斤,大一点的粪桶有两百来斤。一船河泥有三十几担,一天要挑四船河泥,你说辛苦不辛苦?

因为挑河泥太辛苦,我们生产队里,除了壮劳力轮流挑之外,先后试行过三种挑法。

第一种挑法叫接担挑。所谓接担挑,就是根据河泥挑到田头的远近,指派三至七人不等,重担去,空担回,来来回回换肩接担挑,形式与运动员传递接力棒赛跑差不多。接担挑河泥,最辛苦的莫过于起担挑第一肩的人。所谓第一肩,就是把船里的河泥从河滩头或河埠头挑上岸的第一人。起担挑第一肩,同挑着重担上山下山一样,上坡落坡步步艰难,脚脚着力。起担挑第一肩这重活,往往都是生产队长带头挑。若生产队长年纪大了,吃不落挑,能经常自告奋勇挑第一肩的人,往往会是后来的生产队长。

接担挑挑多了,弊端也跟着显现出来。偷懒偷力者三担一挑,脚步就慢了下来。照理,六七个人接担挑河泥,若有一两个脚步慢一点,关系也不是很大。可有时会感染别人,你慢我也跟着慢。这样一来,就被在河埠头起担挑第一肩的队长发现了问题:这传统的接担挑,被调皮捣蛋的占了便宜,得改! 于是,便有了第二种挑法——分段挑。

分段挑，很简单。打个比方说，今天的河泥从船里挑到田头，有多少路程，先用皮尺一量，每隔五十米用削地的刮子在路边削出一条界线。若有两百米路程，队长就派出四个劳力去挑河泥，若有两百五十米，就派出五个劳力去挑河泥，以此类推。挑泥的挑到界线边，不管接担的到与不到，都可以甩担子；接担的走到界线边，不管担泥的到与不到，同样可以不再向前走。分段挑的好处是，公平、公正，出多少力气，拿多少工分，因而拥护者居多。

拥护的人多，不等于没有人反对。调皮偷懒者看看无懒可偷了，便公开站出来反对。有一天上午，一船河泥还没挑完一半，有人就自说自话地把河泥担一甩说，出工时家里早饭还没有烧好，这歇（这一会儿）肚皮饿了要回家吃早饭去了。五六个人分段接担挑河泥，突然中间一段没有接挑了，顿时炸了锅，乱了套，说什么的都有。队长见状，冲着甩担子者的背影吼道：治不了偷懒者，我就不当这个队长了——今朝我们改挑强道担！

强道担（崇贤方言中"跑"称"强"），即跑道担。所谓"强道担"，就是一人一担一肩挑到底。这种挑法，从按劳取酬这个角度去考虑，它比"分段挑"更具公正、公平性。分段挑有路大路小，路好路不好之分。挑担河泥走在大路上，无遮无碍，三步可以并作两步走；挑担河泥走在小路上，高头要防桑枝碰头，底下要防农作物绊脚，两步得分三步走。挑强道担了，大家挑一样的担，走一样的路，挑一担记一担的工分，挑十担记十担的工分，真正体现了多劳多得，按劳取酬。

　　诚然，事物总是一分为二的。有了好的一面，必然会有不好的一面。挑强道担挑了几天后，上了年纪的便退出了轮流挑河泥的行列，理由是年岁不饶人，强道担已吃不落挑了；十八九岁的毛头小伙子，倒是很想挑强道担，可他们的父母怕他们挑出毛病来，不让他们挑。队长看看苗头不对，挑了一段时间强道担后，又回到了接担挑的老路上。

　　冬去春来，经过一个冬天的捻泥积肥，生产队周边河港浜兜里的河泥，已捻得清清爽爽了。可我们生产队六七十年代的三任队长，个个都是肥多粮多的忠实信徒，周边河港浜兜里无泥可捻了，就早上两三点动身，摇船到杭州城里去拉市河泥。

　　到杭州城里去积河泥，为何不是"捻河泥"而是"拉河泥"了？原因是杭州市河里来来往往的船只多，长长的捻泥竿在河面上划来落去不安全，所以改为用绳子"拉"。

　　拉市河泥的主要农具是拉泥网兜。拉泥网兜由细棕绳或细尼龙绳编织而成。网兜长约六十厘米，宽约五十厘米，吸泥的口子开在网兜的上方，网口的前后，各嵌有一块呈扁形、厚度约两厘米、宽度约三厘米，长度约五十厘米的小铁板，其中有一块小铁板上系着一根长约十米的麻绳，用于拉河泥。

　　拉市河泥需三个劳力合作。船至杭州市河里，三人开始分工，一人手握橹把摇船，两人分别站在船舱两边的船沿上，各持一只拉泥网兜，一手抓住麻绳的尾巴，一手使劲将拉泥网兜抛向船尾方向

崇贤记忆

的水中。这时,手握橹把的摇船人,便开始使劲摇着已拖住两只网兜的船。一头系在网兜上,一头捏在手中的麻绳吃分量了,船的速度慢下来了,告诉你网兜里的淤泥已吸足了。这时,拉泥的就会飞快地将麻绳传回来,待到网兜露出水面时,便迅速弯腰,使劲将吸足淤泥的网兜拉到船沿上,伸手一提网兜的屁股,吸在网兜里的淤泥便哗啦一声全部卸到船舱里,然后将吸泥网兜再次抛向船尾的水中……拉一船五吨市河泥,至少要这样周而复始上百遍。

去杭州拉市河泥与在家乡捻河泥相比,要轻松些。在家乡周边捻河泥,一天要捻四船河泥;到杭州去拉市河泥,一天只需拉一船,早出午后归。再次,捻河泥需具备巧功,技术性较强,而拉市河泥,只要有力气,拉得起一网兜五十来斤的淤泥即可。再一个是,到杭州去拉市河泥,除了和捻河泥一样,一天可记十二分工分外,还有三角钱补贴费。因而,队里轮流去杭州拉市河泥的人,比轮流捻河泥的人要多。

当然,这三角钱的补贴费也不是很好拿的。一船市河泥拉好,摇到生产队河埠头时,队长往往要亲自验收。验收的标准有两条:一是数量足不足,船沿贴水便是足;二是质量好不好,好以河泥泥多水少、料勺柄竖在船舱中不倒下去为好。若船沿不贴水,料勺柄要倒下去,均要扣补贴费。

芒种过后是夏至,捻泥积肥仍在继续中。不过,夏天的捻泥积肥,严格地说,称割草积肥较为确切,因为夏天的捻泥积肥,青草是主角,河泥是配角。

割青草的主力军是女同胞。那个时候，家家户户都养羊，家门口根本无草可割，因而割草的主战场，每年都是杭州方向的城乡接合部，最远割到杭州松木场。

组织妇女到杭州去割草，队里必配两名既会摇船记数，又能左右逢源的男劳力，以便处理割草过程中有可能发生的纠纷。因为到杭州去割草，也不是你想割多少就能割到多少的，若装草的船停靠的位置不当，你会寻来觅去不见有草可割。碰到这种情况，性急的女同胞若看到铁丝网、围墙里面有生机蓬勃的青草，往往会壮着胆子翻进去"偷割"。

"偷割"的结果，多数是满载而归的，当然也有空手而归的。有一次，翻进去"偷割"的女同胞，误割了人家两丛美人蕉，草刀、草籖均被那户人家的女主人夺走。女同胞哭着空手回到装草的船里，队长派去的、会左右逢源的老马便有了用武之地，他跑去一个劲儿地向那户人家的女主人道歉，说农村妇女头发长，见识短，分不清花草和青草，误割了你家的美人蕉，我们向你们赔不是了。可话又说回来了，我们当农民的也是没办法呀，为了晚稻能多收点，才半夜三更起来赶到城里来割草肥田。那户人家的男主人听了，便对女主人说，算了算了，把草刀、草籖还给他们。老马说，我们误割了你家的花草，哪能算了呢，你们看看，这样好不好，我们带来了两斤老蚕豆，你们若不嫌弃的话，就收下。女主人接过两斤老蚕豆，不仅归还了草刀、草籖和已割到的青草、花草，还说，既然进来割了，索性给我们割割清爽再走。女同胞破涕为笑，老马拱手致谢。

　　当然，割青草也有运气好的时候。有一次，装草的船在杭州北大桥附近刚停靠完毕，就有一位中年男子过来问我们，你们是不是来割草的？我们说，是。他说，我们厂里有好多地方长满了青草。割草的人听到有青草可割，似同酒鬼听到有老酒可喝一样高兴。连忙问，你们的厂在哪里？中年男子说，杭州灯泡厂，走过去不到一里路。那一天，不到两个钟头，就割满了一船草。割草时，那位叫我们去割草的中年男子，还叫人抬来了一桶开水，放在一棵树底下供我们饮用。

　　外出割青草，队里规定每割两百斤可记十分工分，外加两角钱的补贴费，因而，女同胞割青草的积极性很高。青草割回来后，当天就把青草挑到已开好的草河潭的田边（因为明天一早还要用这条船去割草），用来制作沤肥。

　　沤肥，俗称草河泥。制作沤肥的方法极其简单。在草河泥潭里铺一层厚厚的青草，盖一层薄薄的河泥，周而复始，直到青草河泥把整个草河泥潭填满为止。一个草河泥潭，一般可容积沤肥三十多担。这样的草河泥潭，我们生产队里有五六十个，年年装得钵满盖溢。早稻收起后，把已腐烂的草河泥挑到田里撒均匀，做连作晚稻的基肥。草河泥的肥力既大又长，施到哪里好到哪里，且这一熟施过草河泥的田块，下一熟若播紫云花（俗称矮脚花，是一种绿肥），长势会特别好。拿农民的话来说，草河泥可以肥造肥。

　　与前三季相比，秋季的捻泥积肥，任务最轻，力气最省。这是因为，中秋季节，连作晚稻、荸荠、慈姑、茭白、莲藕等作物，分别进入生长期和坐果期,时令已不允许再在上述田里施河泥。然而,视河泥为宝的生产队长,仍坚持停人不停船,天天派出三五劳力去捻河泥。水田里不能施河泥了,就施在旱地上。

我们生产队,在石前港东边,十亩池西边,有一块五六亩面积的旱地。北半块是桑树地,南半块是白地,每年中秋季节,队里就会给这块旱地施河泥。在旱地上施河泥,不需人工挑河泥,只需派一两个劳力搬料。其方法是,在旱地旁的河滩边,离水面约两米处开一个河泥潭,将捻来的河泥,用"牵步"(农具名)从船里搬进河泥潭里,然后,搬料的人再将河泥潭里的河泥,用牵步搬到地沟里,泼到地面上。河泥从河滩旁到旱地上,不用人工挑,只需牵步搬,省工省力的同时,深感"牵步"这个小农具的名字,取得真当有意思。

旱地施上河泥后,隔几天还需要垦一次地,将客土(河泥)和本土搅拌均匀,并适时播上油菜种子。施过河泥的旱地育油菜秧,既抗旱,又发苗。培育出来的油菜秧,棵棵健壮。

1975年冬,公社书记带了一位女记者到我们生产队里来总结粮食高产经验。不久,就有一篇说我们队里事的新闻报道见诸报端。新闻的标题好像是:人跟毛主席的革命路线走,田按毛主席的八字宪法种。现在回过头去看,新闻的标题虽然起得很响亮,但不是很得体,若用"捻竿剪出丰收景"来做标题,多好啊!

沾驾桥感怀|陈如兴

在《崇贤》第三期的封面上,又一次见到了熟悉的沾驾桥,再次勾起了我对古桥的思念。

沾驾桥,一座看似不起眼的古老石桥,东西向跨卧在东港之上,港本不宽,桥自不大,似与此去西北约三里的我老家的丁家木桥(其实也是石桥)差不多大小。然而,沾驾桥无论是用材之优、建造结构上的精致考究,远非丁家木桥乃至当地诸多石桥可与之媲美的。沾驾桥外观端庄严谨,透出几分秀气;东西两端的台阶不高不低,跨度适宜,且全无石板松动的叮咚响声;那副桥洞两侧石柱上的精湛对联镌刻唯它独有,彰显其气质与不凡——上联是"北往南来,均沾利济",下联是"水将山绕,税驾凭临"。我曾多次听到、读到这样的传说:皇帝南巡经过这里,泥水沾了他乘坐的辇驾,所以此桥就得名曰"沾驾",村里人皆以此为傲,沾沾自喜。也不知是哪位皇帝,未见史实可稽,反正是传说,想必是那位妇孺皆熟的乾隆爷了。当今有一些"景点""遗址""遗迹"之类不正是这样"传真"的么?当地人或游人往往是宁肯信其有的,但愿有关"沾驾桥"的传说传得越真越美越好。然而，读了桥下的对联，才知道桥名由来的根据，原来是摘取了上联中的"沾"与下联中的"驾"字组合而成，这样一拼凑，不就包含了些许对皇上的"不好意思"了？皇帝曾否驾临也无关紧要，动人的传说故事必定是完美丰满的。这座桥不光有对联，还有横批，桥楣上刻着"居驾"二字，这是什么意思？难道皇帝还在这旮旯儿驻跸过？如此一来，故事可以添加的枝叶、油醋材料就多了。再有，当年站在沾驾桥上向北眺望两里外的独山活像一只大乌龟探身运河戏水，皇帝见了脱口惊呼"金鳌！"于是独山就有了金鳌山之称——诸如此类，让想象插上翅膀吧！

一座桥的名称往往就是这一区域的地名，沾驾桥也代表此处古老集贸街市的地名，简称沾桥，俗呼桥头。也有称为"周家桥"的，也许与昔日的周姓豪门大户有关，但并非此街正名。还有叫"干家桥"的，是不是嫌这里太湿曾"沾"了"驾"而随愿改称的就不得而知了，但乡间习惯着如此称呼。新排版的清光绪年间编修的《唐栖志》竟称为"千家桥"，一撇之误相去太远，以严谨较真闻名的原编著者王同恐不致出此差错，显系新排印之误。

沾驾桥何时开埠成为集市，我未见史料，不知旧时情况。旧县志稿中的一则统计数字可以帮助窥知其近代的大致面貌。1946年的7至11月，杭县开展商业总调查，并进行登记发证，沾驾桥一处集市的四维乡共调查登记商店九十家，其中有买卖业六十四家、制造加工业七家、技术业五家、集客业五家、兑贷金钱业三家、行纪业三家、运送业两家、居间业一家。商店总数占据整个五西区除塘栖镇之外的其余十一乡之首,相邻的平泾乡为三十四家、崇贤乡为三十八家,连地处水陆要道的东平乡(即东塘)也只八十多家,可见,经历了八年抗日战争纷乱的沾驾桥依然称得上是个闻名于方圆数十里乡间的繁盛码头。似乎我曾怀有的以沾驾桥人自豪的情感还是有点根据的。战后初期,我五六岁时朦胧有记,来往于桥头——沾驾桥街的人很爱热闹,人们隔河隔港大声大气地互相招呼、祝福:"乃好了,日佬二总算滚蛋了,好过太平日子了!"好像只有到桥头去走走才是宣泄胜利喜悦的最恰当的方式。我父亲因从事师公生意,那时起,每天必定一大早就去桥头出街,到来福茶店泡壶茶,聊聊天,"灵灵市面",接到的师公生意开始多了起来。那时我只有在过年过节到大姐家去时才有机会东张张西望望见识桥头街的世面。小巧而又显气派的石桥跨在河上,两条街道隔河相望,靠河一侧都有米床(即塘栖古镇所称的"美人靠"),西街自北侧弄口的来福茶店起有杂货、理发、南北货等各式店家往南绵延六七十米,东街南北长约百余米,棉布、百货等商店热闹非常,我大姐家就在此街中段。这里的地坪特别高,街路平整宽阔,米床也特别好。大姐家不开店,南隔壁是糟坊、染坊。沾驾桥最热闹的时节是过年。尤其是大年初一,四面八方穿着新衣新鞋的大人小孩,好像都要涌到这里热闹一下才算是走进新的一年,只见店面里商品琳琅满目,摊头五花八门,两岸人头攒动,兴致正浓。沾驾桥集市的兴旺鼎盛期当数土地改革结束、1951年供销合作社建立之后的年份,农民的需求和购买率不断增长,各类农副产品源源不断地上市,生产、生活资料等商品供应丰富,市场购销两旺,秩序井然,景象繁荣。那时的沾驾桥头是我儿时记忆里的"小天堂"。1958年起,由于行政、商业等体制的改变,农副产品生产、销售受到了限制,以及自然灾害、国民经济困难时期的出现,令市场景况趋于低迷,1961年起开始有所恢复。

1964年初至"文革"开始后的1967年初期间,我因受塘栖派出所指派,分管沾桥、崇贤、宏磻三个公社的治安工作,并以沾桥为落脚居住点,便与沾驾桥有过一段亲密的接触,记得枯水季节里我曾钻进沾驾桥桥洞,特意去见识那副曾有耳闻的对联。凝望着精致古桥和那苍劲的对联,一幅描绘悠远热闹场景的画卷浮现在眼前——一群群挑着或驮着货的客商农人"北往南来"地赶集市,买卖交易"均沾利济",一批批摇着划着的商船农舟"水将山绕"望桥头,卸装货物"税驾凭临",好一处兴盛的街市码头!

沾驾桥不仅是一座古桥,更是一处集贸街市,还曾是周边康桥、义桥、崇贤、南山、平泾、龙旋、四维等乡的政治、经济、文化中心,名望更在那些普通的古桥、古街之上。

近些年我曾几次重返沾驾桥,所见所闻只觉滋味难辨。河港疏浚、砌墈后变窄了,河岸加宽、路面填高后古桥的台阶被埋了,东西两岸店面屋宇破旧冷落已不成街市,荒废难掩。据说是旧街面已不适应今日的需要,因而要另辟东侧新市场,但新市场也难见新气象,连过年时亦难显当年的风光,传承外公手艺的师公,我外甥祖根精心烹制的过年传统佳肴也问津者寥寥。

　　这里的百姓在叹惜,于是对这一现象、趋势的成因不由七嘴八舌地讨论道:是无足轻重、失去了价值;是资金或精力不济;还是边缘、角落照顾不到……众说纷纭里包含着怀念、惋惜、无奈和牢骚,归落到一点,就是期盼、期待。那首脍炙人口的名歌《谁不说俺家乡好》唱出了人们普遍怀有的心声和思念,我也曾豪迈清脆地唱响,而今,想着、望着沾驾桥的颓势,我有点不好意思了。我好像在为沾驾桥叫魂、呼救!好在区镇两级政府已把沾驾桥纳入文物保护之列,相信古老的沾驾桥,随着新农村建设的不断推进,一定会焕发青春,更聚人气。

风风雨雨"老墙里" 陈如兴

　　丁家木桥自然村西端，有一座曾在旧四维乡范围内数一数二的豪宅，人们习惯上叫它"老墙里"。是因为那里在新中国成立前办过学校，而究竟是按古时之称叫"老庠里"呢，还是因四周高墙而俗称"老墙里"，我无法确定。这里，姑且依村里乡音就称"老墙里"吧。在我小时候的印象里，"老墙里"很是与众不同，它围垣大，围墙高，前后紧闭，神秘莫测。它东西开阔约二三十米，南北进深约四五十米，占地约一千五百平方米。它不像本地普通人家的结构，几乎千篇一律的一档家檐石、一条木门槛、一对木大门管控一切那样的建构模式，而是独具一格的全封闭结构，东侧以透顶的防火墙与杨家相隔；西侧高墙之外又建一套"一直落"平房，我在《师公人家》的文稿中称其为"老墙里"西屋；南侧路口是两三米高的粉白围墙，顶上覆以护墙青瓦，挡住了一切视线，走在墙外路上，连里面的二楼屋脊都看不见；南围墙东首三级台阶之上是严整的石库门，两扇厚重的铁包墙门通常紧闭；北墙临河，河的北岸便是我家所在的葛家兜小村，北墙门外平台式左右双河埠很考究，因为墙高照不着太阳,又很少使用,水下河埠石上长满了青苔,盛夏游泳到这里歇息,又滑又阴冷。

"老墙里"是丁家木桥村里三户地主中最大一户住宅,听说它的老辈户主叫丁香山,赫赫有名,新中国成立前就已离世,他家的大批土地都分布在桥北的横泾圩和桥南的马家圩两处田畈中,少量雇工耕种,大部分出租,至新中国成立前夕这些土地基本上都脱手处理。据说丁香山有五个子女,都在杭州城里,其中有个女儿叫宝梅,是教书的,也有个子女从医的,都很少来这里居住、露面,我只见过他们中的老五——小名"五毛儿",大名丁本忠,还有他的儿子丁士元。丁士元也就是《师公人家》里提到的那位军官新郎阿元。

1950年秋,土地改革运动轰轰烈烈展开,神秘的"老墙里"的墙门被咣啷打开,人们跟随工作队和农会干部潮水般涌入,我们几个"小鬼头儿"也夹在其中看"西洋镜"。只听得一些大人们在叽咕议论:"东西老早搬光了,只剩空房子了。"我像在梦境中一样,走进了一座空旷的"迷宫"。头一回看见光滑得照得出影子的地面,漆得同样照得出影子的深红楼板上,到处撒落着写有毛笔字的"霉头纸",除此之外我好像什么都没有看见,却"独头(白痴)兮兮"地去探知通向北墙外那个考究河埠的门径出口。扬眉吐气的人们毫不在意地踏着、踢着那些"霉头纸"昂首而过,重重叠叠的翻身脚印让它面目全非。此刻,我仍"独头兮兮"地追悔,当时何不拣它几本放至今天,或许可以从中窥知些当年"老墙里"主人们的心思。"老墙里"分为前后两座厅楼,前厅楼从南围墙石库门进入,有门厅,西侧正中是大天井,再西是厢房;门厅、天井、厢房以内是大厅,有三间门面宽,大厅的东西两侧各有边厅,厅前各有小天井,厅内各设楼梯;楼板厚实坚固,有人说即使放上石臼舂米也安然无事,楼上分隔成五间。前后厅楼之间有天井相隔,天井两边各为厢房,后厅楼与前厅楼规格基本相似,后厅楼显得更开阔些。前后厅西侧连接处有门道与西墙外平房相通。据说平房曾用作厨房和佣人起居室,屋外另有一处淘洗汲水的河埠。

自从"土改"开始,"老墙里"一扫原来的死寂冷气,它成了农民协会聚会活动的热闹场所,成了丁家木桥行政村的中心。前厅楼上是村农会办公室,楼下大厅,白天为新开办的村小学的课堂,晚上或是农会开会,或是开农民速成扫盲识字班上课,尤其是夜晚,这里是村民们必到的地方。那时,担任乡民兵自卫队大队长的我大哥梅兴,自然也是村里农会活动的积极分子,他每天夜饭碗筷一放下,嘴里还嚼着饭就去"老墙里"点汽油灯了。汽油灯很难点,先要打气到一定刻度,灯泡是由真丝织成的,呈网状,一点着就成了灰,动动晃晃或是打气太足了就会破,灯就亮不了,喷气的小孔被煤油屑屑堵塞了就得及时用极细的退煤针疏通。粗中带细的大哥总是小心翼翼又熟门熟路地把灯点亮,直到带着一头汗两手油把灯挂在大厅顶上沙沙作响。待点燃后众人欢呼时,他才轻松一笑,他知道这盏灯对于农会实在太重要了。

我在《师公人家》里说到阿元与阿仙在"老墙里"西屋拜堂结婚

的事,我曾转念,偌大宽敞豪华的"老墙里"前后大厅楼,婚姻大事缘何放在不起眼的西屋平房操办呢?也许丁家老辈过世后晚辈们尚未就房产做出分割;也许是因为1947年与1948年,家境由盛转衰,大势已去,机灵的人们有意尽量与"老墙里"少沾边;也许嫌久不住人的大厅楼阴森闹鬼,且装饰布置费工费本,不如西屋省事实用。西屋虽是平房,却比普通民宅要深邃开阔得多,中间还有个小天井,天井里并排着两株铁耙柄粗细的桂花树。一天,村和乡里的干部领着两位解放军走进了西屋阿元的家,他们掘开天井里的泥土:"哦,怪不得两株桂花树会并排一起的,原来是种在同一只缸里的!"总以为他们是来掘桂花树的我恍然大悟:"缸里也能种树的!"只见他们把缸连树移开,只见缸下不是泥而是石板,"噢,石板下面还有东西!"只见捧出了一个沉甸甸的油纸包,打开一看,"哇,是枪,两支木壳枪!上面还涂满了黄油!"我头一回见识曾有耳闻的这东西。阿元是国民党军的回乡军官,据说这枪是他从部队偷带回家的,时势紧了,就想出法子把它藏了起来,解放军找他谈话教育后坦白交代了此事。阿元与阿仙结婚后连生两个儿子,大的叫克勤,小的叫克俭,可见,阿元当时的家境已到了不得不只求"勤俭"度日的地步了。阿元好像没有经受那场急风暴雨似的土改斗地主运动就幸运地病死了。没有享受多少地主家福分的阿仙却成了偌大地主家园的唯一"代表人物",披头散发频频跪在控诉斗争大会的台板上,赤着脚低着头被监督到田里干摸荸荠、割稻等生活,当年那风光的拜堂场景也许早已成了令她切齿的一幕。

"老墙里"的传人孤儿寡母度日有些艰难,举目尽是避嫌的眼光,何求相助? 幸好有一双"盲细眼"久已暗暗瞄上了她。谁呀? 是本村鼎鼎有名的老小伙子丁法根,因眼睛近视,被村里人呼为"盲细眼法根",实墩墩一表人才,"肚皮里有点儿墨水",略带斯文醋味。他因新中国成立前当过保队副,挂过木壳枪,所以也在受监督之列。有一种传统习俗叫作"门当户对",法根与阿仙最终配成对,却是谱就了另类的"门当户对"。我曾经在有关"漾潭潭"的故事文稿里讲起过,漾潭潭东岸的张家塘全村姓张,唯有一户姓丁,这就是丁法根一家,包括妻子阿仙及其儿子克勤、克俭。阿仙后来又为法根生了两个儿子,名字里都有个"良"字,意含着一种向往。好像法根家是在荣华高级农业社时从丁家木桥南岸搬迁过来的,张家塘北侧喇叭口港内的抽水兼轧米机埠便成了他们的家。也许是因为包括张家塘、马家里和葛家兜在内的桥北岸生产组里没有一户地富反坏"四类分子",而"农业发展纲要"规定农业社负有监督改造"四类分子"的职责任务,才将法根一家安插进来以"填补空白"。我在初中辍学回家参加农业社劳动时,曾有过同法根一起做农活的经历,相互知根知底,殊无嫌隙。克勤、克俭从小比较机灵,赤条条桥南桥北到处跑,消息特别灵,村里人亦无另眼,赐予"大广播""小广播"的雅号,"大广播"克勤比较内向,话语少些,可能心思多些;"小广播"克俭则显得较直率,善交际,话也多些。

大概是1958年冬,"老墙里"丁家的老五、人称"五毛儿"的丁本忠回到了丁家木桥,时约五十多岁,胖胖的中等身材,圆脸浓眉,肤色稍黑,略带些络腮胡子,说话低沉带点沙哑。记得我小时候曾见他与儿子阿元在西屋墙外玩足球,头颠足球不落地,身体很灵活,如今却有些老态龙钟了。村里人不论老少见了他都叫声"阿五爹",虽然他对大多数村里人尤其是年轻人来说是陌生的,虽然他心里明白自己是回农村接受监督改造来的,但听了大家如此相称,心里还是暗暗泛起回乡的温馨感。那年,"大跃进"运动掀起后,为了实现城市的"政治纯洁",市里开展了"政治清理"运动,把一些曾有政治历史问题的人员清理遣送到农村人民公社监督改造,后来这些人在乡间被俗称为"城迁分子"。一直在杭州某中学担任体育教师的丁本忠,因为地主家庭出身,加上又曾犯过私刻公章之类的问题,就被列入清理迁农范围,被准许自愿选择回老家农村。他自然被编在荣华大队丁家木桥生产队里,住"老墙里"西屋。因为从未接触过农活,年纪又这么大了,队里就照顾他做些零碎杂活,到田畈里帮助看管群鸭也是他的经常性任务之一。我曾几次看见他戴一顶宽檐旧草帽,穿一件宽大的黑色两用衫,拖夹着一根长长的赶鸭篙子,赤脚蹬着高筒靴,"空通空通"地经我家道地走向田畈,背影里看打扮、看体形、看步态、看竹篙的捏法,怎么也不像是本地农民,不知情的人会把他看成是一个精神不正常的陌生人走错了地方,他身上哪里还有一丝曾经的中学体育教师的影子?这难道就是受监督改造蜕变的力量?

让"阿五爹"感到安慰的,自然不是因为重回"老墙里",而是这里有他的两个孙子。"大广播""小广播"成年后就与爷爷住在了一起，便利照顾赡养，共享天伦。但两兄弟仍在桥北岸生产队劳动，有一次大概是因为生产或利益分配方面的事，克勤克俭与生产队长马福兴发生了矛盾纠葛。福兴绰号叫"辣阿福"，性子直，批评人不讲情面。"大广播"克勤接受不了，耿耿于怀，总想出出气，就动了恶念，深夜到漾潭潭南岸，将煤油泼在福兴家新造不久的房屋草披上，点着火后逃去。幸好，福兴家造房子时为防风吹和雨淋，特意在草披上涂了湿泥，点着的火烧光了煤油就熄灭了，草披烧出一块乌焦。事后追查一猜就中，时值"文革"期间，克勤自然以"阶级报复"纵火罪锒铛入狱。

真是"无巧不成书"，克勤经劳改一年多释放后，竟意外地被桥头我大姐"另眼"相中。大姐唯一的女儿瑞仙远嫁老鸦桥王家独子，婚后生两女一子，后来丈夫不幸得病，英年早逝，瑞仙一直在王家守寡，做母亲的自然常挂心头。大姐偶尔从娘家人口中得悉"大广播"释放回家的消息，心里转念起来，认为这个毛头小伙子"刚头刚脑"一时糊涂犯了错，吃过苦头回头了就是"金勿换"，又觉得与女儿年龄相仿合得来，于是就托人介绍，两方一沟通一拍即合，克勤就更名"春松"到老鸦桥"坐了现成寨儿"。没有想到本村本土的"大广播"远走他乡竟成了我的外甥女婿。春松后来的表现印证了我大姐的"眼力非凡"，他在老鸦桥干得很不错，心灵手巧，是生产队里的热心电工，肯卖力，人缘好，且夫妻恩爱和睦。

1987年市、县政府部署开展落实"城迁人员"政策工作，"小广播"克俭终于迎来了好运，克俭上下奔走争取机会，我也为他联系有关领导证明情况。政策中有规定，允许"城迁人员"本人自愿将安置名额指标转让给自己的第二代、第三代，年迈的丁本忠自然巴不得让小孙子得此机缘，结果克俭被安排进了南湖农场当职工，后来在余杭镇上找了对象成了家，又将祖父接去农场共同生活，奉老至终。如今克俭也已经退休，儿子大学毕业后也找到了工作。

风一阵阵地吹，雨一场场地下，"老墙里"颤颤巍巍，衰败不堪。日月星辰轮番经过，远远近近群楼错落，竞相争辉。"老墙里"相关的人们境遇各异，趣味故事各有精彩。

师公人家 | 陈如兴

师 公 陋 屋

我曾经在《小村葛家兜》一文中提到过我的老家,总共七户的小村中最西边的一家就是,两间泥墙平房是村里最低矮简陋的。可泥墙小屋虽简陋,但它紧贴横泾圩大田畈,阡陌小径条条通向大运河。平房虽简陋,但明亮透风,周围庄稼芬芳,远处船歌悠扬,身居其中真有那种"金窝银窝不如自家草窝"的温馨感,让我至今仍时常怀念这个近在塘河口,生我养我的陋屋。小时候听父亲说我们这个家是祖辈从"西横头"搬迁过来的,但没有细问是具体哪个"西横头"。因为是外地搬来,虽算是田庄农户,但没有田地产业,主要靠做祖辈传下来的"师公生活"过日子,所以被人家习惯地称为"师公人家",父亲有时却苦涩地自嘲为"吃空手饭"。

水乡地方的人都知道,师公就是帮人家操办婚丧诸事的人,其作用一是依据主办东家的意图烹制食物菜肴,二是主持或参与庆典、祭祀场面的仪式。师公一职及名称可能源于古老的祭祀活动,参与主持的男性被敬称为师公,女性则被敬称为师娘(婚典中称喜娘)。

师 公 家 财

记得我幼小时,家里灶间里,有一固定在墙上的木框碗架,分四层,层层叠叠摆满了一两百只师公碗,碗里刻着"永"字的是祖父传下来的,已为数不多,大多刻的是父亲名字茂春的"茂"字。这些碗再加上几把师公蛮刀和笊篱、勺子等就是我父亲做师公的"吃饭家伙"。还有一本婚庆场合用的《吭书》也算是做师公的"传家宝",里面内容用正楷毛笔字抄录很端正,我读小学时看不懂,后来想看,说是"文化大革命"时"扫四旧"时烧了。

广阔的横泾圩田畈里,属于我们家的唯有一块小得可怜的三角地,位于我家西侧约五十米处的路旁,听父亲说这里原是一块无主的杂草丛生的荒地,祖父与他经过翻掘整理才像个样子。它南北长约八米,南边宽约六米,北边宽约三米,呈三角形,家里习惯叫它三角地。地的东侧居中位置有一株大火桑树最出风头,树干近地处横弯成条凳样,再折而挺直向上,蓬头遮盖着大半块三角地,每年春季的桑叶可饲养一角(四开)蚕种纸的蚕。祖父原本盘算着用这块地搭建些房子,然而当我初记事时,三角地实际上已经成了我家的祖坟地——东北端角上是祖父的坟墩,东南角靠路边摆放着祖母的棺材,西侧居中一株花红树下埋葬着我的母亲。父亲每次到三角地上修桑、摘叶、削草、种豆,总要把我带去,我在火桑"弯凳"上爬上爬下与父亲说着话,父亲也就少了寂寞。

以上所有这些就是我家在 20 世纪 40 年代中期时的全部家财。

师公晦气

日寇蹂躏的年代,国土沦丧,民不聊生,无田无地的师公人家断了生计,晦气事接踵而来。1937年时为了减轻负担,父母忍痛割爱将年仅十五岁的老大珍玉早嫁出门。第二年灾祸接踵而至,家里十二岁的老二珍南在割野菜时染病,于三月廿四日夭殇。为了生存,家里开始养鸭寻找活路。起初,母亲用鸡蛋向人家换来鸭蛋让老母鸡孵,孵出的十几只小鸭在门前屋后放养,两个来月后卖鸭换了米。于是,父亲拿出师公刀劈毛竹编簾子,买来小鸭,索性养起鸭来,从几十只扩大到一百多只,我的两个哥哥——十三岁的梅兴、十岁的圃兴开始成了家里赶鸭放鸭的主要劳力。一个隆冬天,大哥反复钻入塘河里深水处摸捞沉船遗留的木板,得了风寒重病,烂掉了鼻梁骨,破了相,继发哮喘病。

家穷易遭染指,大财主家浸在葛家兜河里准备为女儿做"十里红妆"用的一支大木头不知了去向,报告水上警察所后一连用严酷的"蜘蛛刑"对被指控人进行逼供,实在受不了刑的只得攀咬他人。第三个受刑被逼供的人攀咬了我的父亲,父亲百口莫辩,连遭"蜘蛛刑"折磨——两个大拇指和两个大脚趾被分开吊起,身体朝天,腹部压上大石板,嘴里塞一把筷子,行刑人一边不停地往父亲的嘴里灌水,一边厉声吼叫:"招与不招?"父亲被弄得生不如死,死将临头时他咬出了平时关系较好的保长的名字,总算得以死里逃生。后来那支大木头出现在古运河的鸦雀漾里。父亲生了一场大病,两拇指两脚趾溃烂不止,重新长出的趾甲皱裂变形,由行刑而起的严重胃病伴了他终生。

大哥得病后，放鸭养鸭的重担落在了二哥身上。上百只鸭子养到翅膀毛长齐，就得搭靠养鸭大户，由十岁出头的二哥跟随去外地"出棚"。父亲用烧红的弯头铁丝将每只鸭嘴上烫上半月形记号，母亲为二哥准备了小包袱和一小袋米，千叮咛万嘱咐地送二哥出远门。鸭棚住一阵换一地，辗转间去了上纤埠、安溪、瓶窑、泉庄，甚至武康三桥埠，二哥也不知家在哪里，挨饿、受冻、淋雨、暴晒，还要受骂挨打，想家想妈不知哭了多回！1944年的冬天，出远门放鸭个把月的二哥回来了，一家人很高兴，才虚岁四岁的我缠着要二哥背背，谁知乐极生悲。二哥背了一阵后将我放下，我的脚踏在刚盛满灶火的铜火缸上，没有踏稳，我就敞着开裆裤坐在了火缸上，顿时屁股和两大腿大面积烫伤起泡，水泡破后又感染发炎，溃烂不愈。已怀有身孕的母亲只好整天抱我哄我，被我折腾得实在支撑不住，呼着我的小名无奈地抱怨着："阿苟呀阿苟，我真要被你搅杀哉！"渐渐地腹胎没有了动静，母亲就一病不起。后来懂接生的姑妈为母亲摸了胎，但为时已晚。父亲用赶鸭船载母亲到獐山野猫山向名医俞先生求教，医生说如果打一种叫"六〇六"的针可能会有救。但一针就要两石米，已经有气无力的母亲听了淡淡地对父亲说了句："回去吧！"年关到了，母亲奄奄一息，一家人沉浸在无限的痛苦中。1945年的正月廿八日，母亲静静地离开了我们，走时才四十二岁！亲友和邻居来我家草草地将母亲安放在旧衣橱里，抬到三角地埋入地下。

每当抚摸着留在大腿后侧依稀可辨的火缸眼疤痕,想起母亲的早逝和小弟的未能出世,想起我所闯下的祸,想起那个晦气年代的晦气事,心里有无尽的追悔与痛恨!

师 公 唱 吭

母亲去世那年的下半年起,随着日本人的败退投降,笼罩了中华大地八年的阴霾渐渐散去,在乡间,传统习俗伴着鞭炮锣鼓声复苏。父亲也开始从失去亲人的痛苦中走出来,天天清早挽着"出街篮"到桥头街上吃吃茶,"灵灵市面",陆续接到了一些师公生意。虽然那时我的两个哥哥已经长大,可以稍让父亲放心了,但我和小阿姐秀玉还只有五岁和八岁,还需大人照管,父亲一出门做生意,家里就乱了方寸。好心人为父亲介绍继配,说妥后于当年冬过门。继母是施家路人,嫁在山前村,丈夫早年病故,留下阿农、阿有两个儿子。继母很能干很勤快,家务活样样都会,我们的吃穿有了照料,家里安排有了条理,最小的我得到了比哥姐更多的关爱,继母向人讲起我时,总是说:"只差肚里待上一待。"继母过门不多久,在父亲的关照下,比我二哥大一岁的阿有也到我家一起过,大概一年多后,比我大哥大两岁的阿农也住在了我家,他脚跛,但做农活很勤劳,后来我大姐介绍他去桥头跟杜师傅学做鞋匠,上鞋子技艺学得很精到。

父亲小时候读过私塾,好像下过苦功练毛笔字,他写在"出街篮"和其他农家具上的"茂记"两个字工整匀称,看上去每一笔都恰到好处,如同他的为人那样严谨。这只"出街篮"像是他的"身份证",出桥头街必定挽着它,在茶店的老位置上一放,似乎标明"师公茂春师傅在此"。每当父亲兴冲冲回家,"出街篮"里有一条白混鱼或是一刀肋条肉时,必定是接到"烧酒生意",有意要让家人改善一下伙食。我们习惯把出门做师公叫作"烧酒生意",分为烧喜酒或是烧素酒。除了在桥头街上接头讲定的以外,多数办酒人家是上门邀请师公的。桌数少,如六七桌的,父亲将所需各类菜肴材料数量当面告诉来人,如是二三十桌的,就把用料、名称、数量写在纸上,叫作"开账儿"。无论是口头告知还是"开账儿",父亲都要帮东家精打细算,以避免浪费。那时的一般喜酒筵席多为"六碗头",有红烧猪肉、红烧羊肉、白蘸鸡、糖醋鱼块、大肉圆、炒三鲜。用"八碗头"的算是体面酒了,少数人家也有用"四碗头"的。师公工钱一向由东家按社会场面价封送红包。另外还有喜庆场面上给的元郎包、接亲包、结作包等红包。当师公碗箪挑到家后,我和小阿姐最在意的是抢着去摸箪里的红鸡蛋和红枣、桂圆、花生等果子串,常常捧着挂着舍不得吃。

旧时娶亲婚庆仪式十分繁复,主持庆典场面的师公在喜娘的配合下,既要支配一对新人及其他参与人员的动作,又要根据不同场合哼唱祝词,在一般人看来实在有点难,甚至有点捉弄人。需要师公出场的大概包括:一是携带男家的接亲包、接水包、开门包之类名目繁多的红包及蜡烛、梳妆拜盒等随接亲船到女家接亲,吭唱催促新娘上轿;二是接亲船返回男家河埠时,吭唱迎接新娘花轿及宾客；三是在男家堂前与喜娘、轿夫等环绕花轿传递银盘（梳妆拜盒），边传递边吭唱，约传四转；四是主持新郎新娘结作拜堂仪式，师公扶持新郎，喜娘扶持新娘，随着吭唱参拜四方朝神、堂上祖宗及父母尊长等；五是吭唱引送新郎新娘进入洞房。我小时候在丁家木桥等邻近村坊挤在人群里看过多场结婚场面，见多了就觉得也没有多少难的，印象较深的是南岸阿元与阿仙的婚礼——大概是1947年冬，丁家木桥最大财主家的后代、国民党回乡军官阿元与富家女阿仙在"老墙里"西屋结婚，师公是我父亲。当花轿来到河埠头，我父亲出面主持迎亲，人群中只见他略微躬腰，用高亢的声调"游啊、游啊"地吭唱起来，"一顶花轿到村中，两岸青草绿绒绒……"同时两只手一上一下地挥动，表示迎接之意，花轿随之抬上岸来。看着父亲的姿势动作我觉得很熟悉，不就是以往在河滩头，手里抓一把糠圆子，"游啊、游啊"地抛撒出去，引鸭上岸的习惯动作吗，太容易了！喉咙里出声，鼻子里哼哼，舌头打个滚，谁听得懂呀？吭唱些什么无关紧要，所要的是哄一哄风光场面，引来更多的目光。烛光辉煌的丁家厅堂里，穿戴得花枝招展又架着墨镜的新娘子阿仙"仙"态更显，随着师公"三请新郎登堂"呼声喊出，头戴礼帽、身穿黄军装的阿元被带引上堂，拜堂结作仪式开始。师公朝着大门吭唱："冲天大门皇，月中选月，日中选日，选出黄道吉日，吉日黄道！"并呼，"请喜娘代新娘上香！"又吭唱："一上线香，二上门香，三上儿来宝香！"然后新郎新娘分别由师公、喜娘搀扶作礼，先朝大门外向四方朝神作拜，师公每吭唱一句，新郎新娘被按着做一鞠躬三低头，这时我父亲的吭唱变得更加慢条斯理、高亢婉转起来：“独山顶山张老相公，王家庄漾水陆朝神，武林头港铁锚太子，塘栖长桥水陆总管，丁山湖漾水木娘娘……”接着新郎新娘转身朝里，再拜堂上祖宗及双亲长辈，最后是夫妻对拜。看上去新郎新娘好像是穿着华美衣裳的木头人，任凭操弄作拜，服服帖帖。在向祖宗跪拜时，父亲一边揿着新郎的头，一边连呼三句“叩首拜”，神色轩昂，声音也有点走调了。等到拉起来再夫妻对拜时，新人早已晕头转向认不出对方是谁了，还骄傲地以为此生没有比此刻更风光更荣耀的时刻了。最后是送入洞房，新郎一手拉着师公满是油腻的布衫，一手牵着新娘手里的绸带，喜娘搀着新娘，师公一手捏着盛耆糠的筐子，一手向地上撒耆糠，高调又起：“堂前撒把蒲蒲松，月老寿星到府中，喜送双双进华堂，传宗接代到房中……”

师公传承

新中国成立前夕，一些地主人家预感时局变化对他们不利，暗地里转移财产、出卖土地，我父亲趁此用做师公生意赚得的钱买下了家门前的两爿水田，约有两亩。在新中国成立后1951年的“土改”中，家里又分得了一爿水田和一块旱地，前后相加共约有五亩多土地，父亲随即迸发出对耕作土地的热情，得到了可喜的回报，一家人真正过上了主要靠种田务农过日子的生活。阿农和阿有由于“土改”时回山前老家参加土地分配，分别立户，各得其所。

20世纪50年代，每年冬季乡村结婚喜事多，师公生意忙。我二哥阘兴已在抗美援朝中被留下当了干部，大哥梅兴就成了父亲师公生意的唯一帮手和这一职业的继承人。新中国成立后的结婚习俗和仪式有了改变，一律采用新式，如接亲迎亲，初时由儿童腰鼓队迎亲，后用敲锣打鼓接送；新郎新娘结作拜堂改为向伟人像三鞠躬等，简易而不失隆重。到 60 年代中期，大外甥阿祖跟着外公和大娘舅开始学做"小师公"，此后我父亲逐渐脱手师公生活。70 年代中期，家居沾桥的外甥阿祖单独接揽师公生意。70 年代后期起，大哥的一对双胞胎儿子阿毅、阿彪成了"小师公"，逐渐顶替其体弱的父亲，很快成为能手，至 80 年代，两兄弟或结对或独当一面，成了小有名气的师公。进入 21 世纪，兄弟俩转移兴趣目光，渐渐厌弃、疏离油腻熏扰的师公生活，以至彻底告别了师公这一祖传的行当。

漾潭潭边的那些人那些事 | 陈如兴

　　每每想起家乡四维村的漾潭潭儿,总有一分眷恋,有一分温馨,有一分向往,有一分惆怅,有一分难以割舍,真是五味杂陈,缠缠绵绵,搅得我整夜难眠。夜深了,我吃了颗安眠药,想索性乘此梦游故里,去看看旧景,听听乡音,但脑中的画面一幅一幅地掠过,梦来不及做,漾潭潭儿亦没能去成。自从 2006 年横泾圩一带翻天覆地建成港口码头时起,漾潭潭就已融入茫茫汪洋再也不复存在了。正是因为久违了,永远地消逝了,心底里的那份怀念就越发强烈了。因为怀念,也为了纪念,我还是执意要把曾经听到见到的有关漾潭潭边的那些陈年旧事拼拼凑凑整理一番,以勾回味、引笑谈。

　　曾经的漾潭潭在哪里？踏上丁家木桥,一条乡间大路逶迤北去,一百五十米开外,绿荫环抱的地方就是漾潭潭和它所供饮的村落。如今若从尚存的丁家木桥北望,那浩瀚港面东南角的近岸一带便是它曾经的所在之处。这个处在横泾圩田畈东侧,约有四五十米见方、三四米深、略呈圆形的大湖荡是什么时候形成、如何形成的呢？是修筑围田圩塍，挖土挑泥造成的吗？从来没有听说过，不敢胡乱猜测。如若窥探其水的来源，便可知道它离不开古运河的呵护。运河水在十二里漾东岸穿经横泾桥港，向着独山缓缓东流，抚慰北岸陈马沈家兜、莫家塘诸村落的同时，在南岸淌过枇杷、桃树茂密的三桃花地段，向南轻轻划出一条喇叭口小港，去惠顾那里古老的横泾新庙和它的村民。河水源源灌输，那片大湖荡便尽情蓄积，渐渐地四周树成荫、草铺地，湖面碧波涟漪，酷似硕大的圆镜，人们亲昵地称之为漾潭潭儿。喇叭小港穿过庙桥继续前行，向南，折东，回北，至杨庵兜（今四维村委办公地）为终。

　　最初在漾潭潭居住生息的，主要为东岸的张姓和北岸（后改移南岸）的马姓两个家族，村落亦分别以姓氏称为张家塘和马家里。此外，北岸另有两户金姓，东岸后来增加一户丁姓。因张姓人户居多，那条喇叭口小港就叫张家塘港。我小时候远望张家塘，好像整个村坊都罩在树的枝叶里，有些神秘和陌生感，这里又没有与我同龄的男孩，我很少去玩，偶尔去看庙事活动，或是跟随大人到炳华哥家做客，才有机会身临其境。那时张家塘共六七户人家，大多围在一个大圈子里，显见系一门同宗。房圈后面是果木葱茏的李子园田畈，多系张家田产。张氏上一代兆字辈为兆基、兆林、兆荣三兄弟，到20世纪40年代中后期时均已不在人世。新中国成立初时多为奎字辈当家，最东侧为掌奎、金奎俩堂兄弟，掌奎是单身汉，因头颈有些倾斜，人称"键头阿掌"。因患有烂腿病，他基本上不坐田庄，坐坐茶店，养少量鸭子做伴，很孤独。金奎是兆荣的儿子，家里曾开茶店，因屋前近庙，生意还不错。金奎家西侧大门内是个大天井，天井西侧是叙奎、顺奎和发奎三家，叙奎伯为奎字辈中年长者，他常到我家白相（玩），与我父亲喝茶谈天很合得来。天井正北是炳华家，炳字辈为第三代，因我父亲给炳华哥取过名字，两家才有往来，我去做客时才知道整个张家楼房好像走马楼一样很考究，令人羡慕。我家与张家的亲缘关系在我大哥梅兴当家时拉得更近，他把女儿菊仙嫁给了顺奎伯忠厚的小儿子炳山。这对都未上过学的小夫妻勤俭克己，坚持把独子张峰送进大学，争气的阿峰一路顺风，在浙江工业大学学习生物制药，成绩优异，一毕业就被招进富阳的某制药厂，今年1月在独山新苑新居与一位同厂的富阳姑娘结了婚，我与二哥圃兴还应邀去吃了喜酒。

张家大院西南角十来米外另有一户张家，槿树篱笆围着两间平房，独具一格。户主叫连福，家里设有稻谷木砻，专做将燥谷碾成糙米的加工生活。其独子正宝是砻谷的好把式，只是患有"耸肩胛扭头颈抽搐"的毛病，已到壮年尚未婚配。南村丁家木桥美貌姑娘天女突发疯病，赤身裸体在桥北通往漾潭潭的大路上乱唱乱舞，家人着急，众人叹惜。有人便出主意将她嫁给正宝，经试探双方都中意。于是，急事急办，花轿凤冠加小唱锣鼓，咿里哇啦风风光光将新娘子迎进夫家，热闹气氛轰动张家塘。记得那天，才六七岁的我，被喊着"快点呀！快点呀！"的二姐拉着抢先冲进张家新房，抢得了放在新马桶里用红丝绵包着的两个红鸡蛋和两节甘蔗，很是稀奇。新婚过后的张家风平浪静，天女的毛病奇迹般痊愈，从此成了贤妻良母,所生顺田、友田两个儿子都很健壮。小儿子还上了工农兵大学,进而当上了税务干部,只憾履职欠恭翻沟落马,当了保安。

张家塘最出名的当数金奎,记得 1958 年人民公社初成立时他就是荣华大队的党支部书记,使命崇高。阿金伯识字不多,却聪敏机灵,眼睛眨眨便计上心来,人又泼辣,因此从小就得个绰号叫"辣拐头阿金",也许这种禀性源于家里开茶店做生意的熏陶。说实话要是没有那点"辣"与"拐"的手腕,要想当好当时形势下的大队支部书记谈何容易!那时一味强调"大"与"公"的做法,譬如土地、农具等一切归公,取消自留地,不准养鸡鸭,拆掉私家灶,吃饭大食堂,生产大呼隆,田头磨洋工等,使群众感到很不适应,怨声四起。为了"不折不扣"地执行当时的政策,基层领导干部不得不使出一些诸如"挂饭篮儿"(停止供应食堂饭)之类的"辣"与"拐"的绝招,于是"辣拐头"便成了社员借以出气的口头禅。当基层干部也实在难,还好,阿金伯总算比较平稳地走过了那段难走的路,人们应当体察他当时的难处,记住他的好处。

漾潭潭北岸早先居住的,除了两户金姓外,还有三户马姓:兄弟分居的奎林(俗称阿毛)和奎福两家,另一户是如友。那里绿树蔽屋,翠竹成园,环境很好。奎林家居中朝南,竹林里的小径河埠为北岸平添景色。奎福家与奎林家紧邻,大门朝西,门前满目桑林、竹园,房屋粉墙青瓦,结构优于兄家。如友家在稍西南侧单独立屋。三户缺田少地,以放养大火鸭为主业,尤以奎福最出名气,拿了大半辈子的赶鸭篙子。他的名字还与一场真实的抢亲戏连接在一起。我小时候听大人们说过那个故事，但对于来龙去脉的细节只有朦胧记忆，如今想来，那部美妙的原版故事片里，必定会有这样一些精彩的镜头情节——村南对岸赵家塘沈家端庄漂亮的春玉姑娘，与英俊憨厚的放鸭小伙子奎福隔岸相识，一见钟情。自此，风风雨雨，相恋日深。某日托媒远嫁，春玉抗婚；鸭友聚谋，定计抢亲；前厅花轿，后门鸭船；运河飞舟，横泾作证；洞房花烛，喜庆漾潭……我推算，奎福哥与春玉姐的第一个女儿香凤比我小三岁，今年虚岁六十九岁，生于1944年。据此，那场抢婚大戏的上演时间当在1943年，那个被日寇蹂躏的"昭和"年代，封建加乱世，天下年轻男女想要自由恋爱成亲，路在何方？于是乎，先下手为强，抢亲成婚便是天经地义的圆梦蹊径。马姓三家人丁很兴旺。阿毛哥得两子，大儿子长法是我小时候同伴，他生了国豪、国权、国祖、国华四个儿子，名字都以"国"字当头，我说他是"四国总统"。奎福哥生三女一子；如友哥生两子，长子福兴当过生产队长，次子彩兴曾在四维大公社管理食堂，他与香凤成亲，两子一女都很能干。阿彩与香凤结婚时带头将房子移到了漾潭潭南岸，这里便逐渐成了马姓的第二家园。如今他们都居住在独山新苑。

我家在漾潭潭正南五六十米的葛家兜小村，从小我格外喜欢亲近漾潭潭儿，不光因为那里有一块我家的甘蔗地，更和一个使陈家与马家拉成一家的传说故事分不开。那故事说陈家与马家原本是一家，不知哪一代里两家发生纠葛争吵，一方的坐家女儿一气之下，发誓从此不再姓陈，而改姓入赘女婿的马姓（只是今马姓人则说那位入赘女婿姓陈，而坐家女儿本姓马），从此陈、马两家分裂，互不认亲。故事在两姓间一代一代的流传，陈马两姓后代的感情也一代比一代深，每当一方有婚丧大事，必定请另一方一起操办，胜似一家。去年年底我们侄儿应毅、应彪两家在独山新苑相继举行子女婚礼，马家彩兴均以东户阿爹身份出面全力操持，完全视为一家人。我和二哥全家赴宴，见此倍感亲切。在那里我们还看望了已九十高龄的阿毛嫂和二嫂春玉阿姐，其乐融融。

野荡儿，童年的乐园｜陈如兴

　　这里的人讲话同杭州腔那样习惯着带个"儿"字，大概是离杭城近的缘故，只是这里的"儿"字略带鼻音，不如杭腔的响亮，有人说这叫"半吊子"。这个半吊子"儿"字却被这里人言事状物泛泛而用，很鲜活，什么"快点儿""淡点儿""树梢儿""墙角儿""小碗儿"，连运河堤塘外荒废的野荡也拖个"儿"字。这是什么意思？大概显得亲昵呗。野荡儿有什么好说的呢？这可是村童们难舍难弃的乐园！母亲们叫不应儿子时会嘟囔着："这个小鬼头儿又野到野荡儿去了。"

　　这是 20 个世纪四五十年代的印象。离家不远的俞泾渡和东岸的总管堂一带风光旖旎，总管堂北至横泾桥约五六百米的路程，修水利筑高圩塍时截弯取直，将宽约二三十米的一片农田拦在了堤外，与西侧的旧石板塘路一起成了废弃的野荡儿。因为它不属公不归私，无人种无人管，长年累月不管运河水涨水落，天气晴晴雨雨，它总是逍遥自在变幻不定，或沦为汪洋，或各呈湖荡，或阡陌纵横，或滩涂茫茫，周而复始，气象万千。"嫁出去的囡儿，泼出去的水"，没有想到踢出去不要的野荡儿反倒成了小鬼头儿们求之不得的好景观、好去处。

这里的运河是塘栖至杭州段中最开阔的，野荡儿的存在恰好给了这段运河风光以难得的点缀和陪衬。宽直浩瀚的河面上各种船只南来北往川流不息，高堤之下一条石板塘路突兀展现在横泾、总管两桥之间，风光为之一新，它像是浮荡在河面的长长田塍，像是引人入胜的观景便道，更是赐予纤夫们松腰缓步的坦途。石板塘路内侧的野荡儿像是托在河面的自然大盆景，绿草铺地，杂树成荫，芦苇成丛，茭白成墩，野菱头、野鸡头、野荷叶与水草儿、水葫芦争展水面，鱼虾在水中自由觅食……

充满土气野气、宽容大度的野荡儿，自然成了土生土长的村童们常常光顾玩乐的好所在儿。割草喂羊是村童们日常的主要任务，无人耕作、杂草丛生的野荡儿更使他们趋之若鹜。春季来临，青草旺盛，村童们先粗沙后细砖，将划剑（割草用镰刀）磨得飞快，来到野荡儿拣着草茂的地方，半蹲半跪熟练地挥动划剑，沙沙沙像剃和尚头那样把草扫得精光，很快就将羊草篓装满。割得差不多了，大家便聚在一起玩耍起来，打弹子、翻洋片儿、抲车马炮，轮番变换着玩，输了的给赢家一把草，输多了的，大家帮着割一点补上。

炎夏，村童们边捉知了儿边割草，一到野荡儿便一个个迫不及待地跳进齐胸深的水里，乐不自胜。大一点的十三四岁，比赛着游向荡对岸；小一点的六七岁，在茭白墩、芦苇丛之间扑来扑去，十几个来回就练出了"狗爬式"泳姿；连几个小丫头也泡在水里只露出小辫儿,抓住芦苇根儿,两脚用力拍水,慢慢地松开手也不下沉了,便欣喜地喊起来"我也会游了",鱼儿在他们身边滑过,虾儿从手心里弹出,笑声飞出了野荡儿。

初秋,蛐蛐儿(蟋蟀)叫声诱人,背着羊草篰的村童们都带着自己做的蛐蛐笼儿会聚在野荡儿。这种蛐蛐笼儿由一节竹管做成,两端节头开通一端,管壁抠通两三条缝儿,放进蛐子儿既可以看,又方便用萱草拨弄。荡滩边、石堆旁、草蓬里,大家四处寻找、捕捉蛐蛐儿,趴在树荫下、草滩上,什么"双枪头""单尾巴""搭脚佬""虎头牙""独脚仙"一一登场亮相,各显神威。斗败了的放掉蛐蛐儿,下回再来过,输家付给赢家一棵草了结。斗赢的蛐蛐儿像宝贝一样养起来,给它吃饭粒、南瓜花,还有"辣茄儿"(辣椒),叫它格斗时咬得凶一点,第二天一看,宝贝"独脚仙"朝天了,"野鬼头儿"还流着鼻涕眼泪哭嘞。

过不了几天,野荡儿的水浅起来了,只有没膝盖深了,便有鱼在打涡游动。这一来使大家惊喜起来,想着法子捉鱼了。有的挖开通向运河的缺门,用篰接牢把水放出去,等着鱼游进篰里。更多的则把篰底的两块宽竹爿儿抽出,露出圆洞儿,直接用篰口扣罩水里的鱼,再用胳膊伸进圆洞儿去捉。于是鱼窜人追,篰举篰落,像翻江倒海那样,弄得满荡浑水。有罩着鲫鱼的,有罩着鲶鱼、黄刺鱼的,还有罩着草鱼的、黑鲤头的。浑身泥水的"小鬼头儿"各自背着鱼篰高兴而归。

野荡儿渐渐干涸,变成了片片滩涂,恰好又成了村童们的运动场。打拳头、"搭虎跳"、翻跟头、"笃贴子"（倒立），个个都有一套。最让他们热衷的是"扫坍棚"和"丢炸儿"。"扫坍棚"是拣三根尺把长的细棒儿搭成三脚架样的"棚"，远远画一条线，一个个立在线后将划剑扫过去，谁扫坍了棚就是赢家，可以得到每人一把草。"丢炸儿"更是精彩，也是先把每人一把的草放成一堆作赢家奖品，集中参赛者的划剑逐人轮着比赛：三个手指捏住划剑柄头，一把一把用劲丢向空中使之打转，落在松软地滩上形成的姿态越稀奇，计分的点数越多，还把各种姿态编出形象的名称和计分点数，比如：划剑平躺朝上，叫"抢刀朝天"，分数最少，一点头；平卧朝下叫"抢刀合朴"，两点头；剑头插地、木柄着地，叫"坐倒烧饭"，三点头；剑头插地、木柄平行离地，称"摇橹摆渡"，十点头；木柄垂直插地为"平台一百"；木柄斜插地上、剑头稍稍离地，叫作"鸡啄蚂蚁儿"，一千点；剑背斜插在地、柄斜上为"抢刀盛饭"，一万点；剑头啄在另一把木柄上，叫作"水蛇儿打雄无千无万"……正玩得起劲，一只乌龟从石塘洞里爬了出来，意外地成了大家的"啰唣家伙"，你丢来我踢去，直至抛到了河中心。

这些农家孩子都没有上过学，他们很想读书识字，有时也谈得津津有味。一个拿着划剑在地上划着说："写字蛮容易的，一是一划，二是二划，三是三划，四是四划，五是五划……"另一个抢着说："那十就是十划，五十、一百就像木排了。"还有个说："要是一千、一万，索性背条芦簾或者草披儿算了，省得蛮吃力格写了。"引得众人哄堂大笑。野荡儿是令他们感到最开心、最"发屩"（有趣）的地方，不过，他们也有烦恼、痛苦和恐惧，那就是一批批歪戴着帽子、像背锄头铁耙那样背着枪的老中央逃兵，三日两头进村抢掳骚扰，他们中的许多人家里的鸡、鸭、米、蛋等都被抢走了，老人和妇女倒在地上求饶，他们还用枪管儿敲打或者举着手榴弹威吓。每当孩子们看到冒着黑烟载着中央兵的小火轮在总管堂一带靠岸时，他们便怀着"子弹飞过来吃牢了就格翘辫儿"的恐惧，扔掉羊草簖，沿着圩塍下飞快地逃往躲避的"老地方"，眼巴巴望着"老中央"弄得村里鸡飞狗跳……不久后，枇杷正熟，一排戴着红五星帽子、扛着枪、唱着嘹亮军歌的队伍，步伐整齐地从塘河口走来，眼都不斜地穿过枇杷地来到了村里，躲避在"老地方"的村童们好奇地围拢过来，欢天喜地见识了令人仰慕的解放军……从此，野荡儿边又增添了喊着"一二一"模仿解放军行进、操练的内容，"小鬼头儿"也神气得多了。时光荏苒，曾经在野荡儿带头玩耍的"小鬼头儿"长成了小伙子，参加了民兵队，后来有的抗美援朝去了，有的当上了乡里村里的干部；岁数小一点的都进了村里新开的小学，成了儿童团员，拿着红缨枪在桥头、路口放哨、查路条，沐浴着解放的阳光成长。

野荡儿一度荒而不废，反倒成了世外桃源，但它还是在一次不该发生的人为事件中被彻底地废没了。1961 年夏，运河水浅，古护塘木桩裸露，溢美之词使木桩成了唐僧肉——用来做棺材死尸不会腐烂；用来箍饭斗盛饭不会馊；用来做家具不会虫蛀霉变……"哇，介好的宝贝，去拔呀，介木格，勿拔白勿拔！"于是贪婪者趋之若鹜，群众性拔木桩事件随之爆发。鬼头风从武林刮起一直到了义桥，二十来华里中六个河段参与者有三千五百多人，有的队里还搞评工计分嘞，7月、8月两个月时间共拔掉木桩两万七千多根！野荡儿当然也厄运难逃，塘路石板被撬走，木桩被拔光，滩涂如同经过了扫荡，再也没有什么遮拦了。整个拔木桩事件在县长亲自督阵指挥下得到彻底查清，退赔的退赔，坐牢的坐牢，终于善了。第二年，政府对这段堤塘进行抛石护塘，1975年起国家又拨巨款多次重新砌石护岸。

野荡儿曾是无奈的产物，却意外地成了生活在那些艰难年代里的村童们快乐成长的摇篮，成为他们心中难以忘怀的记忆，它的魅力和引力，恐怕在于它的那种生生不息的自然生态，常变常新、季季适应的宜人环境，以及让人共娱共乐、参与互动的宽容姿态。如今，现代化的港口码头已将昔日野荡儿区域装扮一新，跨越运河的高速公路大桥将在这里飞架，俞泾古渡悠远的摆渡声将成为历史的回音，似乎可以想见的新的胜景正在孕育，而它的怀抱里若能有洋溢"野荡儿"气息的生态公园该有多美！

小村葛家兜 | 陈如兴

我的老家大村叫丁家木桥,小村叫葛家兜。

丁家木桥既是自然村名,也曾是行政村村名,它包括三木桥、王家塘、金家兜、长路兜、赵家塘、葛家兜、张家塘、马家里等九个自然村在内的行政中心。我的家具体地说是在丁家木桥的西北侧,俗称桥北岸,正名葛家兜,并非葛姓聚居,却为丁、贺、沈、陈四姓七户所合而居之,方言"合"读"葛",便以葛字冠名。小小浜兜,区区七户,确确实实的小村。但如今,小村"飞"了,在现代化建设的进程中消失得无影无踪了。随着小村"飞"走,我的思绪便腾云驾雾起来……

古老的大运河在流入终点杭城之前,又进小小的总管桥港蜿蜒向东转南又折西复归,绕了一个大圈,它在流经丁家木桥之前,向北岸轻轻打了一个小弯,画出了一只腹大口小的葫芦状浜兜。自从有了葫芦浜兜,北岸的那片不大的高坡绿洲便人气渐旺,成了人们竞相建屋定居的风水宝地,四姓七户相继在这里建立起了各自的家园,合用共饮的葫芦兜就自然被唤作葛(合)家兜,四姓七户成了和睦相处的世代邻居。

我仿佛在梦境重返故里，站在丁家木桥桥头朝西北放眼望去，桑树遍野的横泾圩古田畈由东而西微微倾斜，至西约半里，银带般大运河向南北铺展延伸，沿河一道高圩塍如绵延的土城墙将横泾圩严严围护，高圩塍外侧便是我曾撰文赞誉为村童乐园的野荡儿，那里曾经布满了我儿时的脚丫印。收回视野，眼前离桥堍约50米杂树掩映的村落就是葛家兜。浜兜入口处东岸称大坟里，笔直的麻栗树连片成荫，秋冬时撞击树干，红彤彤可爱的麻栗果——土称"橡疙丁"便纷纷坠落草丛，孩童们拾呀抢呀装满衣袋。西岸小坟里，一株鸟勿停树高大挺拔，坚硬锋利的尖刺布满枝干，让人望而生畏，连鸟儿都不敢停其身上，却有几只松鼠窜上窜下逍遥自得。听大人们说鸟勿停树树质特别坚硬，冲成板刨光后一个个节疤变成了一只只姿态各异的飞鸟，做成八仙桌面木佬佬好看。西岸一株油奶奶树斜在河滩，藤蔓样新枝拖挂水面，仰泳抬头能叼到味道极佳的油奶奶果子。浜兜底西侧，一棵硕大的老火桑树蓬头如华盖般将东西两个河埠笼罩，东侧两棵粗壮的大枣树斜向水面，果实累累。记得我儿时某年夏，一阵狂风吹来，枣子一颗颗坠落水里，青白加大红色明晃晃一片煞是诱人，我下到没屁股的水下河埠石上，拿一根湿稻草向前去搭捞枣子，一下两下没成功，只见一个大枣随风漂过来，我急着伸手去抓，扑通掉进了水里，沉下去，又浮了起来，同枣子一样朝天躺在水面上，许久才被发现的人抱起，安然无恙，大家都惊奇称险，说命大，全靠菩萨托牢保了小命。父亲却怒气冲冲，抓住我边打屁股边吼"记勿记牢了？"我痛得大哭大喊："记牢了！记牢了！"……葛家兜，生我养我护我教我的地方。

葛家兜一直以来将一条南北向的弄堂分称东横头、西横头。东横头为丁氏养字辈兄弟三家，东起依次为老大养宝、老二养坤和老三养甫，与我父亲同辈。三家均为一式的前厅后楼一直落房子，相互间设简单隔栏，整齐划一的高家檐走廊，估计为其祖辈所建，至解放初时已上百年，地势高且开阔，显然是在此处选址造房的第一家。该三兄弟都上过私塾学堂，有些文化，个性和家境各有差异。养宝，人称养宝和尚，我恭敬地叫他和尚大伯，据说当过小和尚，念过经，为人和善，平时少言寡语，嘴里常常念念有词。他老两口仅得一子，子媳生一女，未几媳病逝，子继娶填房，未几长根肠病去世，遂再赘子，一对与丁氏血脉毫不相干的填媳赘子为早已不在人世的俩老献上了孙子，孙子娶了重庆姑娘，香火正旺。丁氏老二养坤伯肚里墨水多些，只是他口吃厉害难以敞言，他还手臂手指僵残，干农活受限。他生有两子两女，其长女阿相出嫁时正值《婚姻法》颁布施行，是丁村采行新式结婚第一例，我参加儿童腰鼓队打锣，乘坐摇船，咚锵咚锵将新娘子送到运河西岸鸦雀漾林家兜。老三养甫伯是村上的传奇人物，文化不在老二之下，只是他每酒必醉，醉后必疯，张龙赵虎地京腔乱哼，一跌进水沟、茅坑，众人皆避，唯孩童们围着取乐，等到酒醒他却腼腆避人，颇显苦恼。其妻三婶娘郁家塘人，美貌温柔，为他生了三子两女，可谓贤妻良母，只惜积郁早逝。

西横头东首贺家，房屋优于丁宅，前厅为楼房，内有两个天井，并排三间楼房造工考究，楼后还有墙圈院子，显见贺家祖上富有，建房时间当在丁宅之后。解放初时贺氏后代良浩、良喜、良善三兄弟围着良母度日，颇显艰难。贺家与我家关系甚密，良浩同隽家堰姑娘子南结婚时，我父亲作为师公又是长辈，用旧时仪式主持婚礼，场面热闹非凡。我敬重的贺母阿嫂死于一场怪病，事后都将症结归在后面三间楼房阴森有鬼。丧母后良善、良喜相继入赘他村。其后，良喜进过杭州机床厂，又先后当过丰庆大队和三家村酒厂的党支部书记。良浩较早病逝，留有三子，长子娶的也是重庆姑娘。靠着贺宅前楼西侧的丁守根（俗称毛六），是桥南丁氏的另一支，出了名的"老实头菩萨"，不善多言，与世无争，毛六嫂倒是位能干的内当家，忠厚本分的独子阿法头把家治理得有声有色。毛六与隔壁的沈寿良（俗称汤宝）家是一式的单间楼房，两家间以芦簾竹壁相隔，形同一家。汤宝妻福囡在世时总是喊着"阿爹阿娘"地在我家进进出出，像隔了墙的一家人，我的绰号小名就是她叫得最早最响的。他们生了三个女儿，长女坐家招婿，生两子后婿病故，两子迎娶了两房重庆姑娘，见了我"阿太阿太"地叫得清脆响亮——哦，小村称得上"重庆女婿村"了。与汤宝家两墙相隔、西临田畈的就是我家，两开间平房，东间置有楼板阁舍，很简陋，但由于平房稍高又贴田畈，显得格外亮堂，也很聚人气。我家显然是七户中最后落脚的一户。小时候听父亲说起我家是从西横头搬来的话，不以为然，不加追问，当萌生了追根念头时，父亲已经不在了，真懊悔。父

崇
贤
记
忆

母生我们兄弟姐妹三男两女,我列最后。解放初时,大哥梅兴、二哥圃兴均为乡村积极分子,二哥报名抗美援朝被选拔留乡当了革命干部,我家成了光荣之家,大门前挂上了"无上光荣"的红字牌,父亲常把它揩得很亮。大哥脾气刚直,普选中顶撞冒犯干部而受处罚。我长大后在读书——务农——读书的圈子里打转,后从勤工俭学的农业中专毕业,经组织分配,走进了公安队伍。在葛家兜小村有我大哥的一对双胞胎儿子撑开两家门面。葛家兜早已不再是当年的"老七户"了,它起"飞"之时已近二十户,人口由解放初时的三十余人增至近百人。

　　小村是让位于延伸中的高速公路而"飞"走的,它也是古老横泾圩中最后消失的村落,北邻的张家塘、马家里早在四五年就让位给了崇贤港作业区。诉说故里往事,念念叨叨,情意绵绵;告别旧村僻壤,爽爽朗朗,其乐融融,喜的是沧桑巨变,换了人间。

荸荠窠 | 陈如兴

杭城北郊,运河东岸曾经风光迷人的独山,因平畴旷野之上一峰独立而引人瞩目,又因其与西侧小山组成酷似一锦绣金鳌蠕身运河那栩栩如生之感而备受称颂,更因其所伴有的优质大红袍荸荠而得以美名远扬。是不是想做广告呀?不必,当年的独山与大红袍荸荠自然结下了互相推崇的广告缘,独山有大红袍,大红袍就在独山。大红袍荸荠曾经仅产于小小独山四周的田畈,在天南地北的大世界里,它自然属于珍稀之物,多少人为之可望而不可即,恐怕连皇帝老子也只能难得尝尝路远迢迢送去的贡品呢。然而,对于生活在这个圈子里曾经靠它过日子的人们来说,这里就是荸荠窠。

志书上对荸荠有这样的记述:"凫茈,一名荸荠、乌芋,俗称地栗、马蹄,旧产独山附近,后种植渐多,生食,亦可入馔,与慈姑可制粉。"凫茈,古时所指野鸭,野鸭喜食荸荠,也许那时专为野鸭所吃的这种水生植物尚不为人知,没有名称,也就索性与野鸭同名,统称为凫茈算了。谁爱吃它,它就姓谁,颇有意思。

　　我喜欢大红袍荸荠，它圆圆扁扁像个小玩偶，头上顶个尖签儿，系条细带子，揪下带子，就见腹部肚脐眼，入水去泥垢，全身红彤彤亮闪闪，光洁无瑕，装束里透射出节庆的气氛，端详着让人爱不释手。生荸荠啃去薄皮，玉汁欲滴，含在嘴里，甘卤淋淋，边嚼边咽，脆嫩爽口，不浓不淡，鲜甜正好。又想做广告了？不，只是往年的回味。以往，每当农历新年临近，侄儿、外甥们总要从家乡送来许多大红袍荸荠，妻子把它看作最要紧的年货，总会挑些好的带给年迈的父母。老丈人特别钟爱大红袍荸荠，见女儿带来了，便一边用扬州音腔说着"荸荠甜好过年"那句耳熟能详的话，一边亲手忙乎起来——戴上老花镜，像在塘栖银行储蓄柜台上班那样，专注细致地拨弄着每一个荸荠，掰掉签儿，刮光脐儿，抹去衣儿，反复冲洗，沥水后整齐装上果盘，放在五斗橱上，同初放的水仙花并排，显得格外清爽，左看右看舍不得吃。老丈人今年九十八了，有时排便不畅，就想着荸荠，而且吃了就灵。当听说因为办工业、开港口，荸荠没人种、没处种时，他有些惋惜地说："传统的好东西，还是留一点得好。"

　　大红袍荸荠，我虽常赞美它、怀念它，但也有对不起它的话，我所称"荸荠窠"，也多少含着些对它的嫌弃之意。小时候我不喜欢荸荠被烧熟的样子，红光不见了，全身黑乎乎，还皱起了眉头，它皱眉头，我也皱眉头。那个年龄段里不理会生活的艰困、条件的好与不好、粮食的够与不够，更不用说知晓其中的原因、根底，只是讨厌天天、顿顿吃熟荸荠儿。因为粮食紧缺，荸荠要抵半年的食粮，村里家家户户锅子里烧的，桌子上摆的，大人小人衣袋里装的、手里捧的、嘴里嚼的，都是熟荸荠儿，连空气里都是那股熟荸荠儿气味。稍微好一点的，桌子上摆一钵头极薄的粥汤水，喝几口过一过。有时为了调调口味，换个花样：把生荸荠在洗净的毛糙石头上磨成浆，倒在锅里，加一把米烧成荸荠粥，其实还是不见米粒的荸荠糊，总是那个厌腻的味道。有一回，父亲看我们实在吃厌了，就使出厨师手艺让我们开开胃口——将荸荠削皮、磨浆、滤渣，起个油锅，倒进荸荠淀粉搅拌翻炒使之浓缩，撮点盐，倒在桶盘里撒一把葱，稍冷后用刀划格子切成长方块，父亲称它为麻腐糕，全家人围坐一起趁热吃，感觉到从未尝过的美好滋味。这样吃荸荠是难得的例外，太浪费、太奢侈，这种"师公餐"哪能长吃！即使能长吃也会厌的。生荸荠、熟荸荠，爱也好，厌也罢，荸荠窠里的人活命、长大都离不开它。

荸荠是夏种冬收的作物，家乡称种荸荠为排荸荠、收获荸荠为摸荸荠。从育苗、排荸荠到摸荸荠，荸荠窠里的人需要劳碌大半年的时间。自从敲锣打鼓捧回土地证的那年起，我开始留意并参与了其中的劳作生活。吃过"夏至"饭，父亲精耕细作整好荸荠秧板，二姐和我坐在小凳儿上把种子荸荠密密麻麻撳钉在淤泥里，在矮棚上盖上芦簾加以防晒保湿，等其发芽长苗，这是钉荸荠育苗。盛夏，父兄们在刚收割起早稻的田里倒板儿翻耕整田，施上河泥、土杂肥、油饼等作基肥，趁着高温时节抓紧排下荸荠——像插种稻秧那样拉起秧界绳，把已长成尺把高的荸荠苗按间隔一尺半左右的距离排下,这就是排荸荠。过了约半个月,荸荠苗生根后、分蘖发稞前,我跟着父亲先后耘过两三次田,除草、固苗、匀泥。发稞了,荸荠签儿越长越旺,父亲及时往荡里追施粪肥。渐渐地荸荠签儿挤满一荡几无缝隙,签儿上还微微长出白茸茸的花粉,远远近近的田畈里荸荠签儿汇成一片深绿色的海洋,微风吹过,清香阵阵。荸荠在泥下要结果了,这时的荸荠签儿宝贝似的动不得。等到寒霜白露一次次袭来,荸荠签儿像完成使命似的开始渐渐伏眠、枯萎、软绵绵、脆兮兮,就被贬称为荸荠草。荸荠草有何用,却被浓霜借以尽情铺展潇洒,清晨下爿爿荸荠荡银光闪闪。翻身的人们头一回迎来丰收在望的景象,心头喜滋滋地盘算起来。

　　我的记忆里,摸荸荠是最艰苦的农活之一。一是因为冷,时值严冬,天寒地冻,甚至风雪交加;二是因为要始终半蹲半弓用虚劲,腰酸背痛难熬。虽然我跟着大人们下田只是历练、充数,但总是像模像样做得很认真。两腿叉开,双手将上层糊泥从胯下向后搂出,翻转、挤掉下层较结实的泥巴,挤出荸荠放在竹编的田箕儿里,如此反复不停地向前推移。当多数人田箕儿里的荸荠堆得像"哈喇菩萨"(弥勒佛)样快满了,打头的人便喊一声:"落位嘞!"大家就上岸歇息,每个人捧一手荸荠匆匆到河滩边、水沟里一洗,拣个田埂地头一坐,往地埂、桑树蒲头一靠,一边稍稍伸展放松一下僵硬疲惫的腰背、四肢,一边啃咬着大红袍荸荠,恍惚觉得这才是"神仙过的日子"。知道我在胡诌有关荸荠的故事,从小生活在市镇的老伴有些激动地讲述了她有过的经历:担任公社妇联主任时,她参加从未接触过的摸荸荠劳动,半天下来,两腿伸不直了,腰背挺不起来了,全身僵硬,疼痛难忍,以为得了什么怪病了,还特地到塘栖医院想求"灵丹妙药"呢。没有想到,吃荸荠尝甜头,摸荸荠会吃这样的苦头。

"土改"年的荸荠大丰收,"荸荠甜,好过年",村里村外洋溢着卖荸荠过新年的欢快气氛。运河里,一艘艘采购大红袍荸荠的苏北大驳船扬帆而来,望着独山便匆匆扯下风篷、放下桅杆,直抵横泾桥、总管桥,摇橹撑篙熟门熟路弯进小港、浜兜。河埠头,村里人"格郎、这块"七嘴八舌地招呼着,接缆绳、搁跳板,七手八脚地帮衬忙活起来。老板走这家进那家,"这块、那块"地看过货,这个价那个价,咬定最低价统统收下。于是在浜兜里、河滩边插篙铺板架起像蚕匾大的汏篮,一边汏,一边称,一边装船。荸荠在水里叽格叽格地晃,钞票在手上刮喇刮喇地数,河水搅浑了,河埠浇湿了,"妨得咯,妨得咯",淘米大嫂会意的爽朗笑声,钻上窜下抢吃落水荸荠鸭子"嘎——嘎——嘎"的长叫声,在村坊上空响成一片。

广受青睐的大红袍,也曾经历过比草不如的失宠、招罪的磨难。1954年,大水灾害之后,刚组建不久的农业互助合作社普遍在已经来不及栽种晚稻的水淹田里排下了荸荠,长势很好。然而,为保粮食产量开展的"超额增产"运动刮起了一阵"拔荸荠苗"风波——强行命令拔掉荸荠苗改种连作晚稻。由于违了农时,结果"阿龙阿龙两头脱空",荸荠苗拔得一棵不剩,连作晚稻亦颗粒无收。关于此事,权威的《余杭县志》如实记载了以下史实:"1954

年,中共杭县县委犯主观主义错误,强令农民拔掉荸荠改种晚稻,延误季节,稻荠均减,造成经济损失 200 余万元。"我在想,曾于1952 年就带领崇贤乡沈家塘农业互助组获得粮食亩产 633 斤杭县最高产量的劳动模范沈贵兴,他的成功除了政治上的积极、热忱之外,更在于他对农业生产技能、农事季节规律的熟练把握,刚于1954 年 2 月当选为副县长的他,要是在拔荸荠苗事件初酿之时身居决策层的话,他一定会据理力争"这样做弄勿得咯"!

60 年代起,"宁要社会主义的草,也不要资本主义的苗"的说法盛行,荸荠作为经济类作物,它的"苗"必然姓"资"。本地供销收购部门以低价收购的方法"刹"资本主义,拥有大红袍荸荠的生产队不愿低价出售,有的便冒着被戴上"远途运销搞资本主义"帽子的风险,深更半夜装船,偷偷摸摸出港。一进运河,就听得区长在岸上朝天放枪"欢送",出师"隆重"。避塘河、绕小港,堵"资本主义"的关卡、岗哨、检查站等布网严密有效,哪会有漏洞。"停船检查!"喝令声一惊,探照灯光一照,一向正宗大红的贫下中农怎么一下子变了颜色,谁都不肯认了——那便只能扣货、扣船、扣人,打来证明再理论。"啊呀妈,苦啊! 这种尝舌头儿荸荠真是罪魁祸首!"

千错万错荸荠没错,独山大红袍依然"皇帝的女儿不愁嫁",早有金发碧眼们为她朝思暮想、垂涎欲滴呢。这一回大红袍荸荠有了新的"婆家",要漂洋过海真的姓"资"了。1975 年起,杭州罐头食品厂摸准行情打开销路,向大红袍荸荠产地采购并加工削白荸荠,精制成"清水马蹄",销往欧美等地。荸荠窠里的人们又欢快地忙碌起来了，一家一户围坐蚕匾四周，精细地为荸荠梳妆打扮，让她脱去中装大红袍，改换西式白绸纱。快刀削出两平面，腰圈削成鼓边圆，不留刀棱边痕不见黄渍。一个个晶莹剔透，像扁鼓，像马蹄，似精美的工艺品，更是诱人馋涎的美味果品。精制"清水马蹄"曾获得国际食品及旅游执委会金奖。史料记载，到 1982 年，县商业部门收购削白荸荠 6500 吨，总值 648 万元，增加加工劳务收入 273 万元。

90 年代起，家乡荸荠窠工业化建设步伐加快，变化之大让我眼花缭乱。如今，独山周围是厂房林立、机器隆隆的工业园区，辽阔的荸荠荡、水稻田畈成了汪洋的现代化港口、码头，散居田野角落的乡亲聚居在了设施齐全的独山农居点小区，西装革履、轿车进出的年轻人都是企业的主人……荸荠窠已经不复存在，荸荠窠是被荸荠窠的人们抛弃的，是时代发展的必然。荸荠窠虽然没有了，大红袍荸荠还是有的。

上卷·回味光阴

崇贤记忆

贺家塘小学，我们的摇篮 | 陈如兴

今夏某晨，我在临平"一馆四中心"球场外遇见了正在那里练球的老同学王洪福，他告诉我，不久前他和沈祝根、朱奎林三人去天台看望了张光祥老师，并说知道我眼睛不好才未相约同往，我只好遗憾又无奈地摇摇头。不过，他的下一句话倒又让我兴奋了起来，他们从张老师那里复制的一张旧照片上面还有我呢！我还正缺一张在贺家塘小学读书时的照片，真想看看自己少年时啥模样，便急着向洪福求索。几天后洪福特地送来的一张翻拍放大加塑封的师生合影照片，我如获至宝，老花镜加放大镜地看了再看——照片上方横贯刊印着"杭县贺家塘小学第二届毕业生留影"，其下是"一九五六年七月十日"，中间端坐着当时的全校老师，围着老师前坐后站的是毕业生，站在第三排左起第四的就是我。怎么没有洪福呢？他说他比我们低一届，我的记忆真有点乱了。噢，想起来了，这是在拱宸桥大华照相馆拍的，每个同学还拍了毕业证书用的一寸照，那天天热，大家还到班主任鲁安翔老师在拱宸桥的家里喝了茶水。洪福送来的照片给我带来了欢愉，也勾起了我对母校和那段学习生活的怀念。

我上小学比较迟，1951 年虚岁已十一岁了才进丁家木桥村小学，断断续续不足两年，1953 年村校撤销转上乡校贺家塘小学，三年级未学跳入四年级才像是正式开始读书。贺家塘港直接从运河流入，蜿蜒向东折南再呈弧形东弯至终点浜兜，当时的贺家塘小学就坐落在浜兜底端北岸，辟建不久的校区的东、北两侧以粉白砖墙相围，西、南侧临河，校门开在东围墙。门内开阔的通道也像是天井，通道的南北两侧为两排各有四五间教室、活动室等，教师办公室设在两排教室的中间，南北间以廊檐相连。校区西侧靠河湾处是小操场，河岸一棵古樟树将操场半掩半映，给校园平添景色。整座建构较为新式的校舍镶嵌在清一色的古民宅之间，显得格外清新明亮，颇有些闹中取静之味。

贺家塘小学原先也是一所村校，它的兴盛，离不开一位女教师——杭州姑娘宋冰校长的执着与开拓精神。1950 年当地发大水，灾情与贫穷交加，给小学蒙上了停办的阴云，宋冰老师主动深入群众，与农民一起参加土地改革运动，一起下田劳动，苦口婆心说服打动家长将孩子送进学校，终于以真诚和毅力赢得信任，全村七十九名学龄儿童，七十八人上了学！同时采取早班、午班等灵活形式解决学生上学与承担家庭部分辅助性农活的矛盾，受到普遍欢迎。贺家塘小学的办学方法与效果受到县里省里的肯定与推崇。第二年贺家塘小学被批准升级为乡校，确定为省农村重点小学，宋冰被评为县一级模范教师。我在退休后受聘参与《余杭区人大志》编纂工作时从史料中获知:宋冰于1951年作为特邀代表出席杭县各界人民代表会议;1954年2月在杭县第一届人民代表大会第一次会议上当选为县人民政府委员会委员;同年7月,当选为全县共选派六人出席的省首届人大一次会议的代表之一。此后她调动升迁,离开了贺家塘小学,离开了杭县。1953年我上贺家塘小学之初,宋校长还在任教,我听过她讲课和开会讲话,她瘦俏偏矮的身材,齐耳的短发,清秀和悦的面容,清脆而快节律的话语,给人以干练明快的感觉。

我的记忆里印象更深的自然是连年教着、护着培养我们直至毕业的各位老师,望着老照片上当时正年富力强、风采照人的他们,敬慕之情油然而生。郦梦祥老师是继宋冰之后的第二任校长,他谦和沉稳,是我们的政治、常识课老师,更是全校师生的引路人。罗文娟老师,我记得她当时是副校长,据说郦校长调走后她接任校长,是全校教师中的骨干,1951年她作为文教界代表出席杭县各界人民代表会议。她既教政治、语文,又管少先队、校风纪律,还组织我们开展歌咏朗诵、打腰鼓等活动,学校因她而更添活力,她对学生温和亲近又严格要求,同学们无不敬佩。只憾她退休后意外受伤致残,甚是不幸。鲁安翔老师多才多艺,尤其书法绘画很有名气,正因为此他后来成了县小东风越剧团的布景设计师,直至退休,现已不在人世。早在1949年11月,他就曾作为县机关代表出席杭县各界人民代表会议。他教我们美术、语文,还兢兢业业操持全校的事务。我崇拜鲁老师的字画功底,更敬重他艰苦、踏实、谦逊的为人品格。令我至今仍追悔愧对他的是，1958年夏，鲁老师代表学校，到我家动员初中三学期后辍学务农的我去贺家塘小学当老师，我父亲听了很赞成，仍想等候机会继续读书的我，眼看难以推托，情急之下话不择言，硬生生顶撞、回绝了鲁老师，弄得不欢而散。张光祥老师，上泗人，是我们的算术、珠算老师。他高个子、高鼻梁、大眼睛，当年是帅小伙，对教学也如同对自己整洁端正的发型、服饰那样严格要求，平时却宽以待人，是我们的良师益友。学校有个传统，学生放学时由老师护送一阵，张老师总是把我们送到一里开外的俞家浜底头高圩塍上，望着大家分路走远了才转身回校。张老师与后来调入的潘老师结婚成家，再后来去天台潘老师老家定居，听洪福说张老师也行动不便了。照片中坐在最右侧的是许韵琴老师，杭州人，专职幼儿教师，也是我们的音乐老师，她弹奏的风琴声悠扬动听。许老师是贺家塘幼儿园的创始人，有资料记载，1951年贺家塘村利用旧房屋和庙堂供桌，因陋就简办起幼儿园，解决了妇女参加农业劳动的困难，深受欢迎，进而引来全乡十四个村的效仿，逐渐成了全乡幼儿教育的辅导中心，这一切许老师功不可没。1952年她作为四维区的代表出席杭县各界人民代表会议，以后又曾两次荣获全国"三八红旗手"称号，她所在的幼儿园也被评为红旗先进集体。许老师在这里度过了青春岁月，耗去了三十年的心血，她把美貌、慈爱和真诚留给了这里的人们。

照片中的毕业同学，除了当时四维乡本地的以外，多半来自康桥、崇贤、平泾等乡，也许是学校的声望，召唤着这些学子们执着地每天在十几里乡间小道上来回跋涉，我佩服他们的选择，更佩服他们长年坚持的"饭篮儿精神"。我曾在《话说鸭兰村》的文稿中赞美过马耀毅，对他每天赤着脚、拎着盛有中饭的饭篮儿行走近十里到贺家塘小学的求学精神感到佩服。耀毅后来有否离开家乡，我至今不得而知。大安村的朱奎林不也是长年累月在学校捧着饭篮儿吃中饭的吗？好在有学校食堂炊事员许妈的热心周到才使他们吃得热乎乎的。奎林高个子，品行好、成绩好，记得还是班长，是同学的表率。我们后来一起考取塘栖中学，又是同班，不过我因家境不济半途而废，他后来应征入空军地勤部队，转业后在勾庄汽车制造厂，居住在杭州，我们初中分别后未见一面。如今的前村人沈祝根，记得当时他家在三家村开中药店，其后又搬至北庄，离校也是够远的，饭篮儿也是不可缺的，当然也可以带米到食堂蒸饭或买吃食堂饭。快人快语的祝根自塘栖中学毕业后进了某师范大学，后又成了人民教师，桃李满崇贤。对于曾经受过磨难与委屈，他却一言不发，以笑掩痛。带饭篮儿的还有来自康桥乡的，有杨农法、杨甫乔、蒋金宝、蒋春法等五六个人，每天拎着挽着饭篮儿同来同回，习以为常。

　　贺家塘小学除了有这么多带饭篮儿上学的，还有住校的呢，他就是彭加瑾，临海籍，家在临平，是杭县文教科科长、后升任副县长的彭喜盛的儿子。为何要将宝贝儿子送到这穷乡僻壤来读书呢，主管文教的县领导自然最清楚学校的底细。别看加瑾矮小，却是顽皮好动，曾是个天不怕地不怕敢把陶瓷尿壶砸向对方的"吵大王"。不过在贺家塘小学环境的影响下他大有收敛,与大家相处得不错。他与我同岁,进塘栖中学也是同班同寝室,是他总是"阿荀、阿荀"地将我这拗口的小名带进了初中同学间。加瑾大概上大学去了北京,据说曾在某文艺杂志社工作,后来成了某一来头响当当的人家的乘龙快婿。

贺家塘小学是课堂,是摇篮,我们在那里受到熏陶、呵护,得到培育锻炼,得以健康成长。曾记得,在那里我第一次戴上鲜艳的红领巾,以后又成为少先队中队长、大队长,举着队旗走在队伍前列。曾记得,在那里我第一次荣幸地被推举为杭县两名代表之一,参加在松木场某校举办的浙江省暨杭州市青少年夏令营活动,头一回感受泛舟西湖的乐趣,头一回体验半夜行军搜索、登顶保俶山初阳台,看着一轮红日从湖面喷薄而出时的激动。曾记得,在那里我第一次作为全校唯一的运动员,赴临平参加全县学生体育运动会,出现在投掷赛场上……信任、荣耀、激励和磨炼,像悬着的鞭子一再催促我努力、再努力!

1949-08-08 平泾乡的枪声

——谨以此文缅怀献身在崇贤大地上的先烈们 | **陈如兴**

　　1949 年 8 月 8 日（农历七月十四日），炎热气闷。夜幕刚降临，人们便纷纷走出屋外，到桥头、河边乘凉消暑。平泾乡乡长郭彬与乡公所干部、战士数人，同往日一样来到纳凉的百姓中间沟通从而了解民情，做宣传动员群众的工作。突然间，混在人群中的武装匪特开枪袭击，乡干部战士们奋力突围、殊死搏斗，但终因匪特人多势众且预谋在先，寡不敌众而失败，乡长郭彬、工作队队员胡根荣和解放军战士董仪孝、刘维申倒在了血泊中……

　　家住仅三里之外的四维乡，当时虚岁才九岁的我，却只是听大人们沸沸扬扬地如此传说："平泾有里好几个解放军夜里乘凉儿被土匪部队打死了……""人家乘凉儿呐，怎么好打的呢！"我父亲好像很是不平，把烟筒头在火缸上敲得当当响，愤愤地说："从古到今，打仗都要讲个通名报姓，明刀明枪，暗头里害人的这种部队气候儿不会长了。"三家村事件的原委，在我幼小心灵里总是个谜团，上学后亦从未听闻师长们讲述,此后在漫长工作岁月里,甚至在分管沾驾桥等三公社治安工作期间,所能获知的也只是些零零碎碎的说法。

20世纪90年代初,余杭县委党史研究室向各部门征集党史系列专题资料,向县公安局征集的两项任务意外地落在了我的身上,其中的一项就是整理编撰杭县、余杭两县的剿匪反霸斗争史,同时余杭县局又安排我做《余杭公安志》的执行副主编工作,于是就有机会比较系统地接触历史档案。编撰完成了杭、余两县剿匪反霸斗争的党史专题资料,终使我了解了平泾事件的真相和大致的来龙去脉。

1949年5月3日,杭县解放,负责接管杭县的山东南下干部工作班子,迅即于5、6月间分赴各区乡镇,去迎战千头万绪的工作任务,开辟革命新局面。任务十分繁重而又紧迫,其中主要包括:接管各级旧政权机构,为继续南进的解放大军筹集军粮,发动群众组建各级人民政权及农民协会等组织,组织开展减租减息斗争等。可以想象,在刚刚解放、人地两疏且敌情复杂的情况下,开展这些工作该有多么困难!平泾乡的干部战士们就是肩负着这样的开拓重任,走向人民群众,调查摸底、宣传动员,努力打开工作局面。面对群众的不理解等种种问题,他们处境艰难,忍辱负重,心里焦急可以想见,哪里还会有"乘凉儿"这份闲心!

不甘心退出历史舞台的残余反动势力,就是趁着此时,凭借着地主恶霸等旧势力的支撑,纷纷集结,进行疯狂反扑,妄图夺回失去的"天堂"。1949年6月起，杭县境内股匪群集，匪患严重。全县出现的五股共九百多人的武装匪特组织中，以何卓权为首的一股最为险恶。曾在国民党军队充任多职的军统分子何卓权，于1949年6月中旬从诸暨老家潜至杭县，经勾连旧部，当起了"草头王"，成立所谓的"国防部江南剿匪指挥部"和"杭县县政府"，自命为"指挥官"兼"县长"。其"指挥部"下设三个大队和三个独立（或特务）中队；匪"县府"分设临乔、五西、调钦、瓶窑、拱桥和艮山六个"区署"。整股初时两百三十余人，最多时达五百九十余人，为杭县境内及杭州市郊人数最多、分布最广、活动最猖獗、危害最严重的武装匪特组织。各股武装匪特除了到处敲诈勒索、抢劫越货、杀害百姓、制造爆炸铁路事件等以外，更把攻击的主要矛头直接指向新生的人民政权，在县境制造了一系列袭击区乡人民政府、暗害干部战士的事件，平泾乡事件就是其中骇人听闻事件中的一起。何卓权匪部所属"五西区长"马家馥、第二大队长徐德宝等头目经过事先刺探、密谋，于8月8日晚派出情报组长刘永泉和贺继福等二十四名匪特，乔装成农民潜入三家村，混在人群之中，趁着乡干部战士接近群众之际，突然分头发起袭击。

我在收集整理中，由于当年的档案资料所限，遗憾无法获知当时的一些具体细节。史稿完成后方从老干部中听闻：事发过程中另有一名乡干部跳入河中隐蔽水草下得以脱身。我欲往拜访，以一听细述，只惜这位昔日乡干部已经不在人世。

杭县境内匪特制造的蒋村事件、上泗事件、平泾事件……一桩桩血淋淋惨案,激起天怒,唤起民怨,迫使党和人民政府调整工作部署,把剿匪斗争放到首要位置。浙江军区支援成立了解放军杭县支队;省委调来了以解放军第七兵团第三一五团为主力的野战部队;杭县县委成立了剿匪指挥机构,各区乡工作队集中力量组成剿匪工作队;公安机关倾全力组成武装工作队,调查匪情、侦查匪案,配合解放军清剿,在全县城乡撒下了剿歼武装匪特的天罗地网。

在杭城内外配合进剿取得节节胜利的同时,根据公安机关利用旧政权人员等内线侦察所获情报,解放军剿匪主力部队转而在运河两岸形成夹击之势。8月中旬起在大运河以西匪特盘踞的崇福寺、范家洋、东村坝、西村坝等地发起围剿,匪首何卓权以及曾任东平乡乡长、家居平宅村的马家馥和曾任保队副保长、家居平泾乡双兜坝村的徐德宝等成了热锅上的蚂蚁,走投无路,纷纷逃往塘栖以北的德清县勾垒乡一带,苟延残喘。

恶有恶报,平泾血案的制造者们末日临近。勾垒风声吃紧,丧家之犬马家馥东奔西逃难以落脚,8月20日该股匪特出没在忠义乡杏花坞、汤家村一带。情报飞来,驻塘栖解放军七兵团部特务第四连滕营长率一个排三十多名战士连夜奔袭,击毙两名匪特、俘获三十余名,马家馥脱逃,再避勾垒。两天后的22日夜里,马家馥携残匪摸到崇贤乡蒋家坝一保队副家要吃要喝,保队副一边应付一边支人报信。解放军特务四连和三一五团在五西区人民政府配合下,深夜冒雨赶赴,再度围歼,当场击毙三人,三家村事件主谋马家馥一命呜呼,另外击伤六人,俘虏三人,余匪散窜,匪"五西区署"覆灭。袭击杀害平泾乡干部战士的主凶刘永泉窜逃乡间,于9月29日被搜捕,贺继福于次年1月被公安机关抓捕归案。

平泾事件的另一主谋徐德宝亦惶惶不可终日,其所率"第二大队的第三中队"9月13日在塘栖被解放军围歼,包括沈掌财在内全队被俘,徐德宝往崇德方向逃命。公安机关利用控制住的沈掌财从中斡旋,迫使辗转躲避在五杭乡的徐德宝钻出甘蔗丛,捞起沉入河底的枪械,向杭县公安机关投案。

经过军事清剿和政治瓦解的攻势,至1949年9月底,县境成股匪特基本被摧垮,何卓权的其他各匪股或被歼、或投诚,被一一收拾。成了光杆司令的何卓权于9月底脱逃,经尚未解放的舟山去了台湾,复又窜回浙江沿海岛屿,继续与人民为敌,1953年6月被捕获押回杭县归案,次年1月被依法处决。全县的剿匪斗争到1949年底结束,五个月中共计歼匪近七百五十名,取得重大胜利,革命成果更加巩固,各项开天辟地的工作得以顺利推进。

"为有牺牲多壮志,敢教日月换新天",历史车轮滚滚向前,余杭大地气象万千,平泾处处响彻奋进的歌声。长眠于独山之麓英烈们的献身精神,已成为激励人们崇尚文明,开拓进取的明亮航标。

鸭兰春雷 | 周如汉

　　崇贤镇鸭兰村是大运河旁一个绿水环绕、男耕女织的普通农村,但在 1927 年白色恐怖中,鸭兰村响起了一阵声震城乡的惊雷,这阵惊雷成为人们脑海中永远不能忘却的红色记忆。

冲破白色恐怖,杭县农村首个党支部诞生

　　1921 年 7 月,中国共产党诞生了。第二年,杭县就有了党组织,坚持地下斗争,不断得到发展,工农革命形势很好。1927 年 2 月,北伐军光复杭州,杭县(当时杭州属杭县)人民都沉浸在庆祝北伐胜利的欢乐之中。但就在这时,蒋介石却发动了四一二反革命政变。根据他的部署,杭州的警察局局长章烈在 4 月 11 日就挥动屠刀,砍向共产党人和革命群众,杭州全城笼罩在白色恐怖之中。许多工会、农会等进步组织被破坏,大量共产党员、革命群众被抓捕,中共杭州地委所属的党员由三千多人骤减至一千两百人,而且大都离开杭城分散隐蔽在各处,党的工作陷入极度困难的境地,革命处于低潮。

在严峻的局势面前该怎么办？地委及时而果断地决定，转移工作重点，到农村去开辟阵地，发动农民群众以打开新的局面。于是，年仅22岁的共产党员马东林受党的委派来到杭县西镇区的鸭兰村。马东林，1906年生，字旭初，浙江嵊县人。原姓施，未满周岁父母双亡，因家庭贫困，由杭州西湖区岳坟东山弄的表伯马阿兴收养，故改姓马。1923年他就参加支援二七大罢工的宣传、募捐活动。1926年参加中国共产党。他有个朋友叫马国华，是鸭兰村人。1926年冬天，马东林介绍马国华参加了中国共产党并编入金沙港党支部。马国华又介绍同村青年马云州、马奎早、马阿祥等与马东林相识。马东林曾用通俗的语言向他们宣传马列主义，对他们进行革命启蒙教育，要他们回村向贫苦农民宣传革命道理，组建农民协会，实行减租减息，向土豪劣绅开展斗争。因此当党派他开辟农村工作时，他首先想到了鸭兰村。1927年6月，他以中共杭县县委委员兼组织部长的身份来到西镇，从拱宸桥乘轮船，到王家庄上岸，来到鸭兰村，住在马国华岳父马九成家里。他和贫苦农民谈心交友，宣讲革命道理，提高他们的阶级觉悟，并从中发展党员。马东林和马国华先后介绍马九成、马云州、马阿祥、马来伯、马幼良、马有顺、马春松、姚培金等10人入党。6月的一天，马东林在马九成家中主持召开了党员会议，宣布成立中共鸭兰村支部，选举马国华为书记，马九成为副书记，马云州、马阿祥、马幼良为委员。这是今余杭区境内农村的第一个党支部，也是在杭县西镇地区响起的第一声革命春雷，它引导着当地农民与反革命势力不屈不挠地进行斗争,开展轰轰烈烈、震撼城乡的革命事业。

鸭兰村党支部建立以后,利用农民协会这一形式宣传、组织、发动本村和附近农村农民,以农民协会为阵地,减租减息为主题,进行革命活动。马九成和姚培金两位党员帮助朱家墩建立了村农民协会,当他们听到农民潘庆祥、潘法祥说东塘葛墩大地主葛来生不遵守减租规定,收了高租时,立即向党支部反映。支部研究后,派姚培金、马有顺、马云州到东塘葛墩去处理。三人见到葛来生,就以农民协会的名义,毫不客气地对葛来生说:"今天无事不登三宝殿,就是要你退还向潘法祥、潘庆祥多收的租米。"葛来生说:"难道我的产业要你们农会做主?我收租要农会管?"姚培金等斩钉截铁地说:"农民的事农民协会当然要管,多收租米一定要马上退还,一粒不能少。"葛来生还想辩解,姚培金等据理力争,寸步不让,并当场代表农会宣布:"葛来生违抗减租规定,再另加罚款。"葛来生这才看到了农会集体的力量,只好老老实实的退回了多收租米,还交了罚款。后来农会用这笔罚款买了一盏汽灯、做了一些桌椅,充作公用。这件事对附近农民影响很大,他们看到农会确实能为农民撑腰,纷纷要求建立农会。

独山万人大会,浙江省委书记讲话

鸭兰村党支部的成立和党员们的积极活动,就如在昏暗的雨夜里亮起了一盏指路明灯,照亮了西镇大地,使广大贫苦农民看到了希望,看到了组织起来闹革命的无穷力量。在鸭兰村附近的大运河两岸,乡村农民协会就这样纷纷建立起来,与鸭兰村相邻的王家庄(现属崇贤镇),隔运河相望的林家兜(现属仁和镇)、行宫塘(现属良渚镇)等村还成立了党支部。王家庄是邻村,马九成就被党派去担任王家庄村支书,另选叶阿其为副书记,林家兜支部和行宫塘支部的书记分别是郑洪波和杨益三。马东林和党组织及时利用这大好形势,引导这片红色土地上的革命群众运动向深处发展,在 1927 年 8 月组建了西镇区农民协会,由中共党员郑秋林担任主任,马国华任副主任。

9 月,县委决定组建中共西镇区委。这时中央已经召开了"八七"会议,总结了大革命失败的经验教训,确定了实行土地革命和武装反抗国民党反动派的总方针,并把发动农民举行秋收起义作为当前党的主要任务。中央任命王若飞为特派员向浙江省委传达了这个精神。中共浙江省委对西镇这个邻近省会杭州的农村建立区委这件事非常重视,代理省委书记王嘉谟亲自前来参加成立会。王嘉谟,又名小曼,是浙江象山县人,1925 年腊月初九,由贺威圣介绍加入中国共产党。入党后一直在宁波一带从事党的地下工作。1927 年 7 月,调任省委组织部主任。8 月 9 日,中央批准省委书记庄文恭辞职,由王嘉谟代理省委书记。西镇开会这天,运河西岸林家兜郑阿侬家里,几十名党员肃静地聚集一起,王嘉谟和杭县县委委员马东林一起主持这次党员大会,宣布成立中共西镇区委员会,会上选举马国华为区委书记。

西镇区委成立后,就以庆祝"双十节"为名,在鸭兰村附近的独山,召开群众大会。参加的有一万余人。马东林陪着与他同年出生的王嘉谟一起参加了大会,还都讲了话,肯定了西镇农民协会和农民群众已取得的重大胜利,介绍了工农革命的大好形势,宣传了中国共产党的革命主张,号召大家要团结起来参加农民协会,开展减租运动,和反动势力做斗争。大会结束后,区委带领群众举行了声势浩大的万人大游行。

独山大会以后,西镇区委领导各党支部以农民协会作为合法阵地,全面发动农民群众,广泛开展宣传工作,有组织有目标地开展减租运动。在西镇地区,六十三个乡村建起了农会,会员超过万人,二五减租在全区迅速开展,也带动了瓶窑区的部分乡村。西镇丰和乡(现属良渚镇)农民协会在 1927 年 11 月 28 日发出第六号布告,规定"一百分之五十为最高租额,佃农最高租额减轻一百分之二十五为标准",有力地支持了农民,打击了地主反动气焰。农会还顺应农民要求,废除了地主"大斗进小斗出"的剥削行为,统一改换租斗,废除原来一百六十合的乡斗,改为一百〇六合。改换后的乡斗要由农会检验盖印。区农民协会又在冲天庙召开大会,把二五减租的有关规定通知各户地主。会后,区委派姚培金等五人去了解地主对减租的态度,再亲自登门向一些地主传达减租政策,使多数地主都能接受相关规定。当姚培金等到地主莫筱炎家讲明规定后,莫一口答应,表示服从照办,还敬烟、献茶、留饭。姚等肯定他的态度,但严正拒绝酒饭。包括白河头地主莫德英在内的小部分地主继续反对二五减租,农民姚元庆、姚菊泉就向农会报告,农会立即决定在白河庙里开大会,对莫德英等人进行说理责问。区委事先把通知送到莫德英家里,莫德英既不愿减租减息,又害怕农会威势,知道开起大会来是凶多吉少,但又不能不去,就来了个缓兵之计,叫儿子莫阿大代替自己去参加大会。莫阿大不是傻瓜,哪里肯代父受过,也不肯赴会。莫德英挠着头皮,另生一计。他派人马上到塘栖镇,请当地乡绅高竹庵来讲情。高竹庵来到农会,先送上名片,再代表莫德英认错道歉,答应照农会规定办理。农会见目的已经达到,就顺水推舟,接受他的讲情,答应只要莫家配合二五减租,就不再开责问大会,同时警告他们今后必须听从农会指示,不准违抗有关减租的规定。这件事在西镇不胫而走,影响很大,地主富户受到警告,贫苦农民胆壮气雄,减租运动顺利开展。

浙江省委书记主持召开杭县第一次党代会

1928 年农历四月,正值枇杷黄熟时。一天下午,拱宸桥仍然和往日一样平静,在它不远处停着几条小船。其中一条船上有两个人,衣袋里插着折叠好的《东南日报》,"东南"两字露在外面。这两人就是由西镇区委派出的林家兜支部的党员林杏松和林连生,他们此行是来接去西镇开会的代表的。此时,他们注意到有人把目光投向"东南"两字,就朝来人用手捋捋头发,对方也用同样的动作捋了捋头发。暗号对上了,是要接的对象,他们马上引这些人上船并将船开走。到傍晚，他们一共接到了十九名与会代表。在桥附近的船埠头，还停着一条船，船上晾有一件黑色的中山装上衣。这时中共浙江省委的地下交通员陈庆亨从杭州方向匆匆走来，警惕地瞄着那条晾着衣服的乌篷船，见没有人注意，就跨进船舱。这时舱里已坐有三人，大家互不相识，默默无言。船老大解开缆绳，沿着江南古运河驶出拱宸桥向西镇而去。他们也是去参加会议的成员。船快到西镇时，一个工人打扮的身材高大的青年才开口说："今晚杭县召开党员代表会议，省委有负责同志到会指示，要部署下一阶段党的工作任务。我们大家要好好听，并用心记在脑子里，回来要认真贯彻执行。"他的话把迷雾揭开，原来前面林杏松、林连生来接的也是参加杭县党代会的代表。天黑下来，乌篷船靠了岸，他们四个人拉开距离，一个跟着一个走进了西镇附近千亩墩的太平庵。杭县党员代表会议今天晚上将在这里召开。

千亩墩上有几百亩农田，就在鸭兰村旁边，离马九成家只隔一条鸭兰巷，墩的四周都是河道，平时人们进出都要靠船，地点比较偏僻。墩上有一个尼姑庵叫太平庵，平日门庭冷落，而这一天却显得有些不同寻常。静悄悄的庵堂四周有人在慢悠悠地走动，小河上几条小船在缓缓来回移动，他们都是区委派出的保护会议的流动暗哨。庵堂里面，二十多位代表正在吃晚饭，晚饭也是由西镇区委派人送来的。只是这一天庵堂里开了荤，大家正高兴地吃着红烧黄鱼。晚饭后，大会即将开始，八仙桌上放着两盏马灯，使庵堂显得格外明亮,大家静悄悄地等着会议开始。

　　为什么要开这次党员代表会议,这和前一段时间杭县党组织所发生的一些事情有关。1927年冬天,中共杭县县委在杭州西湖饭店开县委全体会议,研究、部署西湖区、西镇区农民武装暴动的行动计划。当时已被任命为县委委员的马国华从西镇的实际情况出发,认为主观力量还不够强,不宜马上进行武装暴动。因为这项建议,马国华当场就受到县委领导批评,说他犯了机会主义错误,并对他进行留党察看处分。而在会议进行过程中,会议地点被国民党特务侦悉,前来参加会议的省委领导和县委负责人不幸被捕,县委遭到破坏,西镇党的工作也受到严重影响,几陷停顿。第二年春天,党派曹素民来杭县西镇了解情况,重振党务。曹素民才二十八岁,却已具有丰富党务工作经验。他于1924年9月加入中国共产党,曾跟随周恩来参加第二次东征,又担任过林伯渠为党代表的第六军的某营教导员,还参加过八一南昌起义。1927年冬,他被党组织派回浙江工作。曹素民到西镇后,首先查明事实真相,恢复了马国华的在党内的工作。但马因身体抱恙没有出来工作(后于1929年1月被捕),西镇区委就由郑洪波负责,西镇地区党的组织逐渐恢复正常。当时西镇区委已辖有六个党支部,党员人数有八十余人。省委看到这个状况,决定召开杭县党员代表会议,通过选举重建杭县新县委,并指示西镇区委负责会务。西镇区委决定选择党的基础相对坚实的鸭兰村,会场地点就定在千亩墩太平庵。

　　这天晚上参加会议的共二十余人,西镇区委由郑洪波代表出席。大家坐定后,省委代书记龙大道宣布会议开始。龙大道,1901年出生于贵州锦屏县茅坪村,与曹素民同龄,1923年8月23日在上海由施存统和张其雄介绍入党,同瞿秋白、邓中夏等十四人编在同一组。他一直在上海领导工人运动,曾先后担任过上海总工会常委、经济斗争部主任,又是第一次全国苏维埃代表大会的代表。上海工人第三次武装起义时,他协助周恩来和赵世炎指挥,取得了闸北地区战斗的胜利。蒋介石发动四一二反革命事变时,龙大道不幸负伤,虽然死里逃生,但被反动派悬赏通缉。他秘密地离沪到武汉从事党的工作。1928年3月调到浙江,5月任浙江省委常委、代理书记。他接任后,就抓紧重建杭县县委的工作。在他亲自参加和领导下,在太平庵召开的杭县党代会首先选举曹素民为县委书记,接着龙大道代表省委讲话。他对杭县县委新领导的产生表示祝贺,然后详细分析了浙江省斗争形势,部署了下一阶段党的工作要点,并希望和要求全体党员要团结工人农民,发挥党员的先锋骨干作用,推动浙江和杭州的工农运动。这次党代会开得很顺利,与会代表们也很活跃。会议期间,西镇的同志尽地主之谊,送来了杭县名产枇杷招待大家。大家高高兴兴地边吃枇杷边发言,情绪高涨,想法也比较统一,会议一直开到后半夜才散会。人们陆续离开太平庵,由西镇的同志用船将代表们分批送走。

这次会议对杭县党的工作的开展起了十分关键的作用。西镇区委也调整了组织:郑洪波调任杭县县委常委,仍分管西镇工作;西镇区委书记由马掌财担任;区委委员得以增选。调整后的区委,根据太平庵党代会的精神,继续发展壮大党的队伍,通过农会,有效、合法、公开、深入地发动农民群众、开展党的工作,同时按杭县县委部署开展武装暴动的准备工作。这一切预示着西镇地区农民群众的革命之火即将迸发,革命的春雷即将响彻鸭兰、响彻杭县、响彻浙江、响彻全中国!

1954年拔荸荠苗事件的因果 周如汉

1954年5月至7月,我国长江流域连续下雨。杭县连雨一个半月,堤塘溢五十余处,出现特大洪水灾害,几十万亩水稻受淹,给粮食生产带来了严重威胁。崇贤沾桥一带由于地势低洼,属重灾区。为了努力战胜灾害,把损失减少到最低程度,中共杭县县委发动干部农民想办法、找措施。7月底,县农林技术指导站向县委、县政府提出了增产措施,除多种杂粮外还提出了种连作晚稻的办法,即在早稻收获后再种一季晚稻。7月31日,中共浙江省委召开紧急会议,传达贯彻中央《关于积极采取有效措施力争按计划完成生产》的紧急措施。杭县是省直属县,县委书记张树声参加了会议,并汇报了种连作晚稻等增产措施。当时会议来不及具体研究,认为"根据各地经验,如群众同意,行得通可以搞"。

会议很快就结束,县委连夜召开紧急会议,贯彻中央指示及省委会议精神。第二天,就召开县委扩大会议,贯彻落实增产措施要求,向三墩、四维、东塘、塘栖、瓶窑等区下达了种连作晚稻的任务,并将贯彻情况报告省委。8月6日,省委办公厅转发了杭县县委的报告,表扬杭县找到了增产措施。几天后,《浙江日报》在头版报道了杭县以战斗精神贯彻省委指示,迅速开展增产运动的情况。

县委扩大会议结束后,各区立即召开会议,布置落实包括种连作早稻在内的增产措施,县级有关部门也积极配合支援或派干部下乡指导。当时我在县供销社工作,就参加过一次紧急会议。会议是在县长室召开的。这次会议只有七个人参加,县长胡广清主持会议并传达了县委扩大会议紧急指示,两位新当选的来自基层的副县长胡永发和沈贵兴,分别谈了他们家乡三墩区肇和乡和四维区崇贤乡的严重灾情。县供销合作社参加会议的是主任朱赞臣和我,县粮食局也有两人参加。我们两个单位是来接受供应粮食种子任务的。会后供销部门立即派人四处采购杂粮种子。粮食部门主要负责采购稻种,他们的行动很快得到省粮食厅的大力支持,运到稻种二十二万斤。

但是对种连作早稻,许多农民因缺乏经验不敢种。而在四维区、三墩区有种荸荠习惯的地区,农民更一致反对。种荸荠在当地已有悠久的历史,而且是当地农民重要经济收入来源,又有吃荸荠度春荒的习惯。荸荠在早稻收割后就要马上种下去,而在栽种之前就要花一定工本。在春节后就要把隔年留在田里的种荸荠挖起,堆放室内墙角,用稻草和泥封盖,7月初取出,入缸用清水泡两昼夜后,继续堆放到长出新芽后再育苗。育苗时先要做一个地床,将荸荠芽朝上整齐密排,钉在地床上,称"钉荸荠"。之后经常灌水,约二十天成苗。此时早稻已收割,将田土耕细耙平,施足底肥,正是荸荠苗移栽入田时。1954年8月初,荸荠苗大都已移种下田,再要种连作稻势必要拔掉荸荠苗,农民都不愿意。

这时县委增产粮食心切,就违反农民意愿,动员拔除荸荠苗。对农民的抵触情绪,县委提出要宣传"种连作稻可增产粮食,多卖余粮给国家,支援工业化"。县委委员分头下乡,区乡层层开会布置,组织田间检查,有的干部甚至亲自动手,用强迫命令的做法要农民拔荸荠苗。这样仅8月6日至9日,四天时间,四维、三墩已经种下的四万亩左右荸荠苗被全部拔除,种上连作早稻。

连作早稻刚种下去时,苗情尚好。到9月下旬,天气转冷,成了笑苗哭稻,无法结实,结果颗粒无收,造成重大损失。春节过后,农民生活发生困难。

杭县拔荸荠造成重大损失的情况,很快就反映到高层。浙江省监察委员会根据监察部要求,会同省农业厅及杭县监委,到有关区乡进行了调查。县委也几次开会检讨了"缺乏群众观点,不倾听群众意见,漠视群众利益的官僚主义、主观主义、命令主义的作风"的严重错误。向干部农民做了深刻检讨,对因拔荸荠苗减少收入的农民给予了救济。1955年6月,中共浙江省委作出决定,严肃批评了杭县县委"严重的主观主义""严重地损害了党和群众的关系"等错误,也承担了一定的领导责任。决定给予杭县县委以公开批评,给予杭县县委书记以处分。8月3日,这个决定在《浙江日报》上公开发表,同时刊登了杭县县委和县委书记作出沉痛深刻检讨和接受教训改进领导作风的文章。《杭县报》也刊登了县委决定。

《人民日报》为此发表了题为《唯心主义的典型》的评论员文章。

1955 年 4 月我已调《杭县报》工作,据我点滴粗浅的了解,感到杭县县委对检讨和接受拔莠荠苗错误的教训,态度是诚恳和积极的。每一位县委委员都检讨对这一错误决策的形成都是投的赞成票,意见是一致的,共同承担了责任。在 1956 年 6 月召开的杭县第一次党代表大会上,还对此作了认真检讨。

在改正错误的具体行动中,有两点很受基层干部谅解和农民欢迎:一是重视了经济作物,在水田中种植的荠荠、慈姑等都列入计划。而且采取措施扶持其增产增收。二是继续积极实验,种连作早稻获成功。对这件事我曾和娄观海等老农业技术员交谈过。他们说,1954 年提出种连作早稻作为增产措施虽然考虑不周,但也不是没有依据的。1952 年,杭县农场就试种成功三十三亩连作晚稻。又有老农说曾经在收获过的早稻田里,青秆活管的稻茬上发出的芽苗,也会抽穗结出谷粒,农民称它为"二茬稻"。二茬稻产量虽然不高,但总有收获。但在"立秋"边播种连作晚稻秧苗,它毕竟违反了客观规律。事后,县委统一看法,要继续试验,总结成败经验,吸取惨痛教训,尊重客观规律,推行科学技术,种好连作稻。农业技术员们在调整品种、育苗技术、抢抓季节、肥培管理、保穗增重等各个环节,都认真按科学技术要求办事,不仅成功地大面积种植连作稻,而且连作早稻也试种成功。又抢抓季节,早稻一成熟,就抓紧收割,及时移栽连作早稻,终于使连作早稻取得好收成。到 1965 年,全县晚稻全部连作化,其中连作早稻又称"早翻早",是以早籼品种作晚季栽培，主要品种用矮脚南特等良种。面积已占晚稻面积的 17％。

　　前事不忘，后事之师。回眸 1954 年杭县拔莩荠苗事件，深刻的教训告诉我们，共产党人是动机与效果统一论者。我们办任何事，光有正确动机还不够，还要讲究科学，按客观规律办事，才能取得好的效果。如果不按科学规律办事，好心也会办坏事。

上卷·回味光阴

崇贤记忆

怀念战友黄玉山 | 沈沉

　　光阴似箭飞，日月似水流，四十多年如弹指一挥间。那是 1967 年 10 月的一个晚上，晚饭后因"天天读"时间未到，我们测量班的战士就在宿舍里弹拉乐器。这时，作战股孙参谋阴着脸走到我面前，拍了下我的肩膀叫我出去一下，然后轻轻地对我说："你的老乡牺牲了，帮忙去埋葬一下，汽车在大门口等着。"我急着问是谁，他给我看了一下名字，我的脑海一片空白，眼泪忍不住成串地掉下来。黄玉山是原崇贤公社工农大队人，入伍前是生产队记工员，年纪轻轻，工作认真负责，农活样样都会做，十七岁时就是个团支委，是个人见人爱、人见人夸的小伙子。入伍后在北京房山新训时，表现突出，在训练基地的黑板报表扬栏里经常能见到他的名字。新训结束后，他分到了三十四分队，领导看他文质彬彬的，就分他到炊事班。炊事班有五个人，为一百二三十个人做饭菜，相比之下工作比较轻松。由于我经常要下连队值勤，所以经常要到他那里就餐。"三个公章，不及一个老乡"这句话只有离开故土的人才能体会到它的真正含义。

　　他怎么会牺牲呢？脑海里不由划过一连串的问号。我的双脚像踩棉花那样,跟着孙参谋走到司令部大门口,铁道兵的铁牛运输车已停在路边,车上已有五个战友,一具用枕木做的棺材放在车中央(那时还未提倡火葬),我们谁也没有说话,车子约开了一个小时,就到达坐落在北京良乡的铁道兵6121部队的烈士陵园。陵园是块平地,四周一马平川,东南西北看不到有灯光的村庄,到处杂草丛生,几棵低矮的小树在随风摇摆,成群萤火虫在汽车灯光前飞来飞去,我借着月光略数了一下,三十几位战友已长眠在此了。我们挨着坟边挖好坑,慢慢地把棺木移下去。棺木放在坑里后,大家向他敬礼。接着就挥动铁锹把坑堆成一个土丘。孙参谋把一块没有完全干燥的水泥墓碑从驾驶室拿下来,我借着汽车灯光的照射,看到用大红油漆写的"籍贯浙江余杭"几个字,仿佛用流淌着的鲜血写成,至今想起,仍心痛不已。

墓碑竖好后,我们脱帽鞠躬,坟头没有一个花圈,没有一寸黑纱,司机按了三声喇叭就算永别了。十几天后,我们测量班到四营去勘测,支好帐篷后,我没打开背包,就请了假迫不及待地跑到公路边,拉了辆四五零零部队的炮车,赶到小黄牺牲的三十四分队,几个老乡都到工地上去了,我就直接到连部,湖北公安籍的彭指导员告诉我,小黄是个好战士,在炊事班他觉得工作平淡,写了请调报告和入党申请书,要求到最艰苦的地方去,把自己这块粗糙的矿石,投入到革命的大熔炉中去锤炼。领导批准后,他就到施工现场打风枪。那个年代,一切的施工工具都比较原始,风枪利用双手的力量钻炮眼,以便放雷管炸药,小黄施工的拴马桩隧道有一千八百多米,两头快贯通时,由于风枪的震动,头顶约一块十斤左右的碎石掉了下来,刚巧砸到了他的头上,虽然他戴着安全帽,但终因失血过多,抢救无效身亡。人呀人,有时很坚强,有时就是那样脆弱。小黄入伍一年多,年仅十九岁,他没有碰过女人,没有谈过恋爱,把自己的一生献给了祖国,过早地给自己的人生画上了句号。

1965 年 12 月崇贤入伍的应征青年一共有二十多位,入伍后我们都归属铁道兵第四师十七团,部队驻防在全世界闻名的北京周口店,主要任务是筑战备需要的京原铁路(北京——山西原平)。出于战略设计,这条路近百分之八十是往山洞里走的,所以我们的任务主要是打隧道,施工条件十分恶劣,工作十分危险,任务十分繁重,生活十分艰苦。由于体力的透支,三五年过后退伍,有几次工厂招工,很多战友的身体连当个工人都不合格了,但活着的总是幸运的。至今已有六位战友与世长辞,平均年龄不到六十岁。鸭兰村的赵洪孝在打石炮点火时,由于速爆,无数细石飞进体内,经北京 301 医院抢救,生命虽然保住了,但体内的碎石无法取尽,退伍后一直在家,逝世时不到五十岁。一次施工事故中,多亏一位河南老兵的奋不顾身的救护,沿山村的姚永祥才捡回了一条命。河南老兵虽然不像黄继光堵枪眼,董存瑞炸碉堡那样轰轰烈烈,但他的英雄事迹,也通过《铁道兵报》《战友报》《解放军报》也传遍了祖国的大江南北。部队为这位英雄举行了隆重的庆功大会,人生就是这样,从个人的角度来看总是悲剧的,从社会角度看总是喜剧的。

1998 年的深秋,我到哈尔滨出差,列车在沈阳站停靠时,我下去买了张报纸,报纸上其中一则有关烈士陵园被毁的新闻勾起了我的回忆,于是我转道北京去看望长眠异乡的战友们。到了北京后,我包了一辆出租车,直奔北京西郊良乡,北京城的变化太大了,我像刘姥姥进了大观园,分不清东西南北了。几经周折,在当地一位长者的指引下,我终于见到了那个陵园。所谓陵园,实际已是一块荒草地了,一人多高的野草相互偎依着,它们放肆地生长在我们烈士的坟头上。一大片二丈高的芦苇像是在摇旗呐喊,冲向更远的地方,企图占据更多的领土。那些作为烈士记号的水泥墓碑早已风化成灰,只有三颗高大粗壮的梧桐,虽然绿叶褪尽,但它们手挽手在庇护着这些英灵。

我分不清这些战友来自何方,我的老乡不知在哪里。在这鲜花与赞歌远离的"世外桃源",我到两三里外的村店买了香烛、纸杯和两瓶二锅头,用脚踩出一席平地,点上香烛,一字摆了三十六只纸杯,斟满酒,我跪着叩首祈祷这些英灵,希望他们在天堂安息。黄昏的细雨打在身上,我不禁有些寒战,此时已是风也萧萧,雨也潇潇……

前几年,我曾到山东和北京找过几位老首长,谈及良乡陵园之事,他们的意思是铁道兵兵种早已取消,已归属铁道部,现在在杭州修地铁的中铁集团就是铁道兵的前身。那么,这批"一颗红星头上戴,革命红旗挂两边",穿着军装长眠在那里的战友能不能"复员"呢?每当我想起这些战友们,我的那种心情,惆怅、伤感、苦涩、无助、无奈,更与谁人诉说?悠悠往事化故尘,岁月无情草自青,日月轮回照英魂,落花有情果犹存。

重返军营 | 沈沉

　　风雨送春归,飞雪迎春到。2012 年春节前夕,我们崇贤的五个老战友相约,结伴前往北京周口店看望已阔别了四十五年的绿色军营,在那里,我们曾经踩着血色浪漫的鼓点,把青春和热血献给了祖国和那个时代。周口店猿人遗址是我国二十七处世界遗产之一。我们铁道兵四师十七团团部驻地就在北京猿人遗址西南方约两公里的一个山坡旁,虽然周口店今非昔比,但它的地形地貌依旧。我们穿过车水马龙的街道后就到达了想念了四十多年的绿色军营。

　　虽然是"铁打的营盘流水的兵",但军营在我们战士脑海中是永不磨灭的记忆。那时林立的岗哨和挂着红色"亥"字(铁道兵代号)的军车,现已荡然无存,团部的旧址已成了一个国有林场的办公楼,原司令部和政治处的营房已全部被拆除,改造成一个大花园。一大批红叶石楠、杜鹃、八角金盘、金边黄杨、紫薇、樱花、桂花错落有致地长着。后勤处的营房仍保持原来的结构,但已翻新过了,前面是办公楼,后面是家居宿舍。我们一行正在军营旧址行军礼时,从林场办公楼里走出来的一位大姐,笑呵呵地问我们是哪里人。我说,我们是杭州来的,是八七一八部队的老兵,来看看我们的军营。说明来意后,她很热情地邀请我们到办公室喝茶。她说杭州她去过两次,西湖太美了,明年旅游仍去杭州。我说其实旅游就是自己住厌的地方到别人住厌的地方去。她听后大笑,说确实是这样啊!在她的办公室里我问起"文化大革命"时那位老书记——他是东北人,十七岁参的军,参加过抗美援朝。那时他已头发花白,经常遭批斗。我发觉老书记遭批斗时,台下总有他八九岁的小孙子看着,结束后孙子的小手拉着爷爷的大手,祖孙俩步履维艰地朝着山坡上的小屋走去。大姐说,老书记后来自杀了,你说的那个小孩子现在已经是房山区委的一个部长,此时我来了兴趣,说,能不能联系到他。大姐说能,还说部长的妹妹是这里的场长。大姐去到三楼,大约过了十几分钟,大组回来了,后面跟着一位漂亮的少妇。她就是这里的场长。大姐介绍后,她热情地与我握手,随即掏出手机与他哥哥通了电话。房山与周口店相差不远。约过了四十分钟,一辆奥迪就停在了林场大院内,一个身材魁梧的男人从车内走出,走进办公室。经他妹介绍后,我们热情握手,紧紧地拥抱。他流着泪说:"难得还有人记得我爷爷,记得那些个不堪回首的日子,真是谢谢你们啊!"我点点头说:"人到老年,反而对年轻时的事记得越来越清晰了。"他又含着泪说:"我爷爷是在 1970 年的上半年自杀的。当时他身体状况极差,又批斗不断,战争年代又负过伤,种种原因加在一起,不堪折磨就含冤而去了啊!我十八岁那年爷爷才沉冤得雪，我才参军在'二炮'（导弹部队）。转业时是二杠一星的少校。"他又热情地邀我们到房山他家里住，我们婉言谢绝，因为我们还要去曾经流过汗、流过血，甚至献出过生命的地方——我们亲手铺成的铁路上去看看。

第二天我们乘着车子先后到了拴马桩、凤凰亭、南观、南韩继、娄子水，那些昔日光秃秃的群山中竟穿出了一条条四通八达的铁路，变化之大，简直是个奇迹。

我们铁四师是在1965年驻防过来的，全体将士自己动手劈山填海、盖营房。工地上到处红旗飘扬。一不怕苦，二不怕死，愚公移山，为人民服务，有奋斗就会有牺牲的豪情壮志与毛主席语录激励着我们，才能把一座座大山打通，从山洞里铺出一条京原线（北京－山西原平）。我们崇贤公社十六名新入伍的战士都在一营打山洞、浇桥墩，施工条件十分恶劣，任务十分繁重，工作十分危险，生活十分艰苦。就是在这样的情况下，我们用青春赌明天，跳着血色浪漫的舞步，用青春、热血、生命凝结成一块块枕木和石基，托起两条永不相交的铁轨。今天的各个站口，人来人往，各种轿车来回穿梭，大小商铺星罗棋布，与我们昔日的场面真是天差地别，不是亲眼所见，谁也不会相信。

在这里不得不说南韩继。南韩继当时是个大队，在北京名气很大，"文化大革命"前时任市委书记的彭真经常来访。大队书记徐新文是全国劳模，当时一本有关共产党员的杂志封面上就有陈永贵、李顺达、徐新文的合影。彭真遭批斗，徐新文受株连，几乎天天遭批斗，全大队社员天天搞阶级斗争不干活。一到星期天，他们村的革委会到我们团部要我们"拥军爱民"，要我们去摘玉米、割麦子，本来星期天休息，可以给家里写写信、理理发、洗洗衣服，但这样一来，每个星期天被他们折腾得够呛。后来部队派军宣队进去，崇贤大安大队的徐金相就是派进去的其中一位。

我们在周口店待了四天，后转到山东泰安去看望我们昔日的老领导，我们原属济南军区，是调防北京的。完成使命后，特别是铁道兵兵种取消后，除少数在北京外，其余都落叶归根了。岁月无情，那些德高望重的老领导几乎都已不在人世。如今还在世的只有1960年到1963年连排小干部和团部的参谋干事、助理员。机关大院离东岳泰山约一公里，我们到达的那晚，机关饭厅张灯结彩，响起嘹亮的歌声："背上了那个行装，扛起那个枪，雄壮的那个队伍浩浩荡荡。同志呀，你要问我们到哪里去啊，我们要到祖国最需要的地方。离别了天山千里雪，又见那东海万顷浪……迈开大步朝前走呀，铁道兵战士志在四方……"激情高昂的《铁道兵战士志在四方》战歌在饭厅此起彼伏，大家热血沸腾，仿佛又回到了那个年代。我与我的直属领导，以及作战股的几个参谋、技术员、工程师热情握手，紧紧拥抱，彼此脸上都挂着泪水，在那激情的岁月里，我们生死与共，风雨同舟，作为幸存者，我们内心久久无法平静。

晚饭后我问坐在我旁边的刘占文参谋，一连的石祥才排长是否还在。他说在。我又问是哪一位。他朝四周看了看说，他没有来，因为他一条腿被锯了。石排长是1963年当的兵，山东人，大老粗一个，是靠玩命的工作提干的。提起他，我该用"咬牙切齿"来形容。1966年2月是我入伍的第二个月，当时他分配我拌混凝土，我的工作是用独轮车装石子，推到搅拌机斗里去。独轮车很难推，全靠双臂平衡，我们浙江兵都不会推，两百多斤一车，稍有不慎就会翻倒，十车总有五六车中途倒翻，这样后面的沙泥车就上不来，搅拌机就要等起来，严重影响进程，我常常急得满头大汗。这天又是我第一天干这活，撑到下午三点左右，由于体力严重透支，我昏倒在了工地上。一位湖北老兵把我扶到宿舍，叫来了卫生员，我一身脏衣服一身臭汗，像死猪一样倒在炕上，人像在大雾中飘着一样。晚上七点半例行到操场列队点名（实际是总结一天工作），石排长大喊我的名字，叫我起来参加点名。我一脚高一脚低地来到二排五班，这位仁兄当着全排战士的面说："有的浙江兵娇气十足，贪懒装病。"说话很是难听，当时我气得浑身发抖，肩上的那把冲锋枪枪栓摸了两次，真想给他一梭子。从此我对他恨之入骨。3月我由营教导员推荐调到团直属机关。现在虽然过了四十多个春秋，但想起他我仍刻骨铭心。现在知道他少了一条腿，心里还是挺难过的。

第二天上午我在郭明珠技术员陪同下见了这位仁兄。第二十三幢东面的一楼门口，一位坐在轮椅上的银发老者披着一条米黄色的军大衣在晒太阳。老郭问我是否认识他，我摇了摇头，面前这位老者脸像是一颗开了壳的核桃，耳朵明显背了。张开嘴未见几颗牙齿，背佝偻着像一只煮熟了的龙虾，一双深凹浑浊的双眼，左脚的裤脚是空的，据说是在山西打山洞时被石头砸成粉碎性骨折锯掉的。他当然不会认识我，毕竟我在他手下只当了三个月的兵，假如他不说我"装病"我早把他忘了。这个可怜的老头四十几岁就与轮椅为伴，他将毕生献给了铁路，把青春年华献给了祖国。看到他这副样子我鼻子忍到发酸，历尽劫难兄弟在，相逢一笑泯恩仇，我什么也不想多说，朝他敬了个军礼就向后转了。

下午我们一行五人在十多个老领导的陪同下到泰山脚下的陵园去祭奠我们的老首长，团部的领导除政治处长、后勤处长、团政委在北京外，其余基本都在这里。我向团长宋福安、副团长冷玉彬、参谋长邓志文等直属领导献了花篮。团长与副团长的两个儿女当时只有三四岁，很是活泼可爱，在机关大院我们经常抱他们。后来我问起这两个小鬼的状况，刘参谋说，宋团长的儿子在辽宁是个市委书记，冷副团长的女儿在解放军总后勤部是个上校，他们在这里有亲属，过春节定能看到他们。我说算了，若是有缘，天涯也咫尺。陵园坐落在泰山脚下的一个山坳里，一排排的墓碑像是等待检阅的列队士兵。一行行的苍松翠柏不分春秋冬夏来庇护着这些英灵。在这个没有贫贱高低之分的安静港湾里，只有几只鸟儿飞来飞去，陵园上空那片袅袅的白云，正在展示着迷人的柔美，时而团团柔柔，像依偎在身旁的柔软羔羊，时而随风变成片片丝丝，像在展示人们难以割舍的情思，让人世间的爱共鸣在天地间。

世上没有不散的筵席，三天后我们准备回杭，在告别会上大家高唱送战友的《驼铃》,脸上都挂着泪水。大家都心知肚明,这可能是最后一次见面了。虽然山不转水转,但毕竟是"年年岁岁花相似,岁岁年年人不同"呀!

　　生活像是山泉,永不回复。在生命的长河中,军旅生涯必定是刻骨铭心的,是永远不会忘却的。人生总免不了相聚与别离、快乐与悲伤、激情与平淡、如意与无奈、华丽与暗淡、希望与梦幻,大家虽然都像唐僧西天取经那样,历经九九八十一难,但未必都能修成正果!

双抢，1972 | 沈沉

我从部队复员回乡后，有幸进了崇贤供销所属的一家下伸店当营业员。

1972年的7月初，供销社就召开了"双抢誓师"大会，动员各部门做好"双抢（抢收早稻抢种晚稻）"前的准备工作，要送货下乡，支援"双抢"，并要求各个下伸店要做到提早开门，延迟打烊。20号左右，"双抢"的气氛越来越浓，大家都来去匆匆，说明"双抢"已经开始。"双抢"是农村一年中最繁忙的时节，照理，也是农民最舍得花钱的时候。然而，由于当时农家都很穷，我在下伸店里做营业员，早上4点开门，前来购物的农民，大多买包一角三分的"大红鹰"香烟，一两角什锦菜，一角钱的腐乳（四块）。当时农村的经济条件很差，好的生产队七八角一工分（一天十分计算），差的五六角，甚至更低，"双抢"时期每户人家队长允许借一点，但最多不能超过一二十元。"双抢"开始后的一天，我店配送了两百根油条，三分钱一根，我到大队叫电工广播里喊一下，喊过后，来买的儿童老人很多。他们买回去不是马上吃掉，而是用剪刀剪成段，用开水冲软放点盐花做汤喝,大人往往只喝点油条汤,油条省给小孩吃。有一次我店配送了一担冰带鱼和正宗的野生黄鱼。冰带鱼二角八分一斤,现在要上千元一斤的野生黄鱼是三角八分一斤,而且条条都是大黄鱼。我到大队,叫大队会计徐寿林广播里喊,但买的人不多。我很着急,那时根本没有冰箱冰柜,如果到下午,这批冰货就成问题,我只好把剩下的挑担走村串户叫卖,但仍不理想,主要原因是没钱。当我挑到一个小村坊时,一个五六岁赤膊光屁股的男孩,拉着我的担,一定要他奶奶买条黄鱼吃,老奶奶叫我等一下,她在房里翻了很长时间,只找到九分钱,她出来告诉我,说钱不够,你去吧。但小孙子在地上打滚,脸哭成了小花猫。我看了很心痛,就说奶奶我赊给你一条吧,她捡了条小的七两,两角七分,小孙子立马从地上爬起来,抓着黄鱼尾巴,破涕为笑了。

有一天早上,我看到前面村坊的杏英姑娘,在我开店的道地上走来走去,眼睛望着店里,我感到很奇怪。因为我店里有几个老人在买盐、酱油、榨菜皮,我正忙着走不开,等我忙完跑出去问:"杏英,你买东西吗? 怎么不进来?"杏英说:"嗒,是这样,在塘栖中学读书的阿妹放暑假了,一天挣三个半工分,起早贪黑做了三天,起痧了,昨天一天没吃,说没有胃口,'双抢'借的钱已没了,我想赊点带鱼,炖给她吃吃看。刚才店里有人,我不敢进来开口。"噢,是这样,我给她拿了三条,她说二条够了,一称三角四分。约过了半个月,杏英妈妈拿出十三个鸡蛋来卖,这蛋是从牙缝里省出来的,一称是一斤三两,七角一斤,共九角一分。她说,把上次的带鱼钱还掉。我说，还有五角七分。她说，留五角钱给小丫头塘栖读书用，就买七分钱榨菜皮吧。

有一天下午，我隔壁的小脚婶娘拉着四岁的小孙子，小孙子赤膊光屁股，一老一小满脸淌汗，跑到我店里来向我借三分钱，老太婆说："杭州一个卖棒冰的老太婆坐在火桑树底下敲着木箱，在喊白糖棒冰三分一支，小鬼头又哭又闹赖地上直打滚，要吃，我老太婆哪有钞票呀，我向你借三分钱。"我摸出三分钱，小鬼头马上去追卖棒冰的老太婆去了。

还有一次，我店里分到两百斤无舌猪头，两角九分一斤，我到狮子桥养鱼场借了一条绍兴船，从前村运回来后，到大队广播里喊，连喊了三次，结果到傍晚还剩下三个猪头，我只好用板刀把猪头劈开，自己买了半个，其余赊给人家。

1972年的"双抢"，由于老天作对，天气不好，农民真苦。

这一年"双抢"开始时，天气还不错。过后没几天，就晴晴雨雨，一连五六天。由于湿度高，很多人的手脚都溃烂了。"双抢"似战场，不能停，只好搽点紫药水继续干。但收回家堆在晒谷场上的湿谷没有太阳晒，有的已经顺着雨水淌到路上，堆在角落里晒得半燥的谷已经开始发芽。社员们心急如焚，老队长踱着步，一角三分的大红鹰抽了一支又一支，最后他像战场的指挥员一样，把手一挥说："把这批湿谷全部分到户，这也是没有办法的办法了。"这样一来，家家户户都堆满了湿谷，连吃饭桌子上也摆在了谷堆上，走进走出都踏在谷堆里。那时农户门前根本不做晒场，太阳一出来，家家户户的门板、席子、领皮、匾都拿出来晒谷子。那时我家更惨,家里没有门板,分到了四只破匾,两只还凑和的盖茅坑棚了,两只很破的当柴烧饭了。没办法,只好把睡的席子和单被拿来晒谷,还烧柴用锅炒湿谷,连两把大蒲扇上也放着谷晒,结果还是有一半湿谷发了芽。那时,全年的粮食早稻谷是大头,我们大队一百七八十户人家,国家征购任务要二十六万余斤,征购的经济作物是四元多一担的荸荠,农民的生活可想而知了。

农村有句俗话,叫作"插种晚稻不过立秋关",立秋一般在 8 月 7 日或 8 日左右,立秋边的一天,我七岁的女儿跑到店里来对我说:"阿爸,你分到了一块很长的秧板要你去拔掉,明天队里要关秧门的。"哎哟,真要我的命了,我哪有工夫呀!我要前村进货,又要送货下乡。女儿说:"凡是不参加'双抢'的本小队人都分了。"我说:"那现在你去帮我拔掉点。"女儿说:"家里刚分到了四十捆湿稻草,还在田里,我要拉起来晒呀。"当时小队里为抢时间,把田里做好的湿稻草分到户马上拉掉。我东隔壁的阿富婶娘六十多岁了,一双三寸金莲也每天去拉稻草。有一天,为了去挑十三捆湿稻草,在河滩头摔了一跤,当场口吐白沫不能说话,中风了。第二天早上,就去世了。

那时候我老婆大肚子,即将临盆,我女儿,年仅七岁的黄毛丫头就受苦了。她头上整天盖着一块脏兮兮的湿毛巾,每天要到田里去拉稻草。由于人与稻草一样高,人又小,只好一个一个拉。为了抢近的地方晒,有时还要同人家争吵。有一次,一只小脚不知踩到了什么，划破了皮，流出了血，她妈妈用块布包了一下，又下田拉湿稻草，结果化脓了，连走路一瘸一拐的，我还要叫她去给我拔秧。这不是我狠心，我也没有办法呀！这样的年纪，在城里还在父母面前撒娇，甚至还要抱呢！我部队有个总工程师，级别很高，团长政委见了他都要向他敬礼，我听王参谋说，他独生女儿在北京，九岁了还没下过楼，请的家庭教师。有一天女儿问母亲，泥土是什么？问了好几次，结果妈妈托人到绍兴，绍兴人把糊酒坛的泥盖寄去，让宝贝女儿亲眼看泥土。哎！真是人比人活不成，货比货卖不成呀！

当天晚上，我被"逼上梁山"了，晚上10点我关好店门，穿上长袖衣服和长脚裤子，裤脚浸到水里，由于蚊子实在太多，我用两块毛巾把头包起来，秧田水不多，所以秧带泥多，很不好拔，拔到凌晨2点左右才拔完。早上4点半开门不久，老队长跑到我店里，对我说："你的秧带泥太多，不好种，你要重新洗一下。"我说："老队长呀，不是我偷懒，是田里没有水，我有什么办法呀！"队长说："种田的人有意见，我也没办法，这样吧，你去甩一亩田的羊垃圾，秧就免洗了。"

如今，"双抢"作为紧张劳作的代名词早已从人们的脑海中淡出，无奈的"双抢"已成为历史，将永远不会重演，而我们这些经历过的人，将永不忘记。

番薯琐忆 | 孙高平

　　驱车晃过前村街上，看到街路边老头老太守护的那只用来烤番薯的柴油桶，和等在桶边上三三两两的俊男俏女，我总会情不自禁地在记忆里翻拣出自己吃番薯的种种经历。

　　番薯的第一种吃法是偷吃。孩提时代的我和我的小伙伴们，与"偷"字结下了不解之缘。三十多年前的崇贤当然比现今更有乡村风貌，田地路旁番薯几乎用不到"找"这个字眼。大人们嘴边"七月半，番薯芋艿挖挖看"的话，很容易就落进了我的耳朵。所以，农历七月半前后，当父母派我拾稻穗头或割羊草的任务时，平时一贯懒惰的我居然能振作出一点精神来，为了能挖到几个番薯吃，晒晒日头吃点苦头心甘情愿。儿时的我颇有点"可持续发展"意识，决不会糟蹋人家的番薯地，必将深挖过的番薯坑用泥土回填再铺上藤蔓，免得人家发现了找上门来告状。我总是挑长势最旺的藤条，然后顺藤摸番薯，看土地松散的，索性连根拔起，拎出一串鸡蛋大小的番薯；遇着坚硬的土地则用手指或用一块尖角的石块，像是在阉猪或阉鸡，掏出最大的一个番薯后，就学猫撒尿，把泥土覆盖如初。挖出来的番薯大多处于生长发育阶段,个子不大,但这并不妨碍我们的垂涎欲滴。拿番薯在裤管上一擦,或在手掌里一旋,就能把浑身泥巴弄干净,然后我们就把番薯放入嘴巴,坐在番薯垅里,咯吱咯吱地咀嚼美味。那时也不只是我们小孩子偷挖人家番薯,就是大人,尤其是女人,看到别人家的番薯根部的泥土四分五裂,也大多会双手发痒。于是你挖我家的,我挖你家的,我们双手的指甲缝里总是嵌满了灰黑的泥土。孩子毕竟是孩子,像我,还馋得敢偷吃番薯种,闯进人家屋边的菜园子,把散发着猪粪臭味、满身发芽的烂番薯挖出来,去芽去皮后依然鲜味无比,哪里管得着春天到来人家的番薯秧剪得够还是不够,谁叫它长在那里,并让我一眼看穿呢!

　　偷挖的番薯大多是生吃的。我所谓的生吃,是在家里、在路上、在村子里、在同伴面前正大光明地吃。深秋时节,每天掘挖一菜篮番薯进家门,是我家的一项任务。当菜篮和铁耙放在门口的时候,猪和鸡就围住那绿里透红的番薯藤死抢活夺,我则以我的威力赶走它们,之后直接把手伸进菜篮的肚里,挑一只符合我胃口的中等大小的番薯。父母对于我的举动总是睁一只眼闭一只眼,懒洋洋地说一声要吃得肚皮痛的,告诉我后果,但并没有阻止我的行动,意思是吃得肚皮痛别怪他们不提醒。我当然自信自己的肚皮不会痛,我的肚皮岂能屈服于一只小小的番薯,何况父母压根儿不晓得我在此前到底吞了多少个生番薯,我的肚皮其实已经练就了一种"刀枪不入"的本领。

那时候吃生番薯真是从容自如,气不急,神不慌。先是在清水中把番薯"哗哗哗"洗得通体干净,然后用力甩掉水珠,就算代替了麻烦的拭擦,啃起来自然就少了偷吃时的沙泥疙瘩。啃,也实在需要耐心和毅力。更多的时候,我是夹皮一口口地吃。只有在心情舒畅或是肚皮并不十分饥饿的时候,才会一圈圈地把皮啃下来,最终露出满是坑坑洼洼带着牙齿印的番薯肉。有时候则是边咬边吐,那番薯皮能被我聪明的舌头恰到好处地分辨,然后用锋利的牙齿轻而易举地咬开,又让舌头一舐一卷,最后和着我的唾沫一起从嘴巴里欢快地飞出。所以道地里,上学路上,甚至田塍路上,就有一块块留着明显牙齿痕迹的番薯皮,害得一群群贪心的蚂蚁围着这一块块渗出甜味的番薯皮,嗨唷嗨唷地进行愚公移山般的搬运工程。等到我吃得肚皮鼓鼓囊囊,再吃下去怕对不起名正言顺的一日三餐,就干脆把吃剩的半个番薯毫不留恋地扔向稻田,期望它能击中里面的一只青蛙,或扔进河里,倾听遥远的水声,或抛向一对正在谈情说爱的狗,恶毒地破坏它们正准备干的好事。

生活在乡村的日子里,我曾一度对家里的萝卜丝刨深恶痛绝。这个长着一排排圆孔的锈迹斑斑的铁刨,总是把我最不情愿吃的东西变成千丝万缕后,像噩梦一样缠着我。以至于我觉得"挖空心思"这个贬义,完全可能脱胎于那个铁刨。

我家的萝卜丝刨还是名正言顺的萝卜丝刨,除了用它来刨萝卜,及主人偶尔心血来潮刨刨南瓜和葫芦之外,再无别的用途。但它的存在却让那些乡里人家刨出了一匾又一匾的番薯丝来。那刨番薯的动作跟刨萝卜的动作自然是一个模样,像个妇女蹲在池塘边用板刷刷衣服。可爱可亲的番薯从它身上滑下去的时候,不知不觉地被千刀万剐成了丝丝缕缕。随着"沙沙沙"的声音,一个番薯挺不住多久,就被刨得只剩下一小块。可恨的萝卜丝刨总是不分青红皂白,把残留在番薯凹槽里的泥土也刨了进去,把被虫子咬过的疤疤也刨了进去,把正在腐烂发臭的部分也统统刨了进去。把番薯丝放在阳光下晒,直晒得颜色变白哗哗作响。然后番薯丝被收进后屋里的米缸,我的日子就披上了一层番薯丝做的阴影。

母亲站在灶台上落饭镬的时候,总不会忘记从那只米缸里捧出一把番薯丝来,啪的一声,扔进饭镬里,番薯丝们正在水面上摇摇曳曳的时候,又被母亲的锅铲无情地铲进了水里。锅铲的无情何止这些,这种无情集中体现在盛饭的时候。满屋子被番薯的气味笼罩,饭是熟透了,甚至起焦了,那镬里的饭和番薯丝却好像井水不犯河水,像我父亲和母亲一样老是闹别扭,经过一阵烈火的劝说仍不肯团结,依然底层是米饭而上层是番薯丝。此时,可恨的锅铲被母亲牢牢地握在手里,母亲的做法是:把米饭翻上来,把番薯丝按下去,叫它俩换个位置,然后是东面的翻到西面,西面的翻到东面,叫它俩也换了位置,然后是无规则地划动。如是再三,米饭和番薯丝就乱了阵脚,迷失了方向,矛盾就成化解了,一锅番薯丝饭就此诞生。男人的一半是女人,那么套用过来,米饭的一半就是番薯丝。

在所有饭类的食物中,番薯丝饭最让我感觉丧失生活下去的希望。晒干了的番薯丝再浸湿煮熟，发出的气味让我的鼻子痛苦万分。本来，那气味也应该是难闻不到哪里的，毕竟江山易改，番薯本性也难移。然而，那少许番薯丝身上存在的"烂疮疤"，硬是扩散演变成了"不治之症"，把整个气味搅得臭烘烘。所以，自第一次尝到这个味道后，我在心里就说了一百个不情愿。

我所居住的杨家浜小村里常常"烽烟四起"，那是我们把道地里的乱草垃圾扫成堆后，慢慢燃成灰的一种习惯，叫作"煤烟堆"。为了让烟火不随风乱跑，那煤烟堆上故意被泼上了水或压上了青草。我们则在那里寻找到了自己的乐趣。

乐趣在于那忽明忽灭的火，总能给我们带来食物上的惊喜。比如，我们拿着一串稻穗，放进火里去烤，一会儿，那一串稻穗就成了一串爆米花。比如，我们头天晚上在火里放几个生番薯，第二天一早就能从那里寻找到几个香喷喷的烤番薯。番薯与火的直接接触，竟变得无比香甜和诱人起来。

发展到后来，好奇的我在烧火时，除了自作聪明地煨年糕之外，更多的时候就是煨番薯。我的经验是通过不断摸索和总结得出来的。烧稻草做饭时，若要煨番薯，得从一开始点火就把番薯扔进灶火洞里，因为稻草灰最经不起时间的考验，一不留神它就灰飞烟灭了，所以一定得抓紧时间。而且稻草灰里煨出的番薯总是半生不熟，除非煨的时间长。再说了，那火钳在火里拨来拨去的，老是触及硬邦邦的番薯，心总是被提起来的样子。煨番薯的最好时机是用柴烧火的时候。可以不慌不忙地等饭烧好后，把火全部推到灶火口，然后挑一个不大的番薯，让它躺在火中间，下面用火作垫子，上面再用火覆盖，任它去吧，等突然觉得肚皮饿时再去翻拣，你准能有意外的惊喜。

刚煨熟了的番薯，照样烫手，因此要迅速地将它从火堆里拎出来，扔在地面上，但它冒不出热气，却只会发出"噗噗"的沉闷的响声，因为里面的水分全让火烘干了。与锅里烤焦的番薯味道不同的是，煨出来的番薯皮更厚、肉更精了。那味道的精华就在于天然的烟火烘烤，只剩糖分而没有了水分，时间煨得愈久，番薯的皮也变得愈厚。剥皮吃肉，丝丝入味，煮的番薯岂可与它相提并论。

我的胃口大抵就是这样一次次地吊起来的，至今口齿生香三日不绝。发展到现在，就是对大街上摊贩的烤番薯情有独钟，这下路过，不由地又多看几眼。

独山石墅小记 | 孙高平

　　应一位老知青的委托,2011 年 4 月 11 日星期一午时,我独自一人背了相机,来到杭州北郊崇贤镇境内的独山,在独山南麓一个叫作"山前"的小村子里,向小杂货铺店主——一位六十多岁的陆姓老人打探有关独山上面"石头房子"的历史。

　　"房子啊,听我阿爹(爷爷)讲起是陈先生(音)在民国时候造的,当时这个陈先生在独山南麓买了一大片坡地,开垦后从外国弄来葡萄、香瓜等进行种植,搞实验的。这块地现在还是在的,满大一片地哦,平整过的。这片地的下方就是他造的房子,都是用石头堆砌起来的,水泥都说是外国货,满牢的。这个房子有两层,四周本来是檐角飞翘,通风又透光,很漂亮,我小时候亲眼看到的,不是现在这个样子的。"老人可能是头一次被人这样"采访",虽然有些讶异,但话匣子却一下就打开了。

　　"我们小时候上山割羊草,躲雨避太阳都到那房子里的,里面有一只大浴缸的,我们天冷时在浴缸里还烧柴火取暖的,这个房子后来被日本兵放火烧掉了,用洋油浇在房子里面板壁上,烧得只剩下了墙头牢固不倒。"

"新中国成立后，塘栖人民公社把房子要了去做过'产青所'，就是培养蚕种的地方，后来蚕宝宝不养了就废掉没人住了。

"20世纪80年代，沾驾桥乡又用这个废弃的房子修建成'敬老院'。就是那个时候，把房子四个向上飞翘的檐角都拆了，大家都说是主事那个小干部为了满足一点私心才那么做的，他是附近一个村子上的人，现在已经过世了。你现在看到的石头房子四周都有披檐，就是那个时候加上去的，不好看啦。"

当我问及房屋主人的踪迹时，老人说他小时候也没有见过这个陈先生。"我听说这个陈先生，后来住到杭州城里去了，他的子女好像说是在美国。我对这个石头房子大概还没有'阿南妮娘'晓得的多，你可以问问她，她就住在山脚下那个小平房后头一间屋子里，也老了，她曾经在敬老院帮着烧饭。"

作别了老人，我带着些许好奇心开步踏上独山南坡。想起那位知青的托付，我在这个石头房子里，屋里屋外、楼上楼下地转了几回，打开相机无头无绪地拍了十几张照片，并且记下了这幢石头别墅的些许梗概附后：

1. 独山南坡上的石头别墅，格局为三开间两层，墙体全部用石头堆砌，内部则全部是木结构。楼下现分作二间，楼上分作六间（含楼梯间）。内墙系黄泥底、白灰面结构，楼上各室门窗形式不一，显见补修之貌。

2. 屋外四周建有披檐（回廊），宽度均等，皆不足两米；廊棚立柱方形,系采用"青膏砖"叠砌而成,察其格局,非别墅同期建筑。

3.房子墙体全系类似"太湖石"石材,非独山所出,状貌怪异。墙体厚度均等,宽度约在五十厘米以上,极见厚实。

4.别墅西厢靠北侧一房间。确有石材状"浴缸"一只,大小与如今市售陶瓷浴缸相近。房子前有雪松、香樟各两株,系建"敬老院"时所栽,树龄约三十年。

5.20世纪80年代改建为敬老院,添建廊檐,施工时已将房子石墙局部结构破坏,但是整体房屋稳健,木结构楼板处处坚实,踏步无声,整幢房子毫无颓败之象。

6.屋宇东侧,有巨石多处,嶙峋突兀颇有景致;俯瞰下方有一村子,并见银杏古木一株,似遥遥数百年前物。

7.在楼上小室内墙壁上面观见毛笔题壁旧诗两首,读其章句,一则为古人张继《枫桥夜泊》,一则为毛泽东《为李进同志题所摄庐山仙人洞照》诗句。想来必有雅士居于该室,闲来所为。

8.在楼上发现一只破皮箱,内侧粘有旧时商号招贴一张,隐约可辨"天福字号,本号开设上洋大马路望平街口坐东朝西自造真牛皮箱柜笼封衣软货真价实可退回换"字样。

别墅内一些奇怪的东西,不一一列举深究,房内楼板可能是日本人放火之后续修的,奇怪的是正厅上方一大块居然是可以活动的楼板,看来有些故事还是要寻访那个叫"阿南妮娘"的人才能探个究竟了。

我的爷爷方文相|方蔚林

小时候,关于爷爷的印象总是和鲜花联系在一起。爷爷是个养蜂人,他总是追逐着鲜花,带着他的蜂群赶到一处又一处,以便让蜜蜂采到最鲜最好的花蜜。哪里鲜花开的最盛,爷爷便赶到哪里,四处奔走,不辞辛劳。

打小的时候起,幼小的我们心中便有了一种期盼,期盼着爷爷回来。爷爷常常在冬末或早春回来,天气尚有一点冷,我们总觉得爷爷回来时周遭带着花香和蜜蜂,因为爷爷回来了,春天便来了,鲜花也盛开了,成群的蜜蜂开始在我们耳边"嗡嗡嗡"叫唤了。"爷爷回来了! 爷爷回来了!"一听说爷爷回来的消息,我们便欢叫着往村头的大桑树跑,然后看见一身风尘的爷爷,微笑着出现在村口。爷爷一生节俭,但每次回来,总是变戏法似的,从兜里掏出一个鲜红的苹果,或是一串喷香的香蕉给我们。

我们略微懂事时,知道了更多关于爷爷的传说。这些传说和爷爷的好学联系在一起。小时候的爷爷曾一心想读书,但因为家里穷没能上学。新中国成立后,村里办起了夜校,爷爷成了夜校的一名学员,当时村里还没有电,也点不起油灯,据说爷爷回家睡觉时,躺在床上在肚皮上划拉着在夜校里学到的生字,爷爷就这样学了不少的知识。我们上学的时候,周围到处流传着爷爷如何好学的故事,这些传说无从考证真实与否,却激励着幼小的我们好好学习。

印象中的爷爷单纯而善良,有着一脸向日葵般的笑容。他从来不气不恼,从来没听他说起过哪个人不好,也从来没听哪个人说爷爷的坏话。偶尔跟爷爷一起出去赶集,总能看到这样那样的人热情地跟他打招呼,从他们亲切的交谈中,能感觉到爷爷为每一个认识他的人所喜爱。

据说因为单纯和好学,爷爷为很多领导所喜爱,甚至曾经一度做到公社书记这样的职位。20世纪50年代末,政府号召农村基层干部回乡务农,爷爷带头响应号召离开岗位回家务农。他卷起铺盖就回了家,一回家就是几十年。据说曾经和爷爷一起工作偓着没下岗位的人,后来做到了县委书记这样的位置,以至于我们后辈偶尔也埋怨爷爷当初不该主动要求回家,但爷爷听了总是笑笑,不气也不恼,低头看他的报纸。

20世纪六七十年代公社成立养蜂场,他们想起了主动回家务农的爷爷,邀请爷爷到养蜂场去工作,于是爷爷便成了一名养蜂人。成了养蜂人的爷爷常年在外,带着他的蜂箱和蜂群在全国奔走,到山东,到青海,到东北,哪里鲜花盛开,爷爷便赶到哪里,全国的许多角落,都有着爷爷放养蜜蜂的足迹。

其实养蜂是一种极辛苦的职业，在野外山里放蜂，常常找不到水喝，没米下炊，偶尔上集市买点盐巴之后便要走一天的山路，有时候甚至在野外迷路。爷爷曾自述，有一次蜂队放蜂到东北，爷爷出去为蜂场买盐，出门的时候天气好好的，没想到回来时下起了大雪，漫天的雪花让人分不清东西南北，爷爷走着走着便迷了路，他在雪地里差不多转了整整一夜，都没找到回蜂场的路。他说他在雪地里大声呼喊，却听不到一点回声，直到后来见到了找他的人的手电光。爷爷说起这些的时候完全不以此为艰苦，有的只是在自然中历险的兴奋和全身而回的庆幸。

退休后的爷爷片刻都不愿闲着，打稻、插秧、耕田，家里地里的活每样都不落下，年近八十岁了还能看到他在地里劳作的身影。平时闲下来的时候，他也会跟我们讲述他放蜂的经验，什么时候到哪里放苹果花，什么时候到哪里放槐花，什么时候到哪里放油菜花，这些他都能一一道来，如数家珍。

印象中爷爷从来没跟谁红过脸，也从来没见过他发脾气，唯一的一次是在1999年。那一年我的腿做了一次手术，躺在床上需要人照顾，年逾古稀的爷爷自告奋勇来照顾我。每天，他上街买菜，淘米做饭，下午有一段空闲时间，他便到我们学校的橱窗前去看报纸。因为来的时候忘了带老花镜，他便到边上的眼镜店配了一副老花镜，验光结果是屈光度二百度，眼镜店一时没两百度的老花镜，就把三百度的老花镜卖给了爷爷。爷爷回来跟我说起了买老花镜的情况，当时我听了非常生气，拄起拐杖拖着打着石膏的伤腿就去找眼镜店论理,结果眼镜店同意我们退还老花镜,但他们要求我们归还验光单,而且态度非常恶劣。因为当时我们已经付过了验光的钱,我就未予理会,拿着验光单就要走。当时爷爷就生气了,他生气地拦着我,要我把验光单还给店主。看着爷爷气得胡子直哆嗦的样子,我的心一下就软了,我明白爷爷是担心我拄着拐杖打着石膏,万一和他们发生争执怕他们把我推倒了,也明白了爷爷宽厚待人的心。

晚年的爷爷依然好学,有时他爱坐在门口的椅子上,端一杯茶在阳光下看报纸。当他看报纸的时候,常常转过身来,问我们某个字该怎么念。后来我们长大了,工作了,他询问我们的机会少了,但我们常常见他端着报纸戴着老花镜,追着上小学的小重孙问:"这个字该怎么念?"

2005年,爷爷因为胆石症并发腹膜炎住院。当得知这一消息的时候,远在异国他乡的我感到腹部剧烈地疼痛,以至于趴在公交车上无法行走。我心里明白,这是源于我们对爷爷的强烈的爱。

我们终究没能留住爷爷。爷爷还是带着他的善良和单纯走了。我们都不敢相信这一事实。爷爷春日般的笑容仿佛还在我们眼前。感觉中,爷爷仍像当年出远门去放蜂一样,有一天会带着鲜花和蜜蜂回到我们身边。

回忆"票"的年代 | 何连奎

　　如今,商品琳琅满目,购物方式也多种多样,钞票购物这种传统的购物方式也逐渐被"刷卡""网购"等电子商务手段所取代,因此,年长的人也许淡忘了各色各样的票,年轻人则根本不知道。"票"的年代便自然隐没在时代潮流里了。

　　1955年8月5日,国务院全体会议第十七次会议批准了《市镇粮食定量供应凭证印制使用暂行办法》,粮票从此应运而生。此后,布票、棉花票、油票、糖票、豆制品票、鱼票、肉票、煤球票……各种票证进入人们的生活,各种商品皆需凭票购买。在当年,没有票证,有钱也寸步难行,生活中如果缺少票证,日子都没法过。那时的人们可谓视票证为"命根子"。中国进入长达三十年的"票证时代"。

　　三十多年前,人们若要出家门,粮票仿佛就成了"签证"。粮票是用来定量供应城镇居民粮食的凭证,农民是没有粮票分配的,出了门不管是在哪里吃饭或是吃点心,除了要收钱,还要收粮票。出省就更麻烦了,因为粮票是区域性的,省与省之间是不通用的,就只好换全国粮票。为了得到点粮票，农民就想办法用自留地上种出来的农产品去换。记得有一次，我在杭州卖甘蔗，船就泊在卖鱼桥的河埠头，眼看天色已晚，累了一天除吃了点家里带的干粮外，还没吃过能填饱肚子的食物，饥肠辘辘，于是就想着拿甘蔗去换粮票，还好一捆甘蔗也能换得面值一斤至两斤的粮票，有了粮票我便急不可待地去桥边的面店买了碗"沃面"，面很好吃，我呼噜呼噜两三下就连汤带面都吃完了。

大姑娘愁的是布票。随着结婚的好日子一天一天的临近，姑娘为筹备嫁妆的心急得团团转。那个时候，总觉得好像是买不到成品的衣服的，所以，就只有到布店里去买些花花绿绿的布回来，央求裁缝师傅到家里来做上个两三天，嫁妆有了，穿得也体面了。可是买布是要布票的呀，哪来那么多的布票。我记得隔壁家有两个姑娘，都老大不小了，他们平时就把分配下来的或是奖励到的布票一寸一寸地积攒起来，看快要过期票就跟别人家换新票，一寸布票也舍不得花，一家人平时穿的，都是自己家里用棉花纺织起来的"老布"。那"老布"是百分百纯棉的，可因为家里的加工技术不过关，穿在身上总是硬邦邦的。

小媳妇生了孩子，亲戚们都要去送"糖面"，就是送些糖、面、鸡蛋、肉之类的东西，因为糖要糖票，肉要肉票，面要粮票，所以送"糖面"就成了雪中送炭了，有喜庆更是帮人家解了燃眉之急。那时是没有营养品卖的，糖是高热量食物，婴儿要吃，做母亲的也要吃，尤其是母乳不足的产妇，就更急需了，说是吃了可以长奶水。我的孩子也赶上那个时代降生了,母乳又不充足,开始是直接喂糖水,后来就托人买来了"荷花糕"喂她,"荷花糕"淡得无味,就用糖来拌着吃,凭票供应的糖不够吃,就到沾桥供销社找同学帮忙,好不容易一次性买到了五斤,竟然是不用糖票买的,我觉得自己面子好大啊。

那时的家庭主妇是最有头脑、最有计划的。什么票要存着,什么票快要过期了,清楚得很。"票时代"的人会持家。

上 卷 · 回味光阴

崇贤记忆

一张百年旧照勾起的荸荠之忆 | 蒋豫生

上卷·回味光阴

崇贤记忆

施怀球先生从美国为我找来的一批20世纪的老照片中,有一张是一位小姑娘在街头卖荸荠。因姐夫的老家在盛产大红袍荸荠的崇贤,20世纪六七十年代,年年吃过他送来的荸荠,因而让我感觉亲切、喜欢,有兴趣。

照片是1915年6月28日拍的,照片的作者迈耶在旁边注明:"中国小女孩(船民的孩子)卖荸荠,可生吃或熟吃,当地名叫荸荠,价格是五个荸荠一分钱(墨西哥鹰洋)。1915年6月28日"。

照片上的小姑娘肤色黝黑,迈耶应该问过她,被告知是船民的孩子。旧时,塘栖这一带驻有不少外来的水上居民,一条船即是一户,泊在河边或兜湾处,靠扒河里的螺蛳出售,或者也靠跑运输等谋生,开出口来多苏北乡音:"这块""那块",并且"小三子""小六子"那样呼唤自家的孩子。我的《塘栖旧事》中有一篇《江北摊头》,说的是他们后来弃水上岸,靠摆摊卖小商品发家的事。

船家的女儿长大了,没有进丝厂做工。没嫁人之前,她做点小生意贴补家用，也是一种接触社会的人生历练。她待的地方背后是一幢青砖砌墙的洋房，我后来工作的单位在城南梅花碑（民国时是省政府所在地），旁边的佑圣观路上就有一排这样的房子。只是她落脚的人行道上铺设的砖块式样，有些像是南宋时期流行的"香糕砖"，如今只能在地下发掘时偶尔一见了。

那姑娘卖货用的竹箅、大小竹篮及水桶等，我们过来人自然是眼熟的。没有见到杆秤，或许是东西挡住了，不过你看照片中，荸荠是一小堆一小堆地放在横搁着的木板上的，很可能她就是如这位洋人所言，五个荸荠一分鹰洋、十个荸荠两分鹰洋地卖。我敢说，她卖的就是崇贤一带出产的大红袍荸荠，因为崇贤离杭州较近。

对于荸荠，屠再华、卓介庚等前辈早就写过了，近来读到的是陆云松和陈如兴两位写的文章。如兴小时候，跟着父亲排过、摸过荸荠，几乎天天甚至顿顿吃（差不多要顶半年食粮）。那种躲避不开的熟荸荠的气味，人就如落在荸荠窠里似的感受，刻骨铭心。云松的有关大红袍荸荠的文章更不寻常，单是那回为生产队去江北卖荸荠，那一路充满风险、艰辛的曲折经历，就让读了此文的中国轻工业出版社劳副总编从北京打来电话，连说写得好！云松透过1954年的那次"拔荸荠苗事件"（脱离实际的瞎指挥），看到的是崇贤面临荸荠无种、晚稻绝收的困境之时，邻近的皋亭坝人不乘机哄抬价格，而是让崇贤人顺利引种的可贵品德；着眼的是三年困难时期,因大家善待外来逃荒者,致由荸荠联姻,引来四千姑娘入嫁的那份质朴和善良;崇尚与怀念的是当年人们对劳动光荣、勤劳致富的认可和追求……

其实,我也早就想写一篇关于荸荠的回忆,只是尚未动笔。自然,和他俩相比,不仅只是笔力功力上的差异,更因了情感上的深浅,毕竟经历和感受程度各有不同。对于荸荠,他们有着视了如衣食父母般的强烈感触与深厚情怀,而我则是如同与一位久未谋面的老同学老朋友相见的那份感觉与情谊,虽时浓时淡,却也温馨美好、悠远绵长。

见了这张老照片,勾起我的思绪,也让我有了下笔的一个由头。那是半个世纪前一位老镇少年的记忆——

每年夏日,田畈里收割了早稻,就开始排荸荠了。我家墙门前通往镇中心小菜场的市河边皮匠弄口(北小河填了后,这里成了交通要道),就会聚集许多卖荸荠种苗的乡下大伯,成了每年的专卖之地。做种用的大荸荠此时已长出了葱花般粗细的绿色芽苗——签儿,被并排着放在竹箕里。每天走进走出,我都会碰见,有时他们船上的划楫——橹,就存放在我家的天井里。

此后再见到的荸荠,已在田畈里茂盛地长成一大片一大片。签儿们长高了长密了,葱管一般,碧绿碧绿的,轻轻地随风摇曳,生机盎然。如今想想,别说吃,那大片让人神清气爽的绿,单就是看看,便足够养眼。

荸荠田再一个吸引我的场景，是入冬后，那些曾经绿绿的签儿们转黄了，软软地伏下，等待收获，满地都是那种透着成熟气息的柔黄，也让人瞧着舒服。

接着就是摸荸荠的情景了，只是，即便"满怀着丰收的喜悦"（当年报上常用语），社员们干起来也是非常苦累的。寒冬的清晨，荸荠田里非冰即霜，人们须在泥水中一直弯着腰，将这些宝贝疙瘩一个个挖出来。我姐姐担任公社妇女主任那会儿，才下去干了半天，两腿就伸不直了，腰背也挺不起来了，以为得了什么毛病，还傻傻地去看了医生……

镇上的毛头小伙子和小姑娘们也都去干过的，当然只是小打小闹，我们叫踏荸荠。寒假里，饿了或者馋了时便道："去，踏荸荠去哎！"几个要好同伴约了，就去乡下社员们收获过了的田畈里，赤了脚，挽起裤腿，跳进去用脚在烂泥底下踏着趟着，寻找漏网的荸荠。若是感觉脚底有硬物了，用手挖下去，便是一个。等不到挖出许多，就会急吼吼地捧着去旁边水沟里粗粗洗了，袖子上一揩，立马"饿煞鬼"似的啃吃……

塘栖人多有乡下的亲戚，四时瓜果——包括皮色黑红的诱人的荸荠，常见有送来，很让我艳羡。我家是1949年夏秋到的外来户，原本于此地举目无亲。1964年初，在县广播站工作的姐姐，嫁给了在镇派出所工作的沾桥人陈如兴。哈，其他的没有，大红袍荸荠是有得吃了，特别是过年时的风干荸荠，那是"一等一"的脆甜。

我们这辈人最难忘怀的青春记忆，大概要数三年困难时期的饥饿记忆了。那时粮食、猪肉、副食品奇缺，人们肚子里的油水一少，哪怕吃下三碗米饭，仍感觉时时处在饥饿之中。

我母亲有时会从菜场买回些荸荠，不让我多吃生的——她觉着那是浪费，要煮熟了，等到下午三四点钟饿狠了吃才行。自然，这一天烧晚饭时，米就会少放一把。

那时我正念高中正长身体，每天晚上过了9点，从学校晚自习后回家，常能在长桥堍、西市角等处遇见卖熟荸荠熟番薯的——放在小木桶里，上面捂着棉垫，一掀开，里面热乎乎得诱人。我口袋里没钱，因此从来没有买过，但知道价格，熟荸荠和熟番薯一样，当时都要三角六分一斤。

为验证此记忆是否有误，前些天老同学聚会时，我向众人求证。有的觉得没这么贵吧，那时候大人的月工资才有多少？旁边的吉龙听了说，有的有的！他清楚记得，有回他姆妈饿了，想吃熟荸荠，叫儿子去街上买。卖的人非得要四角一斤，吉龙嫌贵，只买了半斤……

在那个饥馑年代，学校流失的学生不少，其中大多是农村来的，有的成绩还很不错，说是读不起了（高三时，我也差一点因缴不起学费而辍学），家里让回去务农。不过也曾听见议论，说是现在种点番薯荸荠卖卖，都有三四角一斤，还读啥个书啊！我们这一届高中本来只招收了一个班，走了有一大半，高一进来时是五十几人，济济一堂，到高三毕业只剩下二十个（另有五个是上一级因身体原因休学后复学的,或者外校来插班的),成了塘栖中学——原本是杭县中学历届高中毕业生最少的一届。

随后我出去念书、工作,家乡的荸荠渐渐地就见得少也吃得少了。再后来,每次坐 532 路公交车从杭城回塘栖,或者从塘栖回杭城,驶过崇贤、沾桥一带,我总要扭头朝车窗外寻找,希望能看到原先印象至深的那一片片青葱的绿或者柔柔的黄……终于,就连一小块荸荠田也找不到了。有两次,我还动过要不中途下车,走远点,去田畈深处寻觅的念头,终因每每都是来去匆匆,且想着万一找不到,更会失望而作罢。

前年我在浙图查阅资料时,偶然看到1950年1月28日的《浙江日报》上刊登的一组反映新中国成立后农村新气象的美术速写作品,系中国美院的前身——杭州艺专师生赴杭城北郊杭县四维区农村体验生活时所作。其中一幅《访问——干部、学生帮农民摸荸荠》,是后来成为美院教授、现代中国人物画(浙派人物画)创始人之一的李震坚先生画的。画风朴实,真切生动地记录了当时村民摸荸荠时的真实劳动场景。我如觅到宝贝似地立马推荐给了《崇贤》杂志,刚巧为那一期上正要发表的陈如兴写的《荸荠寞》作了插图。

前不久,我在杭城的公交车上,听身边一位五十岁开外的大姐在打手机,口音熟稔,一攀谈,原来是崇贤鸭兰村的,来城里交货、配花线。她家原先也种过荸荠削过荸荠——用来制成"清水马蹄"罐头出口美国,后来成了绣花女,眨眼已经三十年。我问她,现在田畈里到底还有没有荸荠了？她道，有还是有一点点的，不过很少了，这里那里的边边角角上，有的人家还会种上两分三分的荸荠，自家吃吃的，有得多了，削白，有人会来收购的……

前年，我们亲家的一位亲戚从广西桂林坐飞机来杭州，带的当地土特产竟然是荸荠！女儿拿了一小袋回来，哇，大的直径竟然有五厘米！皮色红红的，比我们这里的色泽浅许多，一尝，很甜。嘿，真是天外有天。

如今，城里的菜场还是几乎一年四季有荸荠出售的。老父亲在世时，我们经常会去买，荸荠对便秘的老人好。现在仍会时不时买上一点，或生吃或熟吃，或切丁炒虾仁等当小菜，成了一种习惯，也为着一份怀念。我问过几个摊主，这荸荠是哪儿产的？对方只说是批发来的，产地不清楚。我多么想，这该是曾经帮助大家度过饥荒年代的我们崇贤的大红袍荸荠啊！

我自然知道，事物的兴衰有其规律，不会因为一个老头心中的那份情感或怀念而有所变更。不过，在我们十分强调保护历史文化遗产，热衷抓"非遗"的同时，是否也该考虑荸荠这类传统的名特产？毕竟，配得上这个称号的，不多。

此文开头提到的那位一个世纪前在杭城街头拍卖荸荠小姑娘的迈耶先生是荷兰人，植物学专家，受美国农业部委派，来远东进行农业"探险"和"考察"，十几年间，他搜集了两千五百余种水果、蔬菜等的果实、种子或幼苗，包括我们这里的荸荠、枇杷、樱桃等。

1918 年 5 月，他在长江的轮船上失踪，一周后，其后尸体在江面上被人发现。

1915 年 6 月 28 日迈耶所拍摄的卖荸荠小姑娘的照片

永远的杨老师 | 蒋豫生

在 20 世纪六七十年代的许多年月里,每天天刚露白,崇贤公社中心小学附近的人往往会看到一位高瘦老头肩上担着水桶,从中心小学的后门出来,去河埠头挑水,一趟一趟,步履渐次踉跄,然后在伙房的砻糠灶前生火,为教师们准备早餐……日复一日,年复一年。

路人也许想不到,这位面善的老工友、炊事员,还是这座学校的总务,管着单位的账和公章,校门口挂着的校牌以及校园内墙上的那些大小题字也都出自他手。在这里,大家都管他叫"杨老师"。

这位老人名叫杨应权,离开我们已有二十个年头。

今春我应邀去超山,参加塘栖中学高我们两届的班级同学会,会上有位女同学塞给我一本薄薄的小册子——《杨应权先生纪念文集》,说:"知道你喜欢读书写文章,这本东西好看看的。"

我正在与别人聊天,见这本册子封面上的名字比较陌生,便匆匆谢了放进包里。待晚上回家在灯下展看,一下翻到内里杨先生的照片，直觉告诉我，这个人见过，这张面孔我还有印象，再一看他的生平履历：1950—1962 年在塘栖镇中心小学工作，而我 1951—1957 年就在这所学校念书，也就是说，他曾是我的师长。

这本小册子是几年前杨应权先生诞辰一百周年和随后的临海市大田小学建校一百周年之际，由他早先的几位学生编印，在亲友师生间传阅的，文集装帧简单，封面是一棵老松和一块顽石，内有生平介绍和学生、子女等撰写的纪念文字，简洁清爽，直白实在，不是现今多见的那些被包装得花里胡哨的读物。

我一口气读完，又挑出几篇细读，他的经历吸引了我，让我想着要更多地了解他的为人、品性，甚至心路历程，走近他的人生故事。

首先去登门拜访的是为其作序的彭喜盛先生。彭是他的学生，师范毕业后回母校任教，接着进浙大就读，并加入中共地下党。新中国成立初曾是我们杭县的文教副县长，随后一直在省教育厅工作。世界真小，见到现年九十三岁高龄的彭老才知道，每年余杭区召开的老同志茶话会上，我们见过多次。我又通过小学时的班长徐仲兰，联系上母校当年的洪启耕校长，洪校长帮我联系上了杨老师的女儿、儿子，以及几位同事。有了小册子上的介绍打底，加上多人多次的访谈，这位受人尊敬的昔日师长的形象在我眼前逐渐清晰起来——

杨应权，1903 年冬出生于浙江临海东塍镇溪东村，家有田地十亩，七岁丧父，九岁入学，十五岁小学毕业后在家劳动，后得舅父资助,考入浙江省立第六师范学校,二十二岁毕业任小学教员。1927年至1946年7月担任临海大田小学校长,此后短期任平阳县政府教育科督学,再后来或当教员或在家。1951年2月至1962年8月,担任塘栖镇中心小学教员,总务主任。1962年9月至1977年12月担任崇贤公社中心小学总务兼炊事员。七十五岁才离开岗位,1983年从崇贤搬迁至临平教师公寓居住,1992年11月病故,享年九十岁。

他几乎一辈子待在学校,虽是台州人,但后半生工作、生活都在余杭,其中在塘栖十年,在崇贤二十一年。

纵观杨老师的一生,历经晚清、民国、新中国,毕生从事教育工作,是人生起始的小学教育,教书育人,服务教育,即便不在领导岗位,不在讲台上,干的是总务,甚至只是学校的工友,他也将自己的聪明才智,气力精力,几乎全都献给了学校,献给了教育。

敬 业 校 长

杨老师在临海大田小学担任校长的二十年,可以说是中国近代史上最黑暗的岁月。

那时那所小学的办学经费,靠的是牛只过塘税,向学生收取的学费,还有部分学田。虽然经费掌控在豪绅手中,但这并不妨碍杨老师办学的热情和执着,他接手时的校舍是城隍庙的后宫,年轻的校长亲自动手将大殿和两厢改造成礼堂、教室、办公室、图书室、寝室与伙房。经他多年多方奔走筹措,又建起一幢两层的教学楼,装潢漂亮。

　　他明白要办好学校,教好学生,没有称职的教师可不行。对此,他可以为争取来一位好教师,不辞辛苦长途跋涉,三顾茅庐;他可以创造条件,信任和培养年轻教师,让他们大胆教学;他可以尽力为教师们解除后顾之忧。大半个世纪过去了,还有人记得杨校长曾冒着严寒、踩着积雪,花一整天时间,往返四五十里,于年关前领回教师们全家赖以过年的那点薪水。

　　他将学生,尤其是贫苦家庭的学生当作自己的子女对待,不仅关心他们在校时的情况,不让他们因贫困辍学,还关心他们毕业后的去向,多方奔走联系。这样的事例不胜枚举。有的学生甚至感叹:"杨校长不仅是我的老师,还是我的父亲!"

　　经过他和大家二十年的努力,大田小学初具规模,面貌大变,这所办在破庙中的初等小学成了小有名气的大田小学,成为临海的名校之一。同时,曾受他教育的大田小学学生,许多都成了社会的栋梁。

　　杨校长没有什么背景与靠山,也没有三头六臂,他靠的是每天最早起床到校,最晚回家上床,靠的是一人一人、一事一事、一步一步地努力解决实际问题。

　　我注意到他最早在其他小学任教时月工资是五十元,而在大田小学当校长只有区区十元,还不能及时拿到。前不久,我在《杭州政协》上读过文友曾琦琦的撰文,由前国民党中将的女儿邹楠女士口述的《在大轰炸中读"南开"》。文章说的是抗战开始,校长张伯苓将其一手创办的天津南开中学迁至重庆沙坪坝,在日寇的狂轰滥炸下艰难办学的往事。这位校长将捐款数额及用途全部公开,账目放在校图书馆,任人查阅。当时南开的教师对经手的巨额捐款分毫不沾,和贫苦百姓一起住在陋巷中,过着清贫如水的生活。邹说:"能亲聆世上少有的伟大教育家张伯苓的教诲,在他的关注下成长,是我们南开四二级生共同的荣耀和幸运。"

我觉得,虽然这两所学校的规模、等级不可同日而语,可两位校长的品性、做派和操守,很有其相似之处。

全能教师

20世纪三四十年代,杨应权在临海大田小学担任校长。学校开设有国语、算术、常识、体育、唱歌与手工等课程,高年级还设历史、地理、自然、英语等课程。当年的学生们都记得,这位校长思想进步,知识广博,各门功课都会教,且教得很好。平时,哪个班级哪门课缺人,他都能代课,不让学生的学习受到影响,堪称"全能教师"。

我在塘栖读小学之时,杨老师是学校总务主任,一般不上课,但我依稀记得四年级时,有了珠算课,教我们算盘的男老师个子高挑,年纪不小,很可能就是他。

在塘栖与崇贤的教育同行中,都知道这位谨言慎行的杨老师的字写得很好,校园中的那些个标语,包括崇贤小学的校牌都是他题写的。杨老师的儿子杨圣能九岁那年从大姐所在的杭州部队大院转去塘栖父亲那里念书,还记得父亲在学校围墙上写标语时的情景。父亲先在纸上写好,再放大复在墙上,儿子拎着油漆桶,父亲写刷。当时,我已升入中学,但还常去母校转转,对围墙上那些足有一人高的大字——"教育为无产阶级政治服务,教育与生产劳动相结合,培养德、智、体全面发展的接班人"——还有印象。

杨老师还多才多艺,吹拉弹唱无一不能。

我在塘栖镇小念书时,校园内时常书声琅琅,歌声阵阵。每每有运动了,我们就唱相应的歌,抗美援朝时唱《中国人民志愿军军歌》,"三反五反"时唱《贪污分子你往哪里逃》,推行义务兵役制时唱《妈妈放宽心》,还有《我爱我的台湾》等。每天中午放学时,在操场集合了,排着队回家,一路歌声。

杨老师年轻时当教师当校长也是这样,吹笛子、拉二胡、弹风琴样样会,还教大家唱歌,领着同学们上街,高唱抗日歌曲。他的字好,我见了,但我难以想象他的歌声会是咋样,动听吗,悦耳吗?他早年的学生告诉我,唱得还不错哎!

崇贤的老教师们都知道杨老师的风琴(当年的小学所配乐器一般只有风琴)弹得很好,哪个学校要添置风琴,都来请杨老师帮忙,他会在城里的琴行内,一曲一曲地演奏,一架一架地挑选,听音校音,就连琴行的师傅们都佩服——"这是位行家!"这门技艺,也许是他的童子功,他到老未丢。

廉洁的总务

新中国成立初,杨老师通过彭副县长的关系,转到塘栖镇小学,主要担任总务主任干的是后勤工作。

我们念中小学时,大家往往看重学校的教导主任,觉得那该由有资历且在教学上很有一套的人来担当。而总务主任的工作大多与教职员工发生关联,与学生直接接触的机会比较少。现在我们都理解了,后勤工作是保障。这"保障"二字说明了其对学校教学生活的正常开展和运作之重要。

总务工作具体琐碎,塘栖镇小是原栖溪书院,多清代建筑,环境阴暗潮湿破旧,日常维修任务不轻,加上课桌椅、黑板、玻璃窗的修缮、食堂伙房、厕所卫生等问题,桩桩件件都得费心。

印象深刻的是,我小学五下升到六上的那个暑假,余杭遭强台风袭击,塘栖镇小学的房舍受损严重,我跑到学校去,看见好些棵高大的冬青树被连根拔起。崇贤的老教师告诉我,后来 1963 年夏秋的那次台风过境,导致街上民房被吹倒,还压死了人,学校东面的老墙也坍塌了,压坏了幼儿班和三年级的教室,幸亏夜间里面没人。这两场大风灾的善后,够管总务的杨老师忙的了。

最近,一位低我两届的老校友无意中聊起,他在塘栖镇小念五六年级时,他们这些镇上的学生居然是住校的。因为人多,改在学校西边的李家厅屋楼上楼下上课,或许是为了去这里那里劳动、活动方便,或许也为了尝试"共产主义"的集体生活,就统一在南边的王家住宿,楼下男生,楼上女生,自然都在学校用餐。

我以为这样的安排会多出许多管理上的具体事务,又该杨主任忙活的了。

学校总务的另一项重要工作是财务管理。虽然那点经费与如今的不可同日而语,但在国力尚弱、人们生活尚贫穷的年代,也许更举足轻重。公家的钱,或多或少,每日在手上流转,意志不坚定者便易犯浑犯错,可杨老师——杨主任头脑清醒,他是一分一厘地为学校精打细算,节俭办事。

崇贤的老师们都记得,杨老师管发大家的工资。镇小和各村小的公办老师的工资,加上民办老师的补贴,总共三四十人。每月10日发工资,杨老师必去塘栖镇上领取,哪怕刮风下雨、道路泥泞,他都雷打不动,一早走个把钟头到运河边的俞泾渡乘轮船,下午返回,按时将工资发到大家手上。

学校少不了需要修建房舍,需要置办砖瓦竹木,需要请人施工。许多年过去了,还有当年为学校做过工程的人,对杨老师的小女儿晓红说:"侬阿爸是真个好,真个聪明,算账算得清清爽爽,一块砖头一张瓦片也不肯多算点给伢!"

对此,在塘栖片区的相关会议上,教育负责人多次表扬过崇贤的杨老师,要大家像他那样将账记清,将钱用好管好。由于工作负责出色,杨老师在塘栖镇小时还评上过先进,并去莫干山等地疗养过。

崇贤记忆

称职的工友

1962 年来到崇贤时,杨老师已到了知天命之年。杨老师除了管总务,主要工作是管后勤,或者说搞后勤,更直白的叫烧饭。我们当年都管这样的人叫工友。

每日里挑水、生火、买菜、淘米、蒸饭、烧菜、洗刷、扫地等都是他的工作。即便没有去过后文将提到的东明山,他也十分珍惜这份来之不易的工作,认真踏实,仔细勤快,并动足脑筋。

最重的活大概要数去河埠头一淌一淌地挑水。当年没有自来水,伙房七石缸的水是挑了来加了明矾搅拌澄清的,除了供学校师生饮用和做饭做菜外,有些爱清洁讲卫生的女教师每日洗用的也来这里打,用量就大了。这就苦了杨老师了,年纪大了,愈来愈力不从心,可他从无牢骚和怨言,甚至没有冷脸。一担水挑不动,就半担半担地挑,及至再少一点,多跑几趟,总归满足大家需要。他儿子那时人小挑不动,常用小桶帮着去河里拎,有时,年纪也不小了的陈校长看不过去,也来帮上一把。

当时,三年困难时期刚过,物资仍很匮乏,学校对教师们的伙食采取的办法是:每人每月交九元菜金,上面发给的四两油票交二两,四两肉票交二两,饭由各人带了米来蒸,在学校吃午饭的学生们也是自己带了来蒸。当年人们最缺的是油水,肚子老是会咕咕提意见。为了让大家吃好,杨老师去街上买来猪油,在校园空地上种了菜来贴补,他烧的菜品种也多,比如萝卜丝或者海带丝打底,上面放一个荷包蛋或几块带鱼,尽量换着花样。每月还让大家吃到诱人的红烧肉。他会自言自语:"怎么搞搞呢?"同时,他为大家打菜分菜也绝对公平,故而,在其他单位最容易引发意见和牢骚的食堂伙食,崇贤公社中心小学的老师们却都很满意。

江家骥老师是杭州城里人,1963年夏杭师毕业来崇贤中心小学教六年级语文,平时爱写点东西。他的哥哥来崇贤看望,注意到弟弟身边这位大家叫"杨老师"的高个子老工友,朴实认真,敬业吃苦,还曾建议弟弟将这位老人写进文学作品,至少可以作为小说人物的原型……

我的高中同学沈健,毕业后在沾桥任教,"文化大革命"中调去崇贤的石前小学教书。暑假期间来公社中心小学参加集中学习,吃住在学校,对这位默默为大家烧饭烧菜、打菜抹桌的老工友印象颇深,感觉这样的人是有故事的。

我在《文集》上见到校长陈海树对杨老师的评价:"1.他拥护共产党的领导,拥护社会主义,热爱社会主义祖国,遵纪守法,不谋私利,服从组织分配,党叫他到哪里,他就奔赴哪里。2.热爱农村,以校为家,艰苦朴素。没有好的吃,没有好的穿,没有好的住。从不叫苦,从无怨言,思想情绪比较乐观,交给他的工作任务,总是认真负责,埋头苦干,按质、按量、按时完成,从不谋私利。他和领导、老师、同学都是态度和气,以好言好语相待。领导、老师和同学都以'杨老师'称呼他。"

我起初有点惊讶,杨老师怎么能工作到七十五岁?校领导和同事们会好意思让这位老人这么长时间干这份苦累的活吗?后来找到答案：他愿意，他需要。杨老师的儿子杨圣能当年曾无意间听到校长与父亲间的一次谈话："杨老师，你年纪大了，退休了吧！"父亲恳求道："让我再工作几年吧，孩子还小，要培养。"谈到这里，我的鼻子有些发酸，无言。

也许对于杨老师——杨应权先生而言，上面拉杂写来的这些情况也太过平淡、表面与浮泛了。历史上的事情也好人也罢，往往不会那么的简单。那些在旧社会有过这样那样经历与问题的人，往往还会有精神上的沉重的一面。杨老师便是这样。

东明山劳动

杨老师早年任大田小学校长时加入过国民党，据说还曾有过"区委员"那样的虚衔。当了二十年校长后，为了扶持后人，他主动将位置让了出来，经人介绍去了平阳，干过个把年的县督学。新中国成立初土改时，因之前卖了几亩地，其余的租给别人耕种，当地便将他家划为地主成分。他是背着这样的包袱来到塘栖的。

20 世纪 50 年代的几次政治运动，杨老师都小心翼翼地挨过去了。到了"反右倾运动"，据说上面有政策，对于历史上有问题，不适合待在教师等队伍中的人需要清理。县里在安溪的东明山办有林场，让这些人过去。校长接到下来的名单，其中有他。学校还动员老师报名，许多老师都报了名，就快六十岁的他也报了。最后，确定他们几位有关的老师，同时，几位年轻上进的也一起去了。领导心里明白,这一去,杨老师,就得留在那里了。

曾经教我们小学六年级音乐课的胡家仁老师告诉我,当年,他也去过东明山。如今已是优美风景区的东明山,那时在大家眼中是一片荒凉。他是为学校搞伙房烧的柴火与其他两位同事临时去的,还从西横头镇运输社包了一条船摇着去。那里的条件非常艰苦,大家住在四五十米长的简易大草棚中,里面排着睡觉用的竹榻板。冬夜寒冷,男人们都朝床边通到外边的毛竹筒内小便。教育口去的住在一起,每天早出晚归,开荒劳动。胡老师带了几块腐乳及校园里种的一点青菜,让那里的人垂涎不已,有的还腆着老脸央求他:"讨一块腐乳吃吃。"

或许是因为劳动卖力肯吃苦表现好,或许也因为年纪大了,一年多后,杨老师第一个回来了。儿子女儿记得,穿着破烂的老父亲全身水肿,用手一按一个坑。但是父亲笑着,很高兴的样子。在杭州一一七医院工作的大女儿素春赶快搞来点黄豆,让父亲补养身体。过后,杨老师被派去前村,在崇贤公社中心小学管总务,兼任炊事员。

当时,杨老师的老伴一直住在杭州大女儿家,帮着照看孩子,但小女儿和儿子还带在他自己身边念书。这样,他俩也转来崇贤就读。

"文化大革命"的冲击

很快便到了1966年夏开始的那场更大的政治风暴——"文化

大革命"。

杨老师这样的自然免不了受到冲击,"国民党员""反动督学""地主成分",已经够黑的了,后来又发现了新罪行,被打成更不得了的"现行反革命"。

事情是这样的,当年老师们住在木板间隔的简易小屋,杨老师工余带着孩子,又当爹又当妈,少不了要缝缝补补,完事后习惯将留有一截线头的缝衣针顺手朝板壁上一扎,以备再用。而板壁上糊有报纸,那上面多印有领袖的照片。那天,有人发现杨老师房间的板壁上有不少针眼儿的洞洞,有一针竟然就扎在伟大领袖的眼珠上。真是"罪该万死!""是可忍,孰不可忍!"

于是,杨老师被批斗,关起来要求坦白交代其他罪行。有次批斗时,有人还端来一簸箕混有玻璃碴的石子,责令他跪上,跪了有个把分钟,大概头头也有些看不下去,才喝令:"滚出去!"当时,这一类的事情到处都有,有的地方还要厉害得多,似乎都司空见惯了。据说杨老师屋里的新发现,其他老师的宿舍板壁上也有。这个罪行那个罪名,加上出身不好的,总共十二三位教师的学校,前后有六名被揪斗,下面村小的教师中还有因为扛不住被揪斗,自杀了的。

杨圣能告诉我,他见过校园里贴着的有关父亲的大字报,没怎么看。我问为啥不看。他说,看了难受。他还见过父亲写的交代,那上面写了又涂,涂了再写。儿子打心底里不相信这么好的父亲,会是那样的人。

造反派们觉得杨在学校管总务多年，经济上肯定有问题，组织了人反复调查，结果账目清楚，分文不差。外地的造反派们还来崇贤调查，要他揭发过去培养过的学生，遭到他的断然拒绝。杨老师深谙"白日不做亏心事，半夜敲门心不惊"，无论怎么迫害他诬陷他，他都问心无愧，坚持实事求是，说："我对得起政府，对得起学校。"

他为学校管账管印的权，早被夺了，连烧饭这份工作也一度被剥夺，另请了两位贫下中农妇女来替代。

杨老师是普通人，在那些日子里，遭受折磨和屈辱，斯文扫地，没了起码的尊严，自然想到过死。他后来告诉儿子，当时，什么都可以强加在他身上，他实在受不了了，没有办法了，活着真的一点意思也没有了。他想到了死，死很容易，可是前思后想，如此一走，便是"畏罪自杀""自绝于人民"。自己可以一了百了，但这就害惨了儿子女儿，害他们得一辈子几辈子地顶着"世仇分子"的黑锅，还怎么做人？还谈什么前途？万万不行！

这么多年过去了，有老同事还感慨，杨老师当年能够挺了过来，不容易。

儿子长大了，长成和他一样一米七十八的个头，在塘栖中学念初中也该毕业了。他不清楚，当初儿子被迫在履历表"家庭出身"一栏填上"地主"时，一直以为自己是军人子弟（姐姐、姐夫当兵）的儿子差点没被当场击晕。他不清楚，这两个可憎的字眼就印在学校老师手中的点名册上，儿子背着这样的"黑"成分，在外面遭受白眼和羞辱。或许他心里很清楚，不能让儿子再委屈下去，不能老让儿子活在老子的阴影之中，儿子要有自己的前途、自己的路。他唯一能做的，只有断绝了父子关系，别无他法。那个年月，因为观点派别不同，夫妻反目、情侣分手的多了去了，而在那些"黑五类"家庭中，父子、父女决裂的也屡见不鲜。

那次，儿子想和其他同学一起去北京串联，去见伟大的领袖毛主席，要从塘栖走到北京。行前儿子向父亲要点钱，当老子的将箱子里本想给他交学费的二十元钱全给了他。儿子返回后，父亲已预感大祸将临，不愿让儿子看见自己受辱，心意已决，让儿子都住到学校去，不要再来看他！

杨老师的工资被造反派冻结后，在杭州的大女儿着急，让弟弟带十元钱给他。可俩人一碰面，父亲抬手就在儿子头上打了一下，发了怒："叫你不要来不要来，为啥还——要——来！"没有人见过向来和和气气、甚至有点唯唯诺诺的杨老师会发这么大的脾气，没有人或者很少有人理解做父亲的那份苦心。儿子更没有想到，自己的这次送钱之举，几年后，在决定他人生走向的关键时刻，差点影响了自己的命运。

儿子的拼搏

儿子走了，走得不远，也走不远，就在当年隔壁的沾桥公社三家村大队，插队落户。他想过走得远远的，离开这块是非之地，索性走到天涯海角，去黑龙江，奔赴反修防修的最前线，哪怕战死疆场,也算是为国捐躯。为此,他给那边写了情真意切的信,表明心迹和要求,那边也来了公函,同意接收。因为被大队领导发现,将信压下,才未成行。他不知道,那边对人的政治要求更严,如果知道了他的出身,决不会批准。

那次,儿子遇到困难——经济上的加之家庭上的,去了曾度过童年的杭州九里松大姐家。住在那里的母亲早于先前的"四清运动"中就被清理撵回临海乡下,姐姐也不在,参加军宣队进驻外地单位了。那时的部队单位同样闹腾得厉害,搞揭批查,时不时清查户口,当姐夫的哪敢让他多逗留。小时候曾抱过背过的外甥追出来,伸出手说:"舅舅,我只有两块钱,给你!"

没地方可找可求了,儿子回到三家村,决心舍命地干了。他心里明白,绝非他一个人时运不济,亿万人都命途多舛。他不愿向命运低头,不光要像父亲跟他说的"做一个好人,正派的人,对社会有益的人",他还要真心实意地做一个要求进步的革命好青年,他还要用劳动洗刷身上的"阶级烙印",他要活出个人样!

那就老老实实拜贫下中农为师,虚心求教,笨鸟先飞,付出比旁人多得多的努力,好在老父老天赐给他一副好身板。诸如垦麦垅油菜垅、挖藕、捻河泥、摇水车水等苦累活技术活,他都抢着学抢着干。严冬摸荸荠,得有人先跳下结着薄冰的田沟里一勺一勺地把田沟积水清理掉,这是最苦最冷的活,一般都由队长承担,他抢着下去先干。每年春初生产队要给田里施肥,最忙最累的活是每天去附近的运河捻河泥。一般农民只要捻上三四船就可收工了,

崇贤记忆

他却在公鸡未鸣之前,船板上结着银霜时就出工,总要比别人多捻上几船才肯歇手。

下乡没多久,他就拿到了农村男劳力的最高工分,且几乎全勤。有一次在地区先进知青会上,各地来的几个表现出挑的插友一碰头说起,每年做的工分数他最高。只是,别的知青,可以时不时甚至三天两头回趟家,而他无处可去,得自己打理生活上的一切。最难熬的是每年春节,其他的知青都早早带着一年的分红和分得的部分农产品回家团圆去了,只有他独自待在冷清的知青小屋里,吹吹口琴来排遣胸中的那份孤独和郁积,或者躺在床上,想远在老家的母亲,想就在近旁的父亲,想着父亲这会儿也该在想他……

儿子就这样肯下力气,不怕苦不怕累不怕流汗,甚至不怕搭上性命。有次开山取石时,去排除别人多装了炸药的哑炮,不幸被炸中。他满脸是血,下颌骨被炸碎,人昏死过去。有人以为他已经死掉,同去的贫下中农们一定要救,遂连夜送去杭城浙二医院,在手术台上钻洞放不锈钢板时,才被钻醒痛醒,那点局麻根本不管用。人醒过来后问的是:"旁边的人怎么样了?""我的雷管要给我管管好!"随即又持续昏迷了近三天方苏醒。前后在医院治疗了半年才恢复,下巴上留下四五寸长的伤疤,成为一辈子的纪念。

就这样,儿子成了先进典型和标兵,每次评选知青积极分子,公社的县里的,市里省里的,他都有份,后来还入了团,担任了公社知青领导小组副组长,组长是公社书记。他的事迹省市报刊上登了,电台里广播喇叭里播了。这里那里请去做事迹报告,他看见台下不少人在抹眼泪。但他不知道,父亲见到报纸,听到喇叭里儿子的声音,心里欣喜激动,脸上老泪纵横。儿子争气,那是平时只能抽袋老烟、抿口小酒的老人最大的精神食粮和慰藉,那是他活着的精神支撑。

得知杨圣能当年的事迹上了报纸,还有过专版,我专门去省图书馆找来读。这是那个年代一位知青标兵的人生轨迹与写照,也是一位舍弃了家庭、割断了亲情,"可以教育好的子女"的自我奋斗史。

儿子下乡五年,因表现好,被推荐考大学。那时邓小平同志复出,大学恢复招生。在塘栖中学的面试室内,坐了十多位领导和各方代表,每个考生逐一回答问题。轮到杨圣能时有下面的问答。问:"家庭成分?"答:"地主。"问:"这个成分怎么上大学?"答:"贫下中农推荐的。"问:"报考什么大学?"答:"浙江农业大学。"这个回答,让区委书记金庆昌在考生们的考前集会上有了一声感慨:"你们都说要扎根农村一辈子,有了上大学的机会,报的却都是清华、北大,看看人家杨圣能,他报的是农大!"

这期间,还有过一个情节,招生的说:"你和父亲并没有划清界限,你还给他送过钱。"儿子的脑海霎时惊现五年前发生的那一幕,一时无语,幸亏旁边有人力挺他,才过了关。杨圣能终于被浙江医科大学录取。据说,像他这类"可以教育好的子女"被录取的,全省总共只有两三名。进了大学,班上同学清一色的是党员与团员,出身个个好。他万分珍惜这来之不易的机会,刻苦学习,积极勤快地为班上做事,被推荐为校学生会干部。

终于,"四人帮"倒台,拨乱反正,苦尽甘来。儿子大学毕业,分配到了余杭县人民医院当外科医生。他钻研业务,手术熟练,对病人服务好,工作细心,从未出过医疗事故,多次评为院先进工作者,并出席过县里组织的优秀科技人员活动。1990年浙江省民政厅筹建"浙江残疾儿童康复中心",儿子作为人才调入该单位,一直作为主要业务骨干,担任医疗康复部主任,继续为这些特别需要关爱的弱势群体服务,先后两次被评为省优秀共产党员,成就了他事业的辉煌时期。后来,儿子也终于去了崇贤陆家桥,父子相见,隔了整整十年。

终于,杨老师和其他有过类似遭遇的老师一起,被宣布平反,他还被恢复教师身份和待遇。1977年12月,时已七十五岁的杨老师退休,小女儿杨晓明顶职,继续父亲的工作,在学校搞后勤。

幸 福 晚 年

1983年,政府为多年在农村从教的老教师们建造了公寓,杨老师被安排在塘栖镇上。儿子为照顾老人方便,与人对调,让父母亲住进临平的教师公寓楼。不曾料到的是,杨老师说什么也不愿去,他在崇贤住了二十一年,习惯了,况且日子正在一天天好起来。直到儿子女儿都为此事发了火,他才勉强答应挪窝。住了一段时日后,他方体会到新房子的好,水泥地面平整光洁干燥,不像乡下的土屋潮湿、虫多。

杨老师的晚年是幸福的,全家团圆,衣食无忧,儿孙绕膝,共享天伦。女儿们常来嘘寒问暖,儿子媳妇体贴孝顺,有时老父亲便秘,儿子为他用手抠,还时不时到父亲这里钻他的被窝,像小时候那样为他"焐脚横头"(把被子里放脚的地方都焐热,指暖被窝)。父子俩彻夜长谈,谈各自的人生,谈那十年里的种种。父亲还告诉儿子,当年他报考师范,为的是读书可以不花钱,从事教育,同样可以教育救国文化救国。他自己更想考的是黄埔,只因母亲不让,如果考了那里,后来就会两样了……

不少他的学生、同事不断前来看望他,和他聊天叙旧。每逢春节,当年的学生彭喜盛都会偕夫人上门拜年。这是当教师的最大安慰。心情舒畅,亲人照顾,加上又戒了烟,老人的身体愈来愈硬朗,九十岁了,他还每天牵着宝贝孙子的手送去上学。那日,他去书店为其买了本《新英汉词典》,还在扉页写了一段寄语。一个星期后,他得脑中风逝世。弥留之际,彭喜盛赶去看他,老人已无法开口,仍努力眨了几下眼睛。

杨老师走了,没有留下什么钱财,儿子女儿在整理父亲的少许遗物时,于箱底找到一包东西,打开一看,是当年刊载儿子事迹的几份旧报纸,已开始发黄。睹物思人,见者泫然。

眨眼杨老师走了有二十年,如今,副高职称的儿子圣能也已退休,还在发挥余热。他寄予厚望的孙子也学了医,大学毕业后在上海一家大医院从医,援过藏,是劳模。曾孙已有八岁,活泼可爱。

当年的那些苦涩日子早已远去，全家都已进入小康，并讲究起有品质的生活。他待过十八年的崇贤、他熟悉的小学更是日新月异，堪称巨变。若杨老师泉下有知，他该感到高兴欣慰。

原来我对杨老师的印象很浅，这次通过阅读与访谈，对他的了解增加了不少，有颇多感受。不知道从崇贤公社中心小学走出的那些学子们，对当年校园的那位曾为自己挑过水、蒸过饭或者修过课桌椅，温和寡语的老工友可还有印象？

崇贤记忆

下卷·我与崇贤

裘家兜，1973 | 胡建伟

　　裘家兜是我生活了五年多的地方。1973 年 7 月 13 日，我被历史投放到此地，于是，我的人生就和这个地方有了千丝万缕的联系，人生走向也因此而改变。之前我写过一篇《裘家兜务农记》的万字文，觉得意犹未尽，如今再铺纸援笔，觉得应该再记录一些人事才好。

　　裘家兜地方不大，有粮田、藕塘、鱼塘，还有一条九曲港。五六月，苦楝树开始放花，紫白色的花簇拥着开在枝头，带点甜味的馨香弥漫了整个贫穷的村庄，让人的呼吸都变得舒缓和深沉了。三家村有一条小河，是运河的支流，东西走向。凌晨开始，河里便热闹了起来，橹声欸乃，划楫淋漓，泛些天光的河面倒映着勤奋农民的身影，烟火明灭，有咳嗽声，有嘤嘤说话的声音。三家村河流淌不久即分岔，一条直指独山，一条则北折向裘家兜。春天时节，彼时天朗气清，九曲港两岸绿起来，不知名的花次第开放，芦苇在风雨中拔节，让两岸的曲折中充满风景，船在河中划行，有野鹜从苇丛惊起。夏和秋，九曲港里船楫穿梭，人声鼎沸。瘦骨嶙峋、肤色酱赤的人们,把浑身的力气都倾注在夏收秋种上,船的速度让整河的水都沸腾起来。满船的人,满船的稻谷,满船的种荸荠和种慈姑,亦是满船的骄阳,满船的汗水。冬天的九曲港,是沉寂又热闹的。萧索冷静的河里,沉寂是乡村的一种休憩和蓄势。冬闲的九曲港,常常会有另一种热闹——彩旗飘展,锣鼓铿锵,送亲与娶亲的婚船在河里相遇,"潮头货"嗷嗷地呐喊,五彩缤纷的水果糖此起彼伏地抛起,落到船上,落到水里,欢声笑语不止,锣鼓更是急急走。

我的房东杨阿补,在我落户到他家时,年纪应该不大,约五十岁,已头发斑白。他是个和蔼的人,常笑,寡言。一笑,脸像绽放的菊花,露出一嘴的黄牙。吃饭时,杨阿补朝我笑,以筷子指菜碗,曰吃,就不再说话,先自闷头吃起来。我从镇上来,与素昧平生的一家人同桌吃饭,开始难免拘束,甚至有了最好别跟他们一起吃饭的念头。刚和他们一起搭伙时,就出了两件尴尬的事。桌上多了一碗面,面是咸菜烧的。那天杨阿补几次以筷指面,盛情劝吃。我是个爱面之人,物质匮乏年代,咸菜烧面便是美味佳肴,在他的盛情之下,我捧过面,呼啦呼啦便吃起来。待吃完,我发现一桌的眼睛都惊诧地望我,我便觉得这面吃得肯定有些不妥。后来询问乡邻,曰此间风俗,有客来,为表热情,便设法烧一碗咸菜面,放在桌上,添一菜也,作为公菜。我懵懂无知,将一桌最好的菜误吃了。我从小是个积极向善的人,在房东家搭伙,我就决心要寻找机会为房东做些好事,给他们留一个好印象。水缸早挑满了,地早扫干净了,桌子早抹得锃亮了，这是家勤劳的人家，我似乎无忙可帮。吃着饭，我终于找到了帮忙的机会。匆匆吃完，我就等着。全家吃完，我就要收拾桌子，想做一次好事，洗一次碗。在家我从不洗碗，而那时我特别想为房东家洗一次碗，洗碗一时成了我的心结。以我年轻向善的心，便较着劲想我怎么就不能洗碗。为了表示我的确非常真诚地要洗一次碗，饭后我和杨阿补的儿媳便夺起碗来。我和她同时抢了一只打了补丁的碗，我用力一掰，啪，碗碎成了两半。全家都被定格在错愕的状态。洗碗不成，碗先碎了，好事做不成，错误却已铸成。那时地上如果有缝，我肯定就钻下去了。杨阿补摇摇头，说男人家洗什么碗啊！乡村的热情与观念就这样剥夺了我的美好愿望及可以付诸的行动。我当时住杨阿补家，他家有一羊圈，大约有二十平方米。推开大门，低头进去，昏暗中羊在栏里乱窜，羊叫的声音还算温和，不至于吓一跳。上楼是一木棒扎起的简易楼梯，不高，五六档即到楼上，阳光从楼窗照进来，有豁然开朗之意。住在湖羊们上面，比较难耐的是黄梅季节。江南的连绵阴雨，时晴时雨的潮闷天气，让人有身处炼狱之感，羊粪味羊骚味裹着热浪一阵一阵地从楼板缝和楼梯口涌来，就是歇着，人的脑子也已经木了。乡村劳动，大多拼的是体力，但意志的血拼有时更为重要。比如挑羊粪，就是会令人厌恶我至今不能淡忘的一种劳动。羊圈是用稻草一层一层地垫高的。一层稻草铺上，湖羊们在上面踩啊尿啊屎啊，便再铺一层。如是层层加铺，湖羊们则不遗余力地排泄，等到起粪时，对我来说便是莫大的考验了。赤脚进羊圈，一

崇贤记忆

站稳,羊粪水便嗞嗞地溢进脚趾缝里,这时,我全身的毛孔惊恐地张开了。把羊粪装到土箕里,就得用手去撕扯已经纠缠不清的粪水稻草,奋力一拉,粪水溅到脸上身上。紧要关头,意志便出来调整心态,贫下中农能干,我为什么就不能干。于是,我继续在粪水泛滥中炼一颗红心。挑羊粪到田里,路上清新的空气立马使人有重生之感。田埂上,撕碎了羊粪稻草,一堆一堆抛向田里。一天劳动下来,收尾工作便是洗澡洗手洗脚,"西湖"牌肥皂在当时是紧俏的东西,洗了一遍又一遍,就是洗不去恶心的羊粪味。吃饭时捧起碗来,羊粪味扑鼻,五脏六腑便翻腾起来。

机埠旁边造了一排平房,平房沿河,顽石垒就,好像不怎么容易抹灰,晴天有灿烂的阳光漏进来,冬天有凛冽的风从石缝中钻进来。这是大队里为知识青年造的房子,钱是国家的,房子造的实在粗糙,应该说在三联大队,除了羊圈,知识青年住的这些房是最差的了。我在这样的房子里住了两年,算是练了胆子练了筋骨。夜里内急,广阔天地嘛,哪里不可嘘嘘,门口一站,便可解决。夜半时分,糊里糊涂门口一站,开始嘘,皎洁的月光一照,神智便有些清醒了,眼前景致让我魂飞魄散,转身逃进屋里,半天缓不过劲来。石屋门口,一尿之地,月光下枯索的桑树间,森森白骨、骷髅狰狞。当地风俗,人死入棺埋地三年,然后清棺移入骨殖瓮,堆小小坟头,而却常有野狗扒坟,这是我观赏到的最恐怖的夜景了。秋粮收起,乡村一片萧条,衰草连天。稻草收回来,作烧饭的柴火,作垫羊圈的储备,也拿去王家庄对岸华丰造纸厂仓库售卖。家庭妇女们则开始作过冬的准备,把稻草叶子扯去,只留结实筋道干净的稻草芯,扎好,架到晾竿上晒。太阳底下,这精心处理过的稻草闪着金子般的光。这些稻草,天一冷,就要铺到床上,做草席底下的温暖垫子,就地取材,绿色环保。我也准备了三捆稻草,冬天来临时,便觉乡村冬季保温工作的简便实在。竹床上铺了太阳味的稻草,上覆草席,躺在上面软且暖,这是乡村生活的一个小小智慧。隆冬时节,滴水成冰的日子来临,我住的石屋有风雨飘摇之虞。稻草带来的温暖已经不再,躺在床上瑟缩成为一种常态,无数个夜晚无法入眠,是因为冬夜寒冷的侵袭。某夜我被冻醒,便掀被,赤膊短裤立于床前,身上热气烟消云散,坚持十分钟已是如患狂犬病般牙齿咯咯作响,再咬牙坚持五分钟,再上床,裹紧薄被,须臾已是全身发热,不久即入温柔之乡。

杨副书记是我第一个见到的大队领导干部,那时他很年轻。个不高但敦实,寸头、圆眼、短鼻、厚唇,走路跨大步。"双抢"时期,杨副书记常常戴一巴拿马式宽沿大草帽,冷不丁就出现在有些凉风的高高的桑树地头了,他边用白毛巾揩汗边神色冷峻地扫视劳动的人群。偶尔也会跳下田去,操起一把秧,"唰唰唰"干起来。插完几把秧,他就隐身于桑林枇杷林之间了。杨副书记于田头巡察作了示范后,便回他的办公室。大队办公室在湾里塘,俗称水阁。水阁其实就是吊脚楼,这是此间罕见的建筑。从九曲港的这边可以看到许多粗大的木柱和条石撑起的木楼。这楼一半建在岸上,一半悬在水上,楼边有一青石河埠,水阁下面总是系着一条小船,

崇贤记忆

晃晃悠悠。整个水阁形制，文人们看见，肯定会觉得很有水乡情调。大队医务室就在水阁一楼。医务室原有一位部队里回来的卫生员在做赤脚医生，后来又来了位漂亮姑娘。姑娘姓范，是水阁对面二队的人。范姑娘的身材容貌在当时农业学大寨以"铁姑娘"为时尚的年月，堪称奇迹。何谓"铁姑娘"？农业学大寨，男女同工同酬，姑娘们插秧便插秧，割稻便割稻，即便是挑担，也是捷步如飞赛男人。一百多斤的泥担，把乡村姑娘都压得身材壮实，屁股大腰腿粗，少有女人模样了。范姑娘眉目清秀，肌肤白皙，身材苗条，一开口有哆哆的甜味，且目光稍斜，不经意地媚你一下，把整个乡村的年轻男人都惹得有些心跳过速。在许多男人吞口水的时候，范姑娘的人生便已有些尘埃落定，在我们杨家埭五队队长的撮合下，范姑娘的生辰八字给了一位大队干部的儿子。大队干部的儿子也是英俊得可以，他在某部当海军，穿着四个兜的海蓝呢军装，已经做到鱼雷快艇的艇长。探亲时，在冬日的阳光下，他站在木桥头笑呵呵地和路过的父老乡亲招呼，一遍又一遍地发着香烟，惹得姑娘们都动了心思乱了方寸。这位有模有样的艇长，一时成为乡村茶余饭后的传说。范姑娘成了海军艇长的未婚妻，郎才女貌，这似乎就是名正言顺水到渠成的事。范姑娘果然成了大队干部的准儿媳，不久又成了赤脚医生，这也似乎是名正言顺水到渠成的事。范姑娘很快学会了搽红药水碘酒，还学会了打针开肚痛腹泻感冒药。范姑娘去田间行医的时候，戴宽沿大草帽，背人造革红十字医疗箱，两条拖及腰下的长辫一左一右地晃，一出现，田里劳作的男人们便来了劲,嗷嗷地喊起来。这便把乡村的男人世界晃得恍惚起来了,食色都匮乏的年代,范姑娘无疑是乡村的一个传奇。

第二年,范姑娘犯事儿了,大队团支部开会令她做检讨,范姑娘拿出一个旗鼓牌香烟壳子,翻转放在桌上,上有密密麻麻的字,范姑娘不识,推给坐在身边的杨副书记。杨副书记在那样的年代,有时嘴里也会淡出鸟来。当然,他有办法。某日下午,他扛一长长晾衣竿,跨着大步来到河边。河里有许多草鸭,杨副书记大吼一声"割资本主义尾巴了",便奋力以竹竿贴水面横扫鸭群。竹竿所到之处,鸭们惊叫扑飞,待河面复归平静,水上已见草鸭遗体三二。前年我重访曾经的三联大队,听说杨副书记晚景落寞,感觉也是人生轨迹所致,敦厚不足,张扬有余,所谓挟时势之风者,风过处,一地鸡毛。徜徉田头,风景依旧,正是荷香莲妍时节。大自然给人的启示是,天地依旧,人事兴替,人类的演绎终不过是大地的点缀。我摘取一只莲蓬,剥出仍有些青涩的莲子,脑海里不由跳出一行字来:

人间正道是沧桑。

裘家兜务农记 | 胡建伟

裘家兜,是我生命中的一个重要驿站。

三十七年前的盛夏,我成了裘家兜的一个毫无根底的农民。那一年,我十六岁。

裘家兜这个地名,是我后来知晓的。其时,一条插满彩旗的轮船,一路喧天锣鼓,热热闹闹地把一船懵懂的塘栖子女沿运河向西,又折向南,拖到了二十里开外的余杭县沾桥人民公社。从俞泾渡码头上岸,一路已是骄阳高悬。人民公社机关也是彩旗飘飘、锣鼓喧天的样子。就这样,没见过世面的我,第一次和素不相识的青年男女(准确地说应该是少男少女吧),受到了莫名其妙的隆重礼遇。公社的高音喇叭有振聋发聩之功,尖锐高亢的女声在不间断地宣读伟大领袖的语录:"知识青年到农村去,接受贫下中农的再教育,很有必要。""广阔天地,大有作为"……此起彼伏的口号声,撩拨起人的光荣感,也让人面对完全陌生的环境而惴惴不安。欢迎大会开完后,知识青年们便被"瓜分"了。各大队来的干部吆五喝六地喊着知识青年的名字,整齐的队伍迅速被瓦解。

1973 年 7 月 13 日，骄阳似火，十多里乡间疾走的体验，让我在兴奋之余深深感到来自全新生活的一丝恐惧。酷热中的行走，成为我艰难乡村生活的一个前奏。谁也不清楚等待我们的将是什么，我们也不知道我们将如何面对生活。因为，那时我们并不善于思考，只知道跟随革命的大潮，坚定只有上山下乡接受贫下中农的再教育，才可能完成人生的理想、完善健全的人格。那时我们只在革命激情和革命口号中冲浪，我们还没有触摸到生活的坚硬。我们无法思考。但从另一个角度看，不会思考或无法思考，可能就是一种幸福。

　　我和几个知识青年被三联大队的杨姓副书记领着走向我们将要"大有作为"的地方，就是著名的三家村。过桥往北约三里，就是我要扎根一辈子的三联大队了。三家村，我是早几年就知道的。我的初中语文老师徐育宽先生，当时蛰居于东塘初级中学，博学且精通古典诗文，又兼及民间人文轶事。徐老师可以给我们讲毛主席诗词，也可以讲国际时事，讲黑格尔讲康德讲联共布，还可以讲烘豆茶讲晏殊的"小园香径独徘徊"。我们曾凝望他走进教室还嚼着的那半只刀切馒头，无比羡慕，还偷喝过他的盐水瓶里的让人陶醉的绍兴黄酒。某次语文课，徐老师不知怎么就说到了三家村，说以前的三家村肯定是个好地方。何以见得呢？他说见过三家村凉亭石柱上的一副楹联，叫作"仆仆风尘何妨小坐，依依杨柳莫误归程"。说旅途劳顿，凉亭小坐，然莫让运河畔凉亭边美妙的风光迷失了归路。前人镌刻的，是一种风景和随之而来的愉悦心情。

1973年7月13日午后，我见到的三家村，则是烈日下人影幢幢的一处临河小街。有小石桥贯南北，有橹船从河中过，有成群的拖着猩红长舌俯卧在地的草狗。当然，此情此景，已全然没有凉亭楹联的古典诗意了。走过三家村小石桥，右转碎石路蜿蜒，田野稻穗低垂，晃眼的阳光下只是一片沉寂。路上田里都看不到人影，有淡淡的荷香伴着燥热，却绝对没有悦人的感觉。只想早早到达目的地，歇下来，喝一碗茶。杨家埭是一个不大的自然村，南北走向狭长一路，村头有一株很大的苦楝树。杨副书记没有带我去大队部，知识青年都已分配到各生产队，他就直接带我去了杨家埭。杨家埭在三联大队中排行老五，正确的说法是沿桥人民公社三联大队第五生产队。三联大队有五个生产队，比如杨家埭、木桥头、湾里塘……不晓得这个大队为什么叫作三联大队。我进村的时候，"双抢"已经开始，杨家埭的农业生产活动已经热火朝天。杨副书记带我去落户的杨阿补家，不知什么原因我们在晒谷场边停了下来。这时我身边出现了一位中年农妇，她很惊奇地打量着我，说这知识青年这么小这么瘦啊，这么个"芽头儿"快热死了。她倒了一碗茶给我，碗是大碗，有一个陈旧的缺口，混浊的茶汤有点泛黄。我从没有一口气喝下这么一大碗茶，但那时我真就一口气喝了下去。我抹了下嘴，却下意识地盯着地上的茶壶。她笑了笑，又给我倒了一碗。我又一口气喝了下去。两大碗茶喝下，只觉肚腹鼓胀，舌头发糙，人却缓了过来。不到半个月后，村里有哀号声，我循声去凑热闹，就看到那位给我茶喝的女人直挺挺地躺在自家的堂前，一盏十五瓦的电灯，一盏忽闪火苗的长命油灯。她死了，她死于疾病。那时我看到她躺着的身体，觉得昨天下午在田里遇到的一阵狂风就能把她卷走。这位已经死去的女人有着秀气的脸庞，有着一双好奇的眼睛，还有一副娇小的身材。我不知道她年轻时是否有许多追求者。我的确无从了解她的前世今生，但在我心里她却是我踏进社会碰到的第一位印象深刻的女人。这位乡村女人好奇地曾经打量着我，大声小气地说着话，她就那样给我倒了一碗茶，又倒了一碗茶。这是留在我心里的永远不能磨灭的乡村印象。我们素昧平生，但一个刚离开家庭即将开始在乡村刨食吃的古镇男孩，已经充分感受到了她的热情和善良了。在以后的日子里，我的人生趋向光明，茶也是越喝越好，什么径山、龙井、毛峰啊，什么碧螺春、乌牛早啊，什么苦丁啊，什么普洱、祁门、大红袍啊，红茶绿茶，和清敬寂，谷雨明前，汲井烹茗，犹沐春风。然此生饮茶，总觉人生最好的那杯茶，非我初到杨家埭那女人给我的一碗莫属了。

"知识青年"的叫法，可以追溯到 20 世纪 50 年代。老人家发了个号召，革命青年纷纷上山下乡。到"文化大革命"结束，全国有两千多万知识青年下到农村去到边疆，去到祖国最需要的地方。我成为知识青年，至今想来仍是个黑色幽默。一个只读三年小学两年初中，只识了些字读了些毛主席语录的人成了知识青年。哈！现在想来仍觉幽默。当然，更幽默的是在三联大队的知识青年中只上过几年小学的不乏其人。做知识青年的好处是，国家有些安置政策，比如我作为知识青年就分到了一张小方桌，一张条凳，一面粮橱,还有二十块钱,买了煤油炉和锅碗瓢盆若干,铁耙、锄头、蓑衣、箬帽若干。这就是我人生初级阶段的全部生活和生产资料。在举目无亲的乡间,我开始感觉到人生并不如歌。一个人,恰如一颗没来由的种子,无论撒到哪里,结局一定是自生自灭。然而在生活的坚硬面前,只有能够坚忍地前行的人,才有可能看到生活的希望,才有可能享受生命的快乐。在房东家吃完两大碗饭,我的想法是,在这里可以吃饱饭,这是一。二呢,是从现在开始,胡建伟,你就要自己养活自己了。

如果说下乡第一天从公社到裴家兜的烈日下奔走,犹如《水浒传》里的一百杀威棒,那么接下来的"双抢",就是传说中的炼狱了。每天天未亮,政治队长的吼声在黑暗中响起,家家户户开始做饭。我坐到落户人家饭桌前时,脑子仍处于沉睡状态。早饭是在昏暗的电灯下吃的,饭是糙米干饭,菜有咸菜肉片、酱油冬瓜、炒葫芦、炒丝瓜,有时还有红烧肉。榨菜蛋花汤每餐都有,切细的榨菜丝加入蛋花做成的汤,乡村俗称"榨蛋汤"。"双抢"期间的农家菜,在物资极其短缺的年月,实在可以说是丰盛无比了。但事实上这是由于繁重无比的劳作,消耗太大,才让乡村农户当家人作出这样一个极其慷慨的决策。田间劳作日复一日地刮走了人们身上仅剩的脂肪,每天的荤腥被视为能量的补充和可持续发展的保证。平常日子,农户难得见荤腥,于是乡村有谚语曰:"吃素碰到月大。"在没钱又少肉的年月,人们就只喜欢那大鱼大肉,而碰到三十一天的月份,就倍觉煎熬了,这大约就是乡村对物质要求的一种较为夸张的说法了。说到吃早饭,在那时,真是对我的考验。真正的糙米干饭,该是上午半天劳作的能量来源,但是对于吃惯了泡饭腐乳的古镇男孩来说,却是一种难以下咽的艰难工作。身体还沉浸在睡眠状态不能自拔,又要填鸭式地吃下去这么两碗干饭,虽然有"榨蛋汤",但依然是机械下咽,味同嚼蜡,未能完成预期的进食目标。人真是个奇怪的动物,各个系统分工明确,启动却要通过习惯来预设。习惯是一种强大的力量,但是,任何强大的力量诸如习惯,都是可以在环境的压迫下改变的。完成"吃干饭——能吃干饭——多吃干饭"的转型,这对我来讲真是一个奇迹。关于吃饭,严格地讲,我在裘家兜才学会了吃饭。在乡村,往往有集体吃饭的时候。什么叫集体吃饭呢,比如大修水利工程、修筑机埠的时候,就是集体吃饭。刚做知识青年时,隆冬时节,青壮年们都被拉到到西岸去修机埠了。柴家坝机埠,风雪之中,严寒彻骨,但高音喇叭吼叫,红旗猎猎飘展,挖泥挑土,热火朝天。整个工程是整体挖下去,部分筑起来。开饭的时候,有人抬着新箩筐,新箩筐里是干饭。把搪瓷盆子盛了饭过秤,然后猛吃。那时我就不会吃饭,我先盛满一盆子,等我再想添时,筐里已经空空如也。大家都是饭桶,干饭面前人人平等,谁下手快,谁就多吃。于是,因为技巧的问题,我常常挨饿。这是我的知识青年生活的很大烦恼,民以食为天,我这片天总是塌去一半。苦役般的强劳作,吃不饱实在是让人身心疲惫的事情。有悲悯之心之人总是会及时出现在可怜巴巴之人面前。有一天,我正捧着空盆傻盯空筐,一中年农民走过来给我面授机宜,说

崇贤记忆

"你个'木陀'（笨蛋），你要吃饱，先盛半碗快快吃完，然后再去盛满，就慢慢吃也能饱啦！"这真是一无偿施教的好老师，我如法炮制，果然不错。接下来我一度成为名副其实的饭桶，一顿饭我能吃二斤四两糙米饭。其实，这样骄人的饭量，从另一角度出发，反映的是艰难生活的一个侧面。

吃完了早饭，摸黑上船。去田里劳动，船是必备交通工具。晒谷场上灯火通明，人们乡音浓重，喉咙梆响，吆五喝六。一条条船出发了。此间田地多在运河西岸，八里十里的水路自是不在话下。夜色浓重的夏日凌晨，有无数条以革命的名义去田里刨食的船就这样划行在曲曲折折的乡间小河里，橹声欸乃，没什么人说话。到了田里，天还没亮，队长骂一句，吼一句"先睡会吧"。于是大家把麻袋从脚下往上套，躺在地上睡。我也套上麻袋躺地上，然只觉脸上老是有乌蚊虫咬。乌蚊虫者，小如纤尘，而毒性却大，待天亮，我的脸上已肿起一片了。

天亮开始劳动，割稻、掼稻、拔秧、插秧、背谷，周而复始，所有的体力和精力都消耗在这些简单却是异常艰苦繁重的劳动之中了。队里的农田，原先都是藕塘。藕塘的特点是塘深泥稀，老人家的"以粮为纲，全面发展"政策，将裘家兜的藕塘变粮田，水稻成为主打产品。农民战天斗地，最终只是混了个半饱。在藕塘里生产劳动，我们队里的青壮年和姑娘大嫂们的腿上都没有毛。因为一落田，淤泥齐大腿，人类的汗毛都被淤泥粘光了。挽着裤腿的农民兄弟姐妹的无毛之腿，成为裘家兜当时的一道风景。青壮年将四方梯形的稻桶肩到田里,稻桶其实不像桶,如一只硕大的四方饭碗,上宽下窄,桶边三面插上麻片做的围帘,满把的稻子奋力掼向斜搁桶中的竹栅,啪的一声砸下去,手腕抖一抖,翻转稻把又啪的一声砸下去,如是再三。从天亮到天黑,这样的动作重复了一天又一天,其劳动强度可想而知。整个"双抢",我从割稻开始,不几天进入掼稻行列。从羡慕崇拜到自己能独自肩扛稻桶在田塍上健步如飞,这过程实在是一种前所未有的锤炼。割稻是最没有成就感的劳动,稻桶跟在身后,青壮年们大声地吼,有被围追堵截之感。稻子掼下来,装进麻袋,扛在肩上,在田塍上嗷嗷叫着跑,成功的喜悦便会油然而生。一天的掼稻运作的反应,对一个刚来乡村的小男人来说,生理的痛苦远远大过了成功的喜悦。衣服湿了干,干了湿,一天下来,蓝色的布料已是白渍一片,用手指将盐封刮下来,舌头舔一舔,咸。收工时,感到手臂肿痛,抬不及肩。什么是真正的疲劳呢?不是说累了睡一觉就好?其实,真正的疲劳,是脑子极其清醒,想到明天还要出工,就闭上眼睛睡吧,但就是怎么也睡不着。对人而言,过量劳动,不仅是生理的折磨,更是对精神的挑战。但那样的日子,精神思想意志渐趋麻木,已无一丝涟漪。在生理上过度疲劳,人已经不可能再有哪怕一点点的思维能力了。面朝黄土背朝天,所有的想法只是完成劳动任务,然后争取吃喝拉撒睡。是谁发明了劳动改造?这真是一个英明伟大的人。劳动其实改造不了思想,因为超强度的劳动已经抑制了人的思维活动。"双抢"不过立秋关,鸡叫出门,鬼叫进门。全村男女老幼一齐起早贪黑,稻子收回来,荸荠、慈姑种下去了,"双抢"之后,太阳已不再那么毒,田野已看不见那种人头攒动抢劫般的劳动场面了。大致一个月的劳动,我便有了马瘦毛长之体验,头发很长,皮肤酱赤,上三家村供销社的秤上一磅,体重陡降十四斤,筋骨却是远比从前强健。我摇摇晃晃地荷锄走在裘家兜的乡间小路上,有种脱胎换骨的感觉了。

乡村的劳动,强度大的是"双抢"期间,还有耘田、摸藕、捻泥、搬料,还有摸荸荠慈姑。耘田,就是排除田间杂草和翻动泥土,以便庄稼更好地生长。基本是在风和日丽,太阳不那么毒,水温也正好的日子,在株距间以手摸行,觉得有亲近大地之感。这是至今以为的最适宜人类的一种劳动方式。摸藕是冬季的活,队里干部一边高呼革命口号,一边悄悄地商量怎么偷偷地在冬闲季节"走走资本主义"。本地种藕无多,光靠三家村藕粉厂明显吃不饱。摸出的藕自己在家里磨碎、过滤、沥干、削成薄片,晾干,但换来的钱,不够一家全年的开销。好的做法,是去数十里外的德清淘生活。船们载了青壮年,青壮年们带了棉短裤,出小河,沿运河北向,年年如此,熟门熟路。德清农民种了藕却不会生产藕粉,裘家兜的人来了,这无疑也是他们的福音。"藕把式"是经验丰富的判藕高手,叼着劣质烟,围着藕塘丈量,沉吟片刻,然后说出一个数,讨价还价是常事,但总能很快成交。滴水成冰的日子,青壮年们换了棉短裤跳到藕塘里,家里人就看到小河里一船一船的泥藕载了回来。摸荸荠与慈姑都是在隆冬。秋初排下的种子,到冬天就成了一窝了。等到叶子枯萎,朔风怒吼的时候,就要下田了。那个年代,破冰摸荸荠与慈姑，是要赤脚下田的。穿着破棉袄，腰里扎一根稻草绳，清水鼻涕在风雪中飘荡。一土箕一土箕的荸荠与慈姑挑到队里的晒谷场上，然后淘尽了泥土，装了船卖给供销社。临近年关时，队里也走私些荸荠和慈姑去江苏。江苏人很喜欢荸荠与慈姑，青壮年们两人一条船，吃住都在船里。数九寒天，他们满怀信心和希望，沿运河北上，横渡千里长江，争取年三十能够回到家里。后来的荸荠都被要求削了皮，这种削白荸荠被杭州罐头厂做成罐头食品，名曰"清水马蹄"。一时远销欧美市场，但外界与洋人无人知晓这些"清水马蹄"的削白过程，是裘家兜的妇女们在冰冷的夜间完成的，妇女们的手只只红肿，都生了脓血不止的冻疮。捻泥是壮劳力的事，摇一条船去没有捻过的河里捻泥，赤脚站在船的横档上，把撑开的长长的竹夹子投进水里，用力使其直抵河床，竹夹夹紧，奋力提出水面，哗的一声卸到船肚里。几十斤重的边泥带水的夹子，又是站在湿滑的船上，没有过人的臂力，是很难完成这样的劳动的。捻满了一船河泥，把船摇到指定的地点，用长柄木勺把河泥从船上搬到岸边的平台上，平台连着壕沟，河泥哗哗地流去，又是一个平台，再往上搬，如是再三再四，河泥才流进了桑园果林或者农田。这是一种十分繁重的活，只有全劳力拿头等工分的汉子，才干得了、干得好这样的活。

在裘家兜的日子，通过劳动自食其力是对知识青年的总体要求。现在看来，只要肯卖力气，自食其力应该不会太难，相对宽松的社会，为各人的自我奋斗提供了广阔的背景。而那时作为知识青年,虽说"广阔天地,大有作为",事实上只是一种政治宣传的口号。农村虽然广阔,但人只能钉死在土地上,每个人只能在田里刨食。肥沃的土地,面对的只是人类僵死的思维,没有也不能有什么作为,更毋庸奢谈什么创造了。队里十五六个知识青年,除个别做了代课教师,大多三天打鱼两天晒网,自食其力成为一句空话。我在裴家兜,表现应该是最好的一个。插队第一年,我大约干了半年,年终分红的时候,生产队会计笑嘻嘻地分给我五元多钱。而到来年春天,会计说去年算错了,正确的核算是我应该给队里五元一角五分。这就是我作为一名知识青年,半年的流血流汗,但结果还是个倒挂户。在写本文时,我想除了久远的记忆,还想找些历史的实证,结果找到了一本三十五年前学生用的方格语文簿,纸已经发黄,纸上记录了我1975年全年劳动和收成情况:

> 75年　总工分:2394分
>
> 　　　　粮食总数(指口粮,笔者注):834斤
>
> 　　　　早稻　680斤　晚稻　154斤
>
> 　　　　总币　174.76元
>
> 　　　　实物　139.94元
>
> 　　　　现得　34.82元

从这张具有历史意义的简化账单,可以读出这样一些信息:第一,当年我每天能得的工分为7.5分,那么作为知识青年的出工率

是很高的了;第二,一年的粮食总数指的是稻谷数,碾成白米每天大约 1.5 斤,在没有油水又劳动强度大的年月,尚不及温饱;第三,生产队账本上我一年挣得 174.76 元人民币,扣除所分得实物含稻谷,或许还有几条鱼和几斤荸荠和慈姑,实际年终分红 34.82 元。这笔钱以全年十二个月平均,那么我每月可支配资金就有 2.9 元。这就是 1975 年时的我已自食其力的一个实证。

苦役般的劳动,往往会消磨人的意志。精神生活几乎归零的状态,让人几乎要在生活中沉沦。大部分知识青年家和生产队两头跑,他们唯一的希望只是早点抽调回城镇。我的希望也是如此,当年我拼命劳动,肯定不是因为上进,只晓得在农村表现好抽调回去进工厂就快。我的最大理想就抽调进塘栖煤球厂,那样,我们家过年买煤就不用排队,而且能买到好的煤球和煤饼。那时大队成立毛泽东思想文艺宣传队,团支部书记来动员我,我想想就参加了,好处是每月有半天排练时间,演出时还能吃到一碗面。这就是"文艺"之于我的最初诱惑了。我自学笛子,那时已能登台独奏,胆子大得很,后来能把《扬鞭催马运粮忙》吹得很溜。后来,团支部书记不知何时看出了我的独唱才华,他发誓要把我培养成乡村一流的独唱演员。我是连简谱都不识的人,就听广播,然后反复哼哼反复练唱,不久就能登台独唱了。那是了不得的场面,台下黑压压一片,都是年轻男女,我一亮歌喉,台下的人就喊"胡建伟!胡建伟!"我就昂着头一路唱去。我的保留节目就是独唱《远航》,也是天意,喊"胡建伟!胡建伟!"的场面又令人振奋地出现了,但是唱到结尾高音一下就上不去了，我本来想就此亢奋一下，但上不去，就像公鸡早晨勤奋地打鸣但没有打出来——全场静穆一下之后，忽然爆发出笑声，我一时呆立台上手足无措。可怜我的演艺生涯就此画上了句号。文艺表演是我知识青年生活中最开心的一个片断，但先天不足也是没有办法的。

　　我的人生走向原本也许不是现在这样，当然现在这样更好，教书育人，并且写些许多人爱看的文字，有许多的学生，也有许多的朋友，常常是浮生能偷半日闲，革命小酒天天喝，小车不倒只管推。但在革命时代，我却是积极肯干的人。大队团支书见我如此表现，就发我一张入团志愿书，能否加入共青团在那时便是评判一青年或一知识青年很重要的标准。填着志愿书，真是有些激动，表格填好，心想自己就要成为光荣的共青团员，便有漫卷诗书、莺歌燕舞的欣喜。我望眼欲穿地等，数月过去，说没有批准。批不准就再努力争取，但是第三次公社团委依然没有批准。这就是我在裘家兜遭遇的我个人的"政治冤案"，不过也好，从此后我便不指望入团入党了，认为社会真正需要的还是具有真才实学的人，不论是普通群众，还是团员或党员。自己就争取做这样的人。这样的想法，一直指导着我的为人处世，激励着我提高个人的修养，让我努力使自己成为一个对社会有用的，有真才实学的，作风正派的人。

　　1978年9月，我离开了裘家兜，新的人生开始了，之后就是读书、教书、文学创作，至今已经出版发表了七部文学著作和两百余万字，其中两部著作入藏中国现代文学馆，个人名录被收录在《中国作家大辞典》《中国散文家大辞典》，然而回首自己的人生，如果说我现在已经有了些成绩，这些都跟我曾经生活过整整五年的裘家兜紧密关联。裘家兜，是我人生的一个重要驿站。在那里，我不仅锻炼了筋骨，更重要的是汲取了精神力量和坚定了人生的信念。生存在社会的底层，让我触摸到了生活的坚硬，让坚忍成为我人生的资本。我吃过了这样的苦，在后来的人生中就再也不觉有什么苦。我的知青生活，我的裘家兜，无疑已经成为我的精神家园。我真的没有什么可以讴歌裘家兜的，但它一直会在我心里，直至永远。去年我回了一次裘家兜。学生马建农，当年还是个面目清秀的小男孩，老是左手插在裤袋里，在木桥头由东到西、由西到东地游走，东张西望很有点探索精神，这么多年过去，他已经长成一位身材魁梧，浓眉大眼的汉子。身为崇贤二小校长的他，和我的另一位供职于人民政府的学生陈建忠一商量，决定要为我插队做知青三十七周年搞一次返乡聚会。在那个秋天的晚宴上，老朋友马国庆来了，老朋友姚炳堂来了。新老朋友欢聚怡人的秋夜，觥筹交错，共话沧桑，一时竟有恍如隔世之感。

第一次做客崇贤 | 蒋豫生

　　第一次去崇贤做客已经过去近半个世纪,那也是我平生头一回做客。因为是"头一回",也因为比较特别,有的情节,至今未忘。

　　新中国成立的 1949 年,我虚岁四岁——塘栖人习惯讲虚岁。因新中国成立后父亲工作的变动,我家从河南开封迁居上海还没几年,在这年夏秋,又从上海迁至大运河畔的塘栖。

　　老镇上举目无亲,一切陌生,不过无论水土,还是方言,小孩都容易适应。只是,在这里度过的我的童年和少年时期,有一个比较特别的缺憾:没有做过客人。由于亲戚们不在上海就在开封,不在武汉就在北京,加上经济上的困窘,难以走动,甚至在河南的外公外婆去世,我们收到电报都没能赶去。因此,逢年过节,我只能眼巴巴地看着周围的小孩们开开心心地去外婆家或干娘家做客,没有尝过去别人家吃饭或点心被当作客人招待的滋味,说不眼热是假的。

　　1962 年的正月初二,在塘栖中学念高一的我刚刚跨进虚岁十七的门槛,终于有了一个"做客人"的机会:得到父母同意,应邀去一位初中的同学家做客，而且是去足有三十里开外的崇贤乡下。

这位初中同学姓张，叫张士根，家住崇贤哨虎港村（这是许多年后我从一份资料上看来的，先前一直以为是"烧火"港村），士根大我几岁，是我们班上的团支书，初中毕业后回乡种田。这次学校放寒假前，他来信盛邀班长倪建中和我大年初二去他家玩。我回家告诉了父母，父母允准了，倪也说可以，就回了信。谁知初二一早，倪班长说家里来了客人，走不开。我思忖，一则失信不好，二则这可是我巴望已久的"做客人"机会哎，我要去！

虽然孤身一人，却因新鲜劲而难掩激动的心情，我兴冲冲登船，被兴冲冲的士根迎接。运河边的俞泾渡码头离他们村约莫有一个小时路程，老同学半年多不见，遂边走边聊。那几天天气都不错，地上比较好走，只见村道上满是走亲戚"做客人"的人，像排了队一样，大家的衣着比平日干净整洁，小孩们多穿着新衣，有的当父亲的还将儿子驮在肩上，个个喜气洋洋。

不过，我忽然发现，他们的手里或者腋下都有个礼品包，或者叫果品包。这东西从没进过我家门，但我也见过，我家附近花园桥堍的汇昌南货店有卖：用黄糙纸将糕饼之类包扎成砖头形状，上面衬一红纸，透着喜气。我则是空着手出门，我和破天荒给了儿子一块钱去做客的父母都没有想到，应该准备这个东西的。当时，我感到非常狼狈，只得一个劲对老同学说，我家不懂这里的规矩（其实哪里都是这个理）。

同学家出身贫下中农，父母已亡，他是跟着兄嫂过日子的。走到他家,已经中午,我的肚皮早已咕咕作响,待我礼貌地和众人打过招呼,便开饭了。我想,这大概就是"做客人"的主要内容了。除同学一家外,同桌还有三四位他家的本地亲戚,无酒,菜倒有六七碗。拿眼瞄一下,多是一式分盛两碗的,虽不丰盛,但居中有一碗红烧肉,皮朝外,切成一般大小的方块整齐地垒着,红扑扑油晃晃的煞是诱人。

我这个刚度过三年困苦岁月,吃过野菜、水草和番薯干的毛头小伙子,顿时满口生津,喜不自禁。"吃呀! 吃呀!"同学殷勤地对我说,也给我搛菜,搛的是青菜、粉丝。没有动肉碗。"吃呀! 吃呀! 勿要客气。"餐桌四周的大人们也都笑眯眯地对着我这个"街上客人"诚心诚意地如是说。于是,我终于鼓起勇气,把筷子伸向那碗肉。无奈肉块像是城墙脚边的蛮石密密地牢牢地砌着,呈半圆的无缝无孔碉堡状,搛了几下搛不出一块来,我想再使劲,又怕"碉堡"坍塌撒一桌子,而一直客气劝吃的主人们竟然都不来帮忙,我只得悻悻作罢。一顿做客饭,吃的只是少油的青菜与粉丝,与家里常吃的无异。写这篇文章时,妻子告诉我,1968 年大学毕业时,她们分在余杭的三十六名各地大学生,都去仓前农家接受了一年的再教育。她记得仓前人将这样的过年做客吃饭叫作"捞粉皮"。我觉得这个叫法形象生动实在。

下午,士根陪我去半山街上玩,因为没有去过,很新鲜,还在商店里碰见两个看着面熟的塘栖人,原来他们在这里工作。晚饭菜比中午简单多了,夜里我就睡在他的那张大木板床上。印象极深的是,大冷天,光板床上竟然还只铺一张油光锃亮的旧篾席,底下连稻草都不垫,那真是冰冰凉。好在年轻,好在上面盖的老布棉被厚实,没有让我睡感冒了。

第二天上午告别返家。见我平安回来,父母也就没说啥,可同墙门的严师母,早知道我头回去做客人,便来问:"狗狗,做客人吃了点啥菜?""青菜,粉丝,一碗肉砌得太牢,搛也搛不动。""你去搛了?""搛了。"我如实相告。"哈哈!"严师母顿时笑得捂着肚皮。我愕然,心愈虚,不知犯了什么章法。"那是,那是乡下人正月里饭桌上的'看肉'呀!哪里是给你吃的!"原来,家家就只有一碗肉,乡下人亲眷朋友多,过年是一定要走动的,因此日日有来吃饭的客人。这碗肉从年卅摆到年初一,一直要摆到正月半,客人们全都请过了才好动的,这之前只能当作样品那样地观赏,不能吃的,所以叫"看肉"。

经邻居这么一说,我臊得脸红红到脖子根。回想起我伸着筷子去搛肉的情景,真是个大洋相啊!幸亏我当时没有注意旁人的尴尬脸色,更不会去揣摩众人的心态,木然不知,只想着肉的诱人滋味。父母的家教不可谓不严,可他们清苦多年,从不请吃也不被请,不懂或者说疏忽了这里做客的规矩。同学家困苦而又好客,人情味儿浓浓,实在是吃了一块再没了添补,难怪了。乡下人家平日的饭桌上,大都是一大家子围着一碗自家腌的咸菜,这我知道。

几十年过去了,老镇上的亲友也结了不少。吃来吃去虽不多,但逢年过节餐桌上杯盏交错之际,我总会想起头回做客欲吃"看肉"的洋相,羞愧之感是早没了,却总要从心底泛出些苦涩与辛酸,当然随之又溢满了甜意。这种生活原味,淡而腴厚,清而多彩,耐得了品咂,耐得了琢磨,而且越品滋味越浓。

那次提起此事,正念高一的儿子笑老爸当年在别人家餐桌上的唐突之举。可我说:"这种艰苦日子的切身体味,使我们这一辈人知道了生活的不易和许多做人处世的道理。这种生活的经历与积淀,乃是我们精神上的一种富有,小子,你还不懂!"

第二次做客崇贤 | 蒋豫生

上一篇文章说的是我念高一的 1962 年春节第一次去崇贤做客的情状，如今已过去近半个世纪。那时我还是个青涩小伙，且是平生头一回做客，那欲吃"看肉"的尴尬与未带礼包的狼狈，至今记忆犹新。

第二次去崇贤农家做客，是 1995 年的春节，同样是大年初二。当时我已到了知天命的岁数，是个有了些人生见识与经历，额前皱纹不浅的半老头了。

其间，我读了书，进了工厂，又进了机关，后来又进了杭城。给我留下特别的青春记忆的崇贤，我已去过多回。1984 年初，我碰上机遇，从工厂提拔到县经委的领导岗位，几个月后又进了常委班子。在县里工作的 1984 年到 1986 年的两三年中，正是余杭大搞改革开放、发展工业经济最火热的年头。走在发展乡镇工业前列的崇贤，是我跑得最多的乡镇，有时是带了部门去，有时是陪同省、市部门领导或者专家们去，考察调研、开会、检查、布点、落实项目，跑的是乡政府和企业。

1995年的春节,我已调入省交通厅几年,工作没有在县里时繁忙,家庭也稳定了,加上老同学张士根的盛邀,过年放假,便想着再去崇贤做回客人。

早年,士根做了入赘女婿,并按乡俗改了姓和名,此时已五十好几,两个儿子也都长大了。

双脚踏上这片既熟悉又陌生的土地,走村串巷,进的是普通农家,肩上没有担子,轻松愉快。这比我先前来此公干时对这里更贴近更真切更踏实,也更让我高兴。虽则"山也还是那座山,梁也还是那道梁",可面前的一切都令我新鲜令我感慨。

这个早已率先跨入亿元乡行列名气颇大的乡镇,而今更是焕然一新。举目四望,早先那些低矮的瓦屋已不见踪影,换成了连片崭新的"西洋楼"。从前是公社所在地,后改乡,近又建了镇,一大片新潮的四五层楼房,商店林立,汽车声声,红男绿女,人群潮涌,加上四周极具规模与气派的工厂企业,已俨然是座现代小城镇的模样了。

那年来时,在乡间小道上行走的,满是做客的人流,可如今换成的平坦宽畅干净的水泥马路上,做客的有,步行的却不多。原来,乡里人串村做客多是跨着簇新的自行车(城里人怕偷,反多骑旧车破车),轻捷而去,更有不时呼呼开过的小汽车,让人体味到千百年习惯于"日出而作,日落而息"缓缓度日的乡间,到了现今的这个时代,连做客的速度也都大大地加快了。

当然,人也都换了"包装"。传统着黑着篮着灰,如今依然保持旧俗的仅是少数老者了。节日里，不消说孩子们，年轻的中年的，都穿着新款的皮大衣、羊毛套装，或是西装革履，足可与城里人媲美，让我这个身着已穿了十多年的黑旧呢大衣来做客的城里人自叹不如。稍加观察，更不同的是他们的神态。早先，见了外来生人的朴实憨厚相中，常流露出一种腼腆的羞涩不安或还带着一些艳羡的神态，如今已换成了从容自如且自信自豪的神色，当是见识多了、袋里鼓了、腰板硬了的缘故。

乡村还是喜欢热闹的，此时除了主妇们在灶间忙活外，主人们与客人们都在朝南房前暖融融的太阳下，大声地说着话，加上这里那里不时响起的鞭炮声，以及不少屋里传出的响亮的快节奏音乐声，把这新年中的乡间烘托得红红火火、热热闹闹。

平时大家忙着上班下地做生意，正月里还是要走动的，依稀记得当地拜年做客的习俗是，初二拜娘舅亲，初三干爷（姑夫）亲，初四丈人亲。当然许多人家早已打破了这种老规矩，需要走动的，相互拜访就是了。总之，这几日家家都有人拎了礼品出去拜年，户户又都有上门做客拜年的。

有人说过："东西是新的好，朋友是老的好。"我去了老同学家，又顺带跑了一位乡村教师家。他们对我这位难得来走动的"街上客人"客气有加，热茶、糖余蛋、消闲果，拉着我不让走。大家叙了旧，说了些如今政策好变化大的话之外，饭桌上再不见当年那碗砌成碉堡状从年夜摆到正月半不能动筷的"看肉"。这里的乡间也已和城里人一样，不大喜欢吃大块肥肉了，堆在桌上的十七八只冷盘

崇贤记忆

热炒，一点不比城里人家的逊色，有的甚至还有一盘价格不菲的开心果。"吃呀、吃呀"主人们依然热情相劝，不过听得出这回更显出坦然、真诚与轻快。

我是个喜欢多跑多看多问的人。客堂间坐不住，屋前舍后、楼上楼下、这屋那屋地转，还上了存放柴草杂物的阁楼，进了放粮食的贮藏室，翻看了他们床上厚厚的垫的盖的。要知道，当年我来这位同学家做客，大冷天在仅铺着冰凉篾席的床上冻过一夜呢！

这一切变化，让人感慨。近年来的经济发展与振兴，令这里的农村确确实实上了一个台阶，很给人一种翻天覆地的感觉。他们宽敞的新宅和吃的用的，以及身上光鲜的衣着，已经接近赶上有的甚至超过了城里的水平，真让人由衷的高兴！

诚然，需要改进的地方也还是有的。这么多新建房的扩展，可供耕种的田地愈发少了。我看到墙上刷的"计划生育人人有责"和"保护耕地"一类的大标语，问了几家说都习惯只生一个了，也得知这里建房批地早有明确规定，可见政府抓得很紧。不过，比当年少多了的田地上，小麦、油菜那类春花作物更鲜见了，冬日里还有一些田地闲着荒着。同时，镇上的建房看得出较有规划，可大多村子里的路还弯弯曲曲，在村庄也逐渐发展得像城里那样房屋连片、汽车频繁进出的时候，村子的道路与建房规划也得赶快跟上了。多半干枯的小河小沟中，有几处流红淌绿。这是自己当年大力发动兴办企业造成的结果，或者说是必须付出的代价？是得好好反思。虽然现在全镇村村户户都已用上了自来水，当是大好事，不过，在这地球上生存的芸芸众生愈来愈急速大量地取用地下水,到了被抽干了的那一天,又该怎么办? 还有,我参观过的几家新楼中,特别是年轻人的房间里,却鲜见有书刊,只是在一个青年的床头放着几张有点日子的足球报。这都令我喜中带忧。

返程时,我带上做客送礼(这次不会再忘记了)的"回当"——大红袍荸荠,回头望着身后巨变了的阡陌大地,心里溢满激动,又怀着希冀。

转眼,又是十多年过去了。其间,我又去过崇贤的老同学家,不过,是他病危时赶去见他最后一面。这是没有办法的事情,自然规律。

如今的崇贤,各方面又上了一个台阶,当年我以为的缺憾与不足,许多都已改进和解决了。这不,镇里还办起了份乡情浓浓又清新时尚的文学刊物,图文并茂,起点甚高,彰显了这里发达的经济与深厚的文化底蕴,实在是更让我这个喜欢读点写点什么的老头高兴!

为崇贤学子跑腿 | 蒋豫生

　　读了今年第一期《崇贤》上方蔚林发表的《我的爷爷方文相》，还有他那张或许是在以色列工作时留下的异域留影，在体悟那位朴实、可敬的爷爷的同时，十多年前为小方的就业奔走求人的情景，又浮现在眼前，有些还清晰如昨——

　　那是在 20 世纪 90 年代中期，我已调入省级机关工作了几年。一日，接到初中同学方德昌打来的电话，说是他的大儿子蔚林就要在杭州大学中文系毕业了。如今国家对大中专学校的毕业生就业实行"双向选择"政策，有可能的话，让我在杭城为他儿子的工作"联系联系"，随即寄来一沓儿子的推荐材料。老同学还告诉我，儿子四岁时不小心从建房工地的一堆窗框上跌下来，一条腿后来萎缩了，落下了残疾。

　　当年，我在塘栖中学附近住过十年，常在周日傍晚见到许多从家里背了米，带了咸菜步行返校的农村学生。这其中也该有方蔚林，我知晓他，他能考上大学，不容易。

　　为了多了解一点小方的情况，接下来的星期天上午，我去杭大校园找他,同寝室的还有在睡懒觉的。他开始不在,铺位上陈设简单,墙上挂着把吉他。一位担任学生会主席的同学得知来意,告诉我,方蔚林可真是个难得的人才,各方面的表现都很好,他在人生道路上的拼搏精神,能让每一位知道他的人感动。

论学习成绩他是年级里的尖子生,还在公开刊物上发表过十多篇散文、诗作和剧评;他担任学校文学社社长,获得过校演讲比赛一等奖,甚至还参加了校运动会,硬是跑完三千米……"这样的学生,如果他的那条腿正常的话,用人单位是会抢的!"那位同学最后感慨道。

这样的学生,别说是老同学的孩子,便是不识得的我也愿意相助。于是,那些天中,得空我就向单位请假,为小方的事奔走。

几天下来,这里那里,我的那些熟的、不大熟的一个个"关系"都先后上门联系了。他们听了推荐,看了材料,起先大都面带笑容,甚至眼睛放光,然而,待得知是位残疾学生时,立马有的摇头,有的摆手,困难的理由各种各样,但结论都相同:不收。记得有家报社摆明了是要进人的,且不止一个两个,还专要小方这类中文系的毕业生。自然,各处递过来的推荐条子已有一大把,当时单位进人还没有如今这样统一招考,不够规范。我甚至恳求,凭他这么出挑的条件,只是腿不太利索,做个白天不见人影的长年夜班编辑,总是可以的吧。

当然,我不送礼,哪怕只是蹩脚的便宜烟酒也不送。早先我在外地工厂要调回家乡塘栖,求爷爷告奶奶,看人脸色,跑了将近一年,也是如此。我始终固执地认为,这种事情,对当事人来说是个人的事,但对那些掌管人事的部门和干部而言,却是分管的工作,是职责、是公事,没有必要,也不该送什么的。现在,我是向他们推荐适用的优秀的人才,不是开后门! 至于照顾残疾人,党和国家的政策摆着。他们都是明理之人,兴许有的在大会上说起来还头头是道,就不用我多费口舌了。

我又理直气壮地走进浙江省民政厅的大门。当年我在余杭县分管民政工作时,来过这里几次。接待的部门很客气,态度也很明确:让我去找残联。当我费力地蹬着破自行车爬上残联的小坡,忽然眼眶发酸。

进残联,该是到了残疾人的"娘家",如若再受到冷遇或者碰上官腔,我心里已作好了拍桌子的准备。奇怪,在其他单位我都是不卑不亢,在这里,我的介绍竟有些絮絮叨叨。接待我的那位有点年纪的女干部态度和蔼,耐心地听完了我的话,告诉我,她们单位去年已经录用了一位北大中文系毕业的残疾大学生,担任办公室秘书。由于编制上的原因,实在难以再行安排,但答应尽量帮着联系。

小方终于有了愿意接收他的单位,是省残联下属的一家广告公司。那是他跑了许多家单位之后,自己找到的。这家公司的领导一见他大学四年的各课分数和那一沓厚实的材料,马上答应。

此后,小方并没有去那家令他心存感激的广告公司,而是选择读研。只是录取他的不是母校,而是武汉的一所大学。这样,小方独自拖着他的书和简单行囊,步履艰难地去了遥远的汉水之滨……

此后几年,没有他的消息,想起时,我的脑海中会浮现他那清清瘦瘦孤身在外拼搏的身影。那可不是在校园跑道,而是在人生的跑道。我常在心中默念:小方,你还好吧!

感慨之余,我写了篇短文,题目是"小方,你好吗",登在省里的晚报副刊上。没想到,隔不几天,晚报副刊刊出一篇署名"晓莹"的文章——《老蔚,有空来坐坐》。

原来,我的这篇小文,勾起了他的一位同系不同班的女生的校园回忆:

"由于残疾,他不爱说话,特别是在异性面前。每次他到我们宿舍来发通知,总是站在门口,一只手扶在残疾的腿上,一只手在空中比画了半天,直至满脸通红也憋不出一个字,常常是我帮他说完那几句他想说的简单的话语。

自卑的阴影常常跳出来横亘在他和别人之间,但他并没有被吞没,而是努力消除这阴影……由于无法与大家一起打球、跳舞,甚至散步,于是他和文学结下了不解之缘。记忆中,他总是在晚饭之后独自一人背着书包向图书馆方向走去。如血的残阳中,他那高一脚低一脚的瘦弱的背影竟也化成一幅悲壮的剪影,长久地留在人们心中……"

文章的最后,这位女同学说:"一晃三年过去了,老蔚,你又要面临与三年前择业时同样的艰辛了吗?走好,老蔚! 有空来坐坐。"

　　早先的大学生之间，喜欢相互称"老"，罕有叫"小"什么的。我虚岁十九跨进大学校门，是班里年纪最小的，可同学们都不由分说，叫我"老蒋"。几年后毕业进厂，大家——年纪比我大的比我小的，反倒都叫我"小蒋"，叫了许多年。上面提到的"老蔚"，也是同理。

　　可见除了仅有一面之缘的我，小方还是让不少熟悉他的人印象深刻，并且惦念的。不过，不曾想到的是，择业难，也许倒成了他一口气将读书读下去的一份动力：在武汉读了研，又去北京读了博，接着还读了博士后。这才进南京大学工作，教学生，搞研究，做学问，还出过国，被派去以色列工作了两年，直至成了令众人钦羡的大学教授，在充满鸿儒硕学的名校中，有了一席之地，也有了一批自己的拥趸。那是他青灯黄卷，浸淫书山，自强不息，拼搏修炼换来的，自有比常人更多的付出。

　　都说，现今的姑娘们爱财，毕竟还有许多人更爱才。据传，我们的方老师、方教授在爱情道路上还蛮俏，很抢手呢！

　　这些年来，我与小方只是偶尔通次电话，交往虽不多，但他却常引起我比旁人更多的思索。看来老天还是公平的，总是青睐那些勤奋与意志坚定者，无论他们的肢体是否残缺。天道酬勤，此话在理。如果说，在校园的跑道上，人们曾经雷鸣般地齐声为小方呐喊"加油！加油！"给他鼓劲，可在人生道路的跋涉中，在学术高峰的登攀上，疲惫、困顿是必然的，更多的是他默默地在心里为自己加油,再加油。他人生的精彩序幕才刚刚拉开,而久居浮世,与喧闹比邻,想要恪守自己的那份追求,不容易。

当年,对老同学所托之事,我没有帮上忙,心里多少还有些歉意。现在看来,没有帮上忙,却比帮上了忙更好。这个世上的事情,往往会是这样。人们大都喜欢并习惯在父母、亲友的羽翼下寻求庇护和帮助,不肯独立去面对外面的世界。而生命中的许多内容,是要求我们自己去从容体会的。

欣读小方为家乡刊物写的文章,文字朴实,情感真挚,语淡意浓,字里行间没有矫情,没有显露深奥学识和身份的言辞,也没有那些让人生分的腔调。哈,如今的方教授,骨子里还是当年我们的那位小老乡!

记得有人以为,乡愁对于游子,就像一切人类的基本感情一样,是与生俱来的。与文学结缘的他,想必更甚。

方蔚林,有空便来坐坐,哪怕只是打个转身。

崇贤记忆

知天命之路 | 张国安

圣人言:"五十而知天命。"

我是在崇贤这片土地上走过这段知天命的人生之路的。

也许,知天命对某些人来说,是一种轻松的解脱之感,或者是一种满足而虔诚的感悟;但对我来说,却是一种断肠之痛的体验。

1990年的夏天,我和妻子黄美怡一起从超山调到崇贤,她到崇贤中学担任教导主任,我被安排到崇贤成人文化技术学校。第二年的夏天,原余杭市教育局发来调令,调我去临平镇中学。这对一个乡村教师来说,绝对称得上是天赐良机。要知道,那时乡镇中学教师能争取到一个申报高级教师职称的名额,是近乎痴人说梦,能分得一间住房,更好似一个缥缈虚幻的美梦;而去市中心城镇任教,这意味着以上一切皆有可能。

可我们是患难夫妻,我们的选择是:不分开。她对我说:"老张,我想,镇领导对我不错,你就不调动吧,你在我身边可帮帮我,我心也踏实。"我沉思片刻,点头说好。从相爱结婚之日起,我们的梦想就是:执子之手,与子偕老。

然而，天命是无情的，也是无法抗拒的，她先我远行了。

1992年，五十二岁的她担任崇贤中学副校长。我有所感慨，机会毕竟来得过晚了一点。她说，有总比没有好，来得晚一点，只会叫人更珍惜。

是的，对她来说，这不是一种职务而是一份责任，是不言后退的努力和持续的劳累。

1993年年底，她已发觉大便不正常，到1994年上半年，病情明显日趋严重，从5月起，她更自感到精力不支。往常，晚饭后她要么在寝室看书报，要么去办公室忙这忙那，但现在她却需要在床上躺一会。

我多次劝她去大医院检查检查。她多次说，好，那就下星期一。

可是到星期一，她又一早从家里赶回学校。她怕我不快，总小心地解释："没有办法，只能这样，好些事情都还没有着落。"我当然知道，这时正是学校的大忙季节，光是考试，就有毕业会考、非毕业班规定科目会考、毕业班升学考、非毕业班期末考，诸如此类，不一而足。别无选择，我只能轻轻叹口气。

当这一切告一段落时，已是7月下旬。说了两个多月的检查，总算可以去做了。

8月2日，检查出来了：癌症！

就是这天，三位毕业班学生家长找上门，希望她去一所招生的学校跑跑。她没有二话便答应了。我想拦住她，想必我脸上的表情有所失常，她走近我，碰了碰我的手，耳语般地说："老张，我们无怨无悔噢，我去一去马上就回来……"

随后的日子，我怀抱着一线希望，日日夜夜在医院陪伴着她。我写过一篇题为《家》的文章，文中有这样一段话：

> 妻子生病住院，我陪着，病床间一张仄仄的躺椅便是我晚上的床。在夜深人静时，我常常凝视着不远处的那幢居民楼，视线久久地停留在透出灯光的窗户上。我感到那灯光的温暖。我想，什么时候我能和妻子回到我们自己的那个房间去，在夜深人静时，窗户也透出让人感到温暖的灯光。

1995 年 9 月 19 日，我陪她去北京医治。年底，镇和学校领导来北京看望她。她用瘦骨嶙峋的手缴了党费，同时表达了两个愿望：一是捐献遗体；二是如捐献遗体有奖励，加上自己的存款凑成一笔钱，捐给镇教育助学工程。我在一旁听着，心想，她是在做后事安排，于是，我转过身，强忍着不让眼泪溢出眼眶。

一线希望仍在我们心底。1996 年初，我们回到杭州，住进浙江省中医院，希望中西结合的治疗能出现奇迹。5 月 13 日，正是全城灯火通明时分，她望了我最后的一眼，走了——走向远方。我请求医生，允许我与她同睡一分钟。那位女医生很近人情，她同意。这是我与我的妻子——黄美怡最后同床而眠的一分钟。那一分钟,我什么也没有想,我已经不会想了。

在以后的个把月里,我一直恍恍惚惚。小女儿陪我去西子湖边散心,那站定可眺望苏堤的岸畔,应是我最熟悉的地方。然而我的心中却是一片茫然。我想对小女儿说这是什么地方,可噎住了,因为说不准这是什么地方。

慢慢,我意识到这样下去是不行的。于是我想到圣人的"五十而知天命"的话。冥冥中我似有所悟,"知天命"并不是无奈,更不是消沉,而是要学会面对,清楚什么已经不可能了,什么我还是能去做。我明白,我现在首先要做的,是去完成她的遗愿。她的第一个遗愿因为各种原因无法实现,第二个遗愿必须马上去做。我和我的孩子凑成了一笔钱——一万元,去找管教育的副镇长,在他陪同下又去见镇长。两位领导都是通情达理之人,一开始他们对我表示理解和认同,但婉拒。他们用朴实的话,真诚对我说:"钱的数目不小,你并不富裕,这样大的事情以后,是会要用钱的。"他们甚至退一步说,就捐五千元吧。

我没有想到的是,镇党委、镇政府最后还是遂了我的心愿,并且在 1996 年 10 月 15 日举行了一个庄重的仪式,成立了崇贤"献爱心助学基金会",把我为完成妻子遗愿而捐助的一万元钱作为该会的第一笔捐款。仪式上,我哽咽着说:"我完成了妻子的遗愿。"因为,这对我来说,是一个刻骨铭心的记忆。第二天的《杭州日报》对此做了头版报道,标题是《生前育人鞠躬尽瘁 临终遗言捐款助学》。

同时，我又回到了崇贤成人文化技术学校，负责了一个职高班的语文教学。这个班的学生对我很好，他们知道我要去黄美怡安眠的超山公墓，也非要与我同去表达他们的心意。三年后，他们学成毕业，我也刚好退休。

我不敢说自己是否真的已"知天命"，但这段人生之路，我走过来了。

在崇贤编《农活七字经》 | 张国安

在《知天命之路》一文中,我说我和妻子黄美怡是于1990年下半年调到崇贤的,这没错。但其实可以说,我早于此二十多年便已走进这片土地了。只不过,那时我去报到的学校叫沾驾桥公社中心小学。比较特别的,这中心小学并非在公社所在地沾驾桥,而在地处大运河边的一个村庄——贺家塘。所以在日常交谈中,我们不说"沾驾桥公社中心小学",而习惯称"贺家塘小学"。

那是1964年的春天,我在卖鱼桥乘轮船到俞泾渡上岸。当年春节下了一场大雪,我走上河堤,一眼望开去,一片茫茫白色,还有点不知所措。幸亏同上岸的还有一人,不过他是去另一个地方。他告诉我,右前方不远处露出树冠那里的村庄就是贺家塘,还说如跟他走要绕一个很大的弯子,就会多走不少路,而沿着田间小路走,那就近得多,很快就能到,并指点我怎样走。

除了举目打量后觉得他说得对外,当时似乎还冒出一丝诗情在引领着我:白雪,田野,天地间那种让人"欲辨已忘言"的静谧和美妙，绝对称得上是难得一遇。于是，我选择了后者，沿着田间小路，踏着没过脚踝的雪，缓缓而行。

别小看贺家塘小学，在20世纪50年代，它可谓名噪一时。它是浙江省农村重点小学，被浙江省教育厅指定为华东区教育部直属单位。该校教师宋冰被授予"优秀乡村小学教师"称号，曾参加省和中央的初等教育会议。尽管到60年代它已式微，但在一个二十五六岁的青年教师的心中，对这所学校的那段光荣历史是不会不为之心动的。这就是我走进这所乡村小学时的心情。

就在1964年，中国的农村教育出现一种新态势，即大力倡导耕读教育。它的本意是，农村教育不管是学校制度还是教材内容，应符合农村的实际和需要，以让农村学龄儿童都能方便上学读书，学到的知识能派上用处。当时的余杭县在这方面工作做得比较好，1965年5月27日的《人民日报》刊登余杭县文教局《公办民办并举，发展耕读高小》一文。该文在讲到"举办多种形式的耕读高小"那个段落中，就是以沾驾桥公社为例阐述说明的。还记得同年，新华社记者也曾来过贺家塘，开过一个有关巩固发展耕读小学的座谈会，我受邀参加了。我想我有这样一份荣幸，很可能是因为我做了一件事：编写《农活七字经》。

在那个年代，老师因定时参加生产队劳动、重视家庭访问和学校就在村子里等种种原因，和农民接触较多。就是在这样的接触中，我发现生产队记工员记工分时，白字相当多，如"施底肥"写成"施低肥"，"荠菜秧"写成"山菜秧"，有的甚至自己造字的。

也是因为接触较多，我与一些农民就搞得比较熟，贺家塘大队第一生产队的出纳兼记工员俞宝松就是其中的一个。这个比我小两三岁的青年，很好学；他弟弟在我所教的班里，我去家庭访问，他总会提出一些学习上的问题问我。他的父母亲对我很热情，说："不一定有事才来，没有事也好来坐坐，喝杯茶。"一天晚上在他家喝茶闲聊时，我说了记工分写白字的事。宝松马上问我"芟菜秧"的"芟"怎么写。我告诉他。他接着说："我是写成'删'，想想应该是对的，它就是'去掉'的意思。"我向他解释，这两个字都有"去掉"的意思，但去掉的对象不同，"芟"去掉的是草一类的东西，所以是草字头，"删"去掉的是写的字，古时候还没有纸，字写在竹片和木片上，想修改去掉就用刀刮，所以是立刀旁。他高兴地连说懂了懂了，然后他向我提出一个要求："张老师，你可不可以编本农活字典一样的东西？它对我们农村用处是很大的。"

这就是我编《农活七字经》的起因。可以很清楚看出，我有编《农活七字经》的想法，并非出于对耕读教育的思考，只不过无意中沾了耕读教育的边。

很自然，当我动手编写时，俞宝松就成了我最亲密的合作者。我有什么想法首先就与他商量，求得他的帮助。很快我们定下三条：一、按月份收集农活名称和按月份编写，以便于查找；二、每句七字，尽量押韵，以便于上口记忆；三、容易读错、写错的字，加个旁注，作为提醒。以农历十月为例，"农活七字经"如下：

崇贤记忆

十月立冬小雪到

精打细收糯晚稻

稻草蓬堆拾稻穗

草籽防冻撒毛灰

垦麦圹种油菜秧

检修涵洞刮桑蟥

汰藕磨藕平藕塘

淘隔滤削晒清爽

　　后来在编写中，我们感到有些虽然不是农活，但它是农村生活中的大事，也可以编进去，如农历十二月这段，最后四句是"办起冬学学文化，写贴春联敬军属；一年生产搞总结，勤俭节约过春节"。

　　写成初稿后，我把这件事对校长说了。这是位女校长，人品和能力都不错。她听后说："你是公社高小语文教研组组长，教研组活动时可以把这件事说一说。"记得这次教研活动后，公社三个片的高小就陆续把农活字词教学列入语文教学内容中了。

独山记忆 | 张国安

独山,在仁和县治之北大云乡,约高数十丈。每出云,晴则雨,雨则晴。里人占之,屡验。下瞰横溪回环,皆水荡。

《咸淳临安志·卷二十四》

古运河流入江南水乡,就将到达它的终点——自古繁华的钱塘,两岸展现的是平整的田野。然而此时,左岸不远处,却有一座山突兀而起,不高,但足以让人眼睛一亮。不能不说,这应是造物主创造的一个小小的奇观。当地人很实在,给它取了一个直白之名:独山。

1964年春,我调入沾驾桥公社中心小学(即贺家塘小学),便对"沾驾桥"这个地名颇感兴趣,确切说,是心起疑惑。因为,我感到它有点怪,明显沾有文人气。在文言文中"驾"是个敬辞,如"大驾光临",如皇帝去某个地方就称"御驾"。而瞧那小镇,并无奇特,格局和绝大多数的江南小镇相仿,民舍和店铺分布在小河两岸,其间有一座石拱桥相连。我无法不作这样的推想：难道这座小镇、这座石桥，在历史上莫非跟某位大人物有什么缘分？

后来向老农请教，嗨，果真如此！而且，可不是一般的大人物，而是那位历史上对江南分外钟情的皇帝——乾隆。老农说，那年乾隆下江南，御船到武林码头，远望河面中央，突然浮现一座山。开始，乾隆心生怒意，因为他感到它的不敬，竟敢挡驾！善于察言观色的大臣忙说，皇上，那山是迎驾，可喜可贺！乾隆听后龙颜顿开，船到俞泾渡，还传旨系缆登岸，走过石桥，穿过小镇，一路前呼后拥登上独山。当时山上有一小庙，庙中僧侣为此大吃一惊，手忙脚乱，不知所措。不过这以后，小庙幸蒙圣驾光临，香火着实兴旺了一阵。

就在这年秋天，我组织了一次少先队中队活动，主题是：去独山，认识我们的家乡。学生们举着鲜艳的队旗，唱着歌上山，一路蓝天白云，清风拂面，空气中飘飞着田野上各种作物开始成熟的香味。沿着乡间小路，队伍向独山蜿蜒走去，没有撩人的喧哗，但能让人感到一种朴实的乡土情怀。至今想起来，犹如昨日。

登上山顶，一阵雀跃欢叫。

活动的第一个内容，我对少先队员们讲了"沾驾桥"这个地名的故事；我又指给他们看山顶平坦处还隐约可辨的墙基痕迹，说当时那座庙可能就在这里。有队员为我佐证，说，我阿奶说山上原本是有座庙。于是我说，你们回去问问爷爷奶奶，乾隆皇帝到了庙里与和尚还有些什么故事。

活动的第二个内容，就是大家举目远望，说出西是古运河，南是杭州城，东是半山，北是塘栖，然后寻找我们的学校和自己的村庄。原以为他们很快就会找到，结果却并非如此，可能因为站在高处，视角变了、视野大了之故。当然找到时，又是一阵欢呼雀跃。

活动第三个内容，就是找草药。还在学校时，我跟他们讲过几种草药，教他们如何辨识。刚分散去找，一分钟也不到，就有人向我跑来高声叫着："张老师，我找到犁头草了！""张老师，这是不是金钱草？"那股期盼得到你认同的神情，简直让我面对不是而不忍说不是。

之后，我还去过独山几次，在心灵中都留下一份温情和愉悦，即使"文化大革命"中近两个月的在独山石矿劳动，也是如此。

石矿的劳动，那当然是重体力活。劳动的形式就是两人一辆车子，装上石块拉到河边卸到船中。对此，我有思想准备——心理上的重压不是来自体力的考虑，而是源于当时的政治氛围。因为第一天报到，石矿大喇叭就告知大家，张国安下放石矿劳动是来接受监督改造的。所以，很自然的，我以为那些一同干活的小伙子会与我拉开距离。然而事实太让我感到意外，我掇石块装车时，他们会轻轻提醒我，掇小一点的，当心腰；看到我掇的石块比较大，会毫无顾忌，忙走过来出手助我一臂之力。还有，装满一车石块后，一人前拉一人后推去装船，一趟两趟后便互换位置，因为拉的人比较吃力，并且难度也大。可与我搭档过的小伙子，从来没有一位同意我换位要求的。一句话，从第一天起，我就感到他们时时处处、明明暗暗对我的照顾。我不明白为什么，我只有感激。至今，我还记得与我搭档拉车运石次数最多的，是三家村、丁家木桥和贺家塘的几个小伙子。写到这里，我不由眼含温暖的泪水，想问一声："我拉车运石的伙伴，现在，你们好吗？"

唯有一次去独山是例外，至今我心底还留有那份沉重的感情。那是1970年，"文化大革命"进入到叫作"一打三反"阶段，乌云在我妻子黄美怡头顶迅速聚合。我们已有一段时间没有见面了，由于她的家庭出身，一桩莫须有的罪名强加于她。她遭到隔离审查。

思念驱使着我在一天傍晚时分，悄然走上独山。我坐着，看着夕阳西下，看着天幕上亮起星星，看着我妻子所在的那个方向，直到风景越来越模糊，最后天地融为一体。夜色浓厚，四周除了寂静还是寂静，只有独山与我相伴。然而这正是我所想的，因为我不愿被人发觉，而独山却是另一回事。

顿时，我悟到一种沟通。我低声说：独山，你是被一场剧烈的地壳运动抛到这里的，你的兄弟姐妹虽离你不远，但你只能孤独地伫立在这里默默地望着；我也是被一场剧烈的运动抛到这里的，我的妻子离我不远，和你一样，我也只能默默地望着。我们都是孤独者，内心深处有着同样的痛楚。

在夜凉中，我黯然泪下。泪水顺着脸颊流下来。我让它流，没有抹去它。

两三年前，我路过独山，我叫我的友人停下车，说我要看看这座山。他不解，我也没有解释。下车后，我静静站着路旁，凝视着久违的伙伴，而它的外观已让我感到些许陌生。时下风气，人们习惯说"神马都是浮云"。于我而言，独山不是。我心中冒出的一句话是：独山，你是我生命中一段沉淀的感情，此生难忘。

沾桥五年 | 施建华

有句歌词，很多人都会唱："1979年，那是一个春天……"在1979年的秋天，我便是唱着"那是一个春天……"前往沾桥。

初秋，还僵持着夏的余威。

一条小河，白亮亮地躺在我家河埠头；仄仄的河埠头，横泊了一条小船。母亲站在岸上，告诫着"好好工作""路上小心"的话，眼睛仿佛有点湿润。船肚里，我的心一硬，点一篙，小船就出了小河。

船肚里，平躺着我的几捆书籍，一个竹制书架。有只藤椅，绑在书架的一角，其上横放了一口半旧皮箱，其余的洗漱用品也包裹了放在横板底下。出了小河，我的心有点莫名的激动，看一眼我的小村，仿佛永别似的感怀。

皮箱里，放着的介绍信的内容至今还能想起：

沾桥乡沾桥中学：兹有施建华同志到贵校任教……以接洽为荷。

末尾是一枚公章：余杭县教育局。

载我去沾桥的农船，是向生产队借用的。船家是我的邻居，叫炳泉，当然是帮忙而不是生意。进入运河，炳泉突发感慨："建华，你总算'出山'(有出息)了。我呢，以后怎么生活也不晓得。"

呵呵。我只是讪笑。

"农民能每月拿工资，真好。"他的下巴微微地撇到一边去。

"呵呵。教书，也好不到哪里去。"

我们的船往南走。王家庄的对岸，船横刺里一推，进入鸭兰桥。船继续往东南划去。不晓得划了多少路，我们总算到了沾桥中学的所在地——蔡马村。

至今还不晓得，那一条南北向的小河叫作什么河。一座小拱桥，独孔石制，并无桥名凿刻。过后才晓得，河东是蔡马村，河西是山前村。山前村北面，当时唤作和平村。

河西一挂河埠，一直爬到路边。我们就在那河埠头靠岸。炳泉看住小船，我就沿着那条仄仄的泥石参半的小路往西走。当脚步需要抬高的时候，眼前是一楞秃山峁。石缝里的植物，国人叫作八角刺，西人称作圣诞树，绿得发黑，映得中午的丽阳越加发亮。

用三十年后的眼光看当时的沾桥中学，可用一个恶毒的词来形容，叫惨不忍睹。荆棘丛生，杂树横攀。其间，乱石狰狞，坑洼险峻。透过荆棘杂树的间隙，隐约瞥见一个小村，名曰山前村，静静地卧在一方鱼池、一棵银杏边，一弯山腰里，仿佛是饱食以后的墨鸦。

　　山阴处，人工凿了三个土台，一楼砌了一排平房，坐北朝南。黄褐色瓦片衬着镂空竹檐，实心水泥桁条颤巍巍似有天降之势，卵石为墙，纯朴里透出高危。由下而上，第一土台上，是教工宿舍。朝南一对大门，可能是甚觉无用，不知何时早已弃用。入得大门没几步，东西向一条走廊，南北分开两排笼子似的房间。

　　第二和第三个土台，就是教学用房。墙壁泥灰斑驳，屋瓦漏洞百出，假以苍凉之美，性趣却是异样：正午的阳光一束束照进教室，仿佛是天国的光辉沐浴凡间。教室里空荡荡一无所有，唯有尘埃将每个角落飘洒匀称，连同窗台也赐以"非凡的关爱"。暑假快要结束，课桌椅被叠放在几个教室里，一股原始木质气味缭绕于屋内，缓缓飘出，夹在热风里，闻之异味百出。

　　教师宿舍的东面三十度倾斜的土坡，是我们出入的通道。隔了几丛褐色的奇石，堆叠了一条石级小路，那是学生们上学的道路。路下，一条连接和平村和山前村的土路，缓缓地舒展在山脚下。那条土路的东面，竖着两个篮球架。其下，却是怪石林立，坑洼凸显。之后的我，有些无聊的时候，无端捧个篮球，就在那篮球架下拍打，本想运球，其结果却是被球运动而跟着疯跑。

　　这些，姑且算作学校的硬件。假如要说软件，那就是学校周围，附近农人晒在太阳下的稻草，走到何处，都能听见簌簌作响的声音。其色金黄，其味醇厚，其响亲热，正合我为农人之后的审美取向，但作为一所学校，周围有如此的摆设，似乎有点捉襟见肘的幽默。

　　如此从上而下跑一圈，却是不见一人，又忽然想起船里有炳泉在等我,于是急忙回到河边,挂着苦脸诉说我的心情。炳泉却是安慰我,说他会安心等待,要我一心办事。于是,我又走上山去,希望能遇到一个路人,最好是老师,能为我办理报到的事宜。

走进教师宿舍,我仿佛强盗似地敲门。砰砰两下,惊出一个头来,戴个眼镜,似我一般年纪。他自我介绍说:"嘻嘻,我姓曹。"

"我来报到。"说话间,我迟疑地拿出一份介绍信。

于是,曹老师帮我敲开了西南面的一间房门。

门里探出一个头,却是异性,也在鼻子上压副眼镜。瘦弱,短发,似乎是时下流行的发型。

"周老师。"曹老师帮我介绍。

"哦,来报到的。"周老师说着,就为我办理手续。她是在房间里为我办理的。日后才晓得,她是学校的后勤,常年以校为家;她的老公,一个五大三粗的汉子,也跟了周老师常在学校过日子。

刚办好报到手续,进来一个农民模样的中年人。含笑了,缓缓地说:"你就是施建华老师? 今天是来报到的?"说着,他伸手拍我的肩膀,并自我介绍:"我叫唐彩泉,家住和平村,喏,就在山的北面。以后,到我家去玩。"

我受宠若惊了,一味地点头,又一味地应诺。

事后,我才晓得,唐彩泉老师是沿桥乡贫管委成员。一张慈爱的脸,一旦笑起来,眼睛就藏在皮里。他是一个很好的人。如他所说,我不回家的周末,曾经去他家玩过几次,也记得曾经吃过几次饭。不知他现在可好。祝他一切都好,因为他是好人。

崇贤记忆

办理完手续，在唐彩泉老师的邀请下，我去曹老师房间小坐。曹老师名曰曹宝康。事后，他告诉我说，他家就在鸭兰村，鸭兰村对岸，就是我家东塘乡新桥村。也就是说，我每次去沾桥中学，在王家庄摆渡以后，踏上了曹老师的家乡的土地。小坐一会，曹老师问我今天是否回家，我说，送我来的炳泉还在船里等我，不回家不行，要他一人摇船回家，我有点于心不忍。

曹老师说话了，并以中指顶一下眼镜："你在 8 月 28 号之前，一定要来校开会，并且接受课时及课程的分配。"

唐老师和曹老师，在那条三十度土坡前送我回到河边。等我再次转头的时候，发现周老师也在目送我。

等我和炳泉将我的行囊搬上山的时候，唐老师和曹老师因有别事走了，接待我的唯有周老师。周老师为我打开房门，那是她对面的一个房间——最西北角一间。等我将行囊放好，周老师把那个房间钥匙交给我，并含羞似地和我说再见。

房间有股闷热的气息，除此之外，唯有一度成为主人的灰尘。打开北窗，是晚稻田一片，昨晚的一场大雨，禾苗显得油绿。一望无际的狂野，极目仿佛看见那条亮亮的运河。运河的南面，有些交叉的小河，小河的南北，农家的屋顶黑亮地隐现在杂树里。这儿那儿，似乎有炊烟在屋顶缭绕升腾。好一幅农家安乐图！

可是，读书十四年，成绩一直很好的我，颇有点落魄，虽是农人的后代，但看到农家的气象并没有让我有足够的欣喜。

1984 年 8 月，我调出了沾桥中学。至今算来，在沾桥五年，别离已有二十六年。其间，时时记起，想去看看曾经的学生，曾经的老师和领导。虑于自我心虚的原因，却迟迟不能成行。

三年前，有两位老师，曾经是我的学生，邀我参加一九八三届同学会。这让我隐隐作喜，于是就欣然应诺。

那是一个天气忽冷忽热的时节，也是一个上午，有学生驱车来接我。可惜，是谁还这么深情，我却业已忘记。道歉已经多余，那么，就说声以后决不忘记吧。

下得车来，那一溜山坡上的矮房，还畏缩在晨的阳光里，显出时代的隔阂感。但我的灵魂深处，却似一个淘气的孩子，喜爱与哀怜并存。看到那一排矮房，仿佛见到我的青春，也见到我的幼稚，更想起我曾经的癫狂和诸多的不该。那一排矮房里，曾经的梦想，曾经的痴狂，曾经的迷茫，都写在那个上午的阳光里。二十多年啦，该来看看你啦。

所幸的是，山脚的东面，傲然竖起一幢楼房，是现在的崇贤中学分校吧。有草坪，有院子，有食堂，凡中学应该有的，这里全有。这次同学会，看到了曾经稚嫩的学生，曾经破旧的学校，曾经热血的同事，现在已经成为正在创业的青年，焕然一新的学校，垂垂老去的同事。但更让我欣慰的是，两年前的崇贤中学分校，现在成了崇贤第二小学。

沾桥中学已经成为历史。这短暂的历史里，仿佛有我的一笔。这一笔，当然不是浓墨重彩，但也是"蚯蚓过水"，稍有印痕吧。

崇尚贤者 | 屠再华

"崇贤",作为一方宝地,一定有它的来历。

崇者高也,重也,高贵也。《易经》云:"崇高莫大于富贵。"有诗曰:"福禄来崇。"此中的富贵,此中的福禄,所指的不仅是物质,还有精神财富。贤者多才也,有善行也。《尚书》云:"任官惟贤材。"交友和用人岂不也应该如此?不说"竹林七贤"等高交文士,贤早已延伸到对人之敬称。如贤弟、贤叔、贤姐、贤妻等。

是不是可以把崇贤这一方宝地诠释为崇尚贤者之地呢?我的回答是肯定的。诚然,能崇尚贤者哉必是贤人。我们不用去追溯历史,自改革开放以来,已有数以百计的报告文学作品,真实和生动地演绎了崇贤人四方纳贤艰苦创业的故事。我作为一个土生土长的余杭人,深知自己的邻乡崇贤,过去同各地一样也是一穷二白,农民手里只有铁耙,而妇女面前只有祖宗三代传下来的土布织机,更谈不上有大学生和什么技术人员。他们全仗邓小平理论解放思想,并发扬了崇贤人崇尚贤者的中华美德,过去没有的得到了,希望拥有的也将一步步实现。足见外因是条件,内因是关键,这就有了发展不平衡的存在。在这过分强调物质的社会，抑或说"物化"的时尚，人们每每会忽略了精神和道德的建设。而崇贤人与许多先进乡镇一样，不嫉妒别人，虔诚地学习先进；不计较条件，坚持科学发展，崇尚贤者，四方纳贤。如果把时间拉回到二十年以前，你怎么想象的到，崇贤会率先制造出红极一时的 K84 织机，你怎么想象的到在土围子里能办起有相当规模的钢铁厂，你又怎么想象的到有多位农民企业家开办十几层至几十层楼高的大酒店？要是在过去，即便在这样豪华酒家的台阶上坐一下，也是会被人赶走的。唉，我不苟同"财大气粗"的说法，但改革开放的发展，乡亲们的艰苦创业，确实为包括我在内的乡下人，赢得了尊严，并将拥有更多的尊严。我们一部分人先富起来了，却存在"二代富""三代富"的问题；你富起来了，就得牵手自己的赤脚弟兄走共同富裕的道路。当然不能搞"一平二调"，得承认有企业家也有职工，有工程师也有普通工人。实现了小康也不等于大家的收入"一刀切"，而是大富小富，而是更加合理，更加平等、公正，而是有更多善举，更好地实现社会主义。

"崇尚贤者哉"的崇贤人，必将在坚持科学发展观，坚持学习社会主义思想，弘扬中华传统美德，沿着奔小康的道路继续前进。崇贤人请上海、杭州老师傅回来，生活上无微不至的关怀，甚至管到一些老师傅父母后事的感人故事一直传为美谈。崇贤人在创业初期，就是在虔诚向老师傅学习中前进的。有了老师傅就有了自己的技术骨干，有了工厂和企业。有了经济实力，也就有了自己的大学生。而今,已有全国各地的老师傅和新一代工程师慕名来到崇贤,而崇贤人自己的人才也在茁壮成长。第二个春天即将来临时,我尚说不清楚什么叫真理,什么叫发展生产力,由单位分配去崇贤待了三百六十五天,即人之极限"长命百岁"中的一个"百分点"。我去得莫明其妙,当时的崇贤人也不知所措。鸡只能养两三只,养群鸭要割资本主义尾巴。我所挂钩的沽桥六队被确认为"落后队",原因是他们的生活过得比别人要好。还有一个养群鸭的社员,凡开大会必要点他的名。于是乎我一到这个队,生产队长便要跪在我面前,央求不要让他当队长了。当时,我自己也很茫然,弄不清乡亲们,也不弄清自己到底犯了什么错。但"崇贤"的崇贤人,精神上还是乐观向上的,也终于盼来了返璞归真的第二个春天。

贤者多才也,有善行也。我在沽桥的那段时间里,他们以自己舍不得吃的细芽茶来款待我,还明里暗里地关怀我,而公社机关食堂里的大伯呢,知道我喜欢吃白切肉,只要有总要留下一盘给我。党委书记也多次要为我让铺,但我婉拒了,始终陪同姚志民君睡在"红太阳"下边的破旧披屋里。在"文化大革命"中我俩的想法有差异,但在对文艺创作的喜爱上,我们是同路人。因了崇贤人的贤和崇贤人对光明的执着,我的那一年没有白过,更没有陷入孤独,并以所见所闻构思出了《大红袍荸荠》,在改革开放初期于《散文》月刊上发表,这篇抒情散文立即得到上海台散文节目的采用,由最优秀的播音员王洪生配民乐朗诵,随后全国有多家电台复播,而后成为浙江台的保留节目,也获得了杭州首届文学奖。但此文的成功不是我个人的功劳,它源于崇贤人实行联产承包责任制后的喜悦心情,以及崇贤老一辈为保护传统名产大红袍荸荠的牺牲精神对我的撼动。曾几何时,有些人谈"包"色变。在那非常时期,这荸荠的长相更像"资本主义尾巴"。今天砍明日揪,差一点灭绝了这大红袍荸荠种子。那一年入冬后的一天,正是荸荠的收获时节,我再次乘坐小船,咕咚咕咚划到荸荠田里。但见田里已没有夏末那种雍容清秀的玉姿了。它像一位老妪,甩着满头白发。我的心,蓦地颤动了一下!哦哦,这荸荠娘,岂不也有灵心,有一颗慈母的心?当她结下鲜红的果实以后,自身便没有什么保留的了!

难忘的那个夜晚 | 江家骐

1963 年夏,我从师范学校毕业,幸运地被分配到崇贤小学工作。报到这一天早晨,从老家出发赶到崇贤小学,足足花了一个白天的工夫。傍晚时分,我刚迈入校门,刚吃完晚饭的女教师就站起来高喊:"陈校长,新老师来了。"一个四十岁左右的中年男子从里屋走来,和蔼的脸庞上荡漾着和善的笑容,他就是陈校长。知道我还没有吃饭,他吩咐杨老师立即淘米烧饭,接着就谈起我的工作,让我教六年级的语文兼担任班主任。然后带我进了一间宿舍,对我说:"你先安顿好,吃好饭后我带你下村去家访。"

吃完饭,天色还很亮,我随他先往黄家门去探访班里两个学生。这两个学生是堂姐弟,比邻而居。"老师来了!"孩子们边跑边喊,家长也迎了出来。陈校长告诉他们,学校开始实行全日制,下午也要上课了。孩子们听了并不反感,只说羊草是割不成了。后来我才知道,其中这个女孩是班里唯一的农家女。

到了骨沙墩沈松泉家,房子里昏黄的灯下,他妈妈正在纺纱,在嗡嗡的纺车声中,我说明了来意。她告诉我,家里有四个孩子,吃口重,儿子松泉说说只有十三岁,做生活倒像个大人,来日也能挣几个工分了。听这么一说,我都不知道该怎么说了。还是陈校长,他一会儿夸松泉读书成绩好,一会儿称赞他爸爸是个好队长,是党员,应当带头让孩子读书。我打量着在纺车边站着的松泉,虎背熊腰,确实是个大块头,干活读书都不会差的。这时,他妈妈的回话便好听多了,当知道下午只上两节课,三点就放学后,对松泉说:"你读么去读,放学了抓紧时间回来再割点羊草。"

最后去的黄家,孩子也叫松泉。他妈妈见我们去了,就放下手上的织布活,起身招呼我们进屋坐,还嘱咐松泉说:"烧壶水泡壶茶吧。"陈校长告诉她我们还要跑别家的,不坐了。知道孩子要读全日,她很高兴:"读全日好啊,只有这个儿子,总不肯让他同我一样做睁眼瞎子。不识字苦啊。"那天我戴的是黑边近视眼镜,加上少白头和一脸的疲惫,她忽然问我:"老师,你有老娘了吗?"我误以为问我的是老妈,就爽快地说:"有啊。""那你有几个小孩儿呢?"我忽然害臊了,慌忙说:"没有没有,我才十九岁。"她笑得前俯后仰,陈校长也笑了。接着只听到她的感叹:"哇!只有十九岁,我当你三十五岁了。"然后她对她儿子说:"松泉,老师只比你大五岁,你要用心读书啊。"松泉憨笑着点了点头。

这一天回到学校,我还十分兴奋,因为我终于迈出了从教生涯的第一步……

牵鱼丫雀漾 | 丰国需

丫雀漾,位于京杭大运河崇贤段俞泾渡。

我十七岁初中毕业后分配到余杭县水产养殖场工作,在运河中养鱼。运河余杭段,我们所管辖的水面是从杭州的拱宸桥到五杭的二条坝,二条坝以东就属博陆水产大队管辖了。为了方便管理,我们把运河的水面划成上运河和下运河,上运河是拱宸桥到塘栖段(后改为俞泾渡到塘栖段),下运河是塘栖到二条坝段,分别由上运河、下运河两个生产队管理。我当时分在上运河队,丫雀漾就成了我常来常往的地方。

在上运河队养鱼的岁月中,我拜老渔民为师,扁舟一叶,过起了渔民生活。运河中养鱼,平时主要是管理,并根据季节小打小闹地捕些鱼虾。到了冬天使用大网牵鱼,这才进入了我们的收获时节,一网下去,所捕之鱼少则几百担,多则千余担,场面十分壮观。而这十分壮观的场面,大多在丫雀漾上演。这是因为,大网牵鱼要有固定的网基地,这基地一般都是那些河面中天然形成的湖泊(方言俗称为"漾")。运河崇贤段的水面中只有一个大漾,那就是俞泾渡的"丫雀漾"。丫雀漾水面宽阔,水势较深,是个聚鱼的天然场所。每逢牵网前半个月,先要赶鱼,出动大批丝网船,一道道下网,日复一日,将小港支流角角落落里的鱼全都赶往丫雀漾。

牵鱼所用的渔网过去均系麻线织成,每年都要用猪血浸过,若干长度为一块,使用时用线连接。在丫雀漾牵鱼时使用的渔网均重达几吨。牵鱼时,牵鱼的网要用两只网船分装,网船上支有四支橹,摇到预定的捕鱼地点,与"娘船"(指挥本次捕鱼的船只)会合,将底网与娘船连接,再在漾的中间撒下底网,然后两只网船分道扬镳,分别向两边撒网,撒网时两船速度要齐头并进,不准一只快一只慢,如有快慢,受了惊吓的鱼群则会从下网慢的一方逃窜。这快慢就全靠站在各自网船船头上撑篙的"头篙师傅"来掌握了。船摇得快了,他一篙将船撑开,船慢了,则一篙将船撑拢,尽力保持两条船的均速。当年在丫雀漾牵鱼能站在船头打头篙的头篙师傅,基本上都是队里技术最好的师傅。

等到渔网撒好后,两边分别用人工来拖网,大家齐心协力,将大网慢慢拖拢,拖网的速度也必须齐头并进。在网底处有一指挥船,俗称"娘船",由"娘船"上的指挥者来负责调度两边的拉网进程。在渔网的两边,还分别有数只或数十只小船,俗称"调网船",负责处理一些突然变故。比如在拉网的过程中,渔网在河底突然绊住了桩头或石头,那么此时调网船上那些早已严阵以待的落水工便要赤膊落水去处理。牵鱼的整个过程一般需花两到三个小时,才能将鱼群尽力牵入网底。

　　网牵拢后,迅速插上一条大船,与"娘船"相对应,翻出底网中的袋底,整个底网像一只大口袋,装了满满一网袋鲜鱼,接下来便是过称卖鱼,用活水船将鱼运往城市了……

　　那年冬天,又要去丫雀漾牵鱼了,事先估计,这网鱼将有一千六百担到一千八百担,食品公司来了两个活水船队,早早地等在一边。我们按老套路,网船撒网,两头拖网。这网鱼不知何故,拖得特别顺利,平时要拖两个多小时,可这一网只拖了个把钟头就拖上来了。可拖上来一看,这么一大网,只拖了百把斤鱼,当时队里有个青年工人正好要结婚,等这网鱼拖起来买些回去办喜酒,用他的话说,这些鱼给他办办酒都不够。这一下大家傻眼了。辛辛苦苦赶了快一个月,这鱼都赶到哪里去了?不可能没有鱼呀?前来督阵的场长弹眼落睛地问捕捞队队长,"奈格会事体(怎么回事)?"队长告诉他:"看起来是撒网时出事体了,有一只网船速度慢了,当时估计会逃出点鱼,没想到事情这么严重,这群鱼全都逃光了。"说完他对场长说:"我去看看再说。"他叫了个老师傅跳进一只小划船,两人在漾里划了一圈,回来说这群鱼还在漾里,要求撒第二网。

　　此时已是中午时分,吃过饭又撒第二网。这第二网拖到一半就有感觉了,成群的鲢鱼开始跳跃,组成了一幅"人欢鱼跃"图,可惜当年没有相机,那场面若是照下来绝对精彩。等网拖上来时,已经下午3点了,满满一网鱼,稍有经验就能看出这网鱼肯定超过一千担。可此时麻烦的事情又来了,大批的活水船都回去了,只剩下零零星星几条,显然是不够的。当时通讯不发达,场长连忙派人跑到沾桥公社去打电话叫活水船,这里则开始过秤卖鱼。

　　说到过秤卖鱼,有个细节蛮值得说说。过去我们渔场里捕捞来的鱼全都是卖给食品公司,他们把鱼买去后放到池里暂养,然后等春节的时候供应杭州市场。我们捕起来的鱼有主要有两种,一种是白鲢,一种是花鲢,其他品种的鱼是有,但并不多。白鲢就是土话叫的鲢鱼,花鲢则是土话中的包头鱼。包头鱼的收购价格是两角九分一斤,而鲢鱼是两角六分一斤,相差三分钱。放到现在,这点差价不太有人在乎,可当时,这几分钱的差价很重要。虽然卖方是国家的,买方也是国家的,但双方是不同的核算单位,故双方在这一方面都显得很认真。鱼拖上来,鲢鱼多少包头鱼多少很难分得清爽,于时,就估算一下鲢鱼与包头鱼的比例,从而根据这个比例来确定收购价。于是乎,站在我们养鱼场这一方的,拼命说包头鱼多,好多卖几个钱。而站在食品公司立场上,又巴不得说鲢鱼多,好少花一些钱。最后,往往谁也说服不了谁,只能是打样。所谓打样,就是用只大海斗捞一斗鱼,称过分量后看看鲢鱼包头各占百分之多少,再根据这个依据确定花鲢和白鲢的比例。这个打样很有讲究,我们渔场的人一海斗下去,肯定是往包头鱼多的地方去,而食品公司的人海斗只朝鲢鱼多的地方下。两方人斗智斗勇,最后根据双方的打样来取个平均值,作为本网鱼的花鲢和白鲢比例。平时,这个打样的过程拖得很长,双方往往争个不休,没有半个小时确定不了比例。可这次的打样,也许是最快的一次,几乎也没说什么话,我们的人一海斗,食品公司的人一海斗,两海斗就解决了问题。你知道这一网拖了多少鱼？整整一千八百担！等到这一网鱼全都称完，天已经黑了，船头上都开始结冰了，又冷又饿的我们，在船上行走时，都是"爬着"行走了呀……

　　我们在俞泾渡有个分场，称完鱼后就去分场吃夜饭，场长亲自去三家村，敲开了供销社的门，自己掏钱买来一坛老酒，让大家饮酒驱寒。于是乎，大家围在火堆旁，大碗喝酒，大块吃鱼，庆贺一网牵了一千八百担鱼！

有关崇贤的美好记忆 | 李晨初

　　虽然没有在崇贤长时间生活、工作过,但关于崇贤也有很多记忆,虽然是零星的,却都是美好的。

　　最早和崇贤有关的记忆应该是在五十多年前了,当时我还是个小学生。那时獐山到杭州、塘栖唯一的公共交通工具就是船,从卖鱼桥到獐山每天有两班客轮,三家村有个停靠站。有一天,我们獐山轧石厂子弟小学六年级的同学,乘厂里自备的小客轮从杭州春游回来,途经三家村时已是夜晚了,我们便在三家村上了岸。春寒料峭中,码头上忙碌地揽船接船的是一个腿脚残疾的老人。似乎是老师特意安排的一个小活动,老人还给我们讲了他的经历,已记不清具体细节,记忆里总觉得很感人的。后来,我遵照班主任,也是我们的语文老师冯老师的安排,写了一篇有关春游的作文,特别写到了那位可敬的老人。据说崇贤的地名有"崇尚贤德"之意,我的第一个有关崇贤的记忆,写的第一个崇贤人(或在崇贤工作的人),就是这位勤勤恳恳工作在平凡岗位上的平凡老人,偶然中有必然,这应该就是"崇尚贤德"乡风的体现吧。

20 世纪 80 年代初,我到临平工作,和崇贤的接触多了起来。我在教师进修学校从事高师函授教学工作时,学员中也有不少是沾桥中学、崇贤中学的老师。那时的学风很好,许多学员比我年长,功底也较扎实,也许可以说我只是比他们早拿到了大学文凭而已。但他们学习都很认真,很虚心,有的当时就已经是骨干,有的后来当了校长,比如赵宝康、孙木田老师。因为教学工作的关系,我也常常去崇贤的学校跑跑,听听课,90 年代我还到崇贤成校兼过大专班的课。就在这样的交往中,我不仅增进了和崇贤老师的友谊,向他们学到了许多东西,还意外而欣喜地碰见了陆庠生老师。陆老师是上欠埠人,因为错案回乡当农民,是落实政策到崇贤的。当年我当农民时,跟他去学过油漆匠,他是一个很和善的老人,传授手艺不留一手,工钱也给得高。我曾写过一篇散文《学艺·"六样生"师傅》,陆老师就是文中"六样生"师傅的原型,为了增加一点黑色幽默,我的文中有一点虚构的成分。听说陆老师已在几年前过身了,我重读自己的那篇散文,遥念已在另一个世界的陆先生,恍若梦中。

最有幸的是,到临平工作后不久,我就结识了崇贤妇孺皆知的陆云松先生。陆先生年长我几岁,在我未认识他之前就已名闻浙江文坛,曾任杭州市余杭区文联副主席,听说退休后还任崇贤事业退休干部党支部书记。改革开放之初,作为"黑五类"家庭成分的我,心里还有阴影,遇见"农民作家"这样头衔的人,总还有一点敬而远之的味道,用我母亲的话说,出身不同的人"鸡皮鹅皮贴不拢"。但随着交往的渐多和加深,我渐为他的人格魅力和多姿文采所吸引。我几次到崇贤参加过他主持的笔会,品尝闻名余杭的崇贤红烧蹄髈,也几次到过他的家,在他家吃过饭。我越来越觉得他平易朴实,与我很谈得拢。我在文中称他先生,但实际上我对他是直呼其名的。特别令我佩服的是,他没一点官腔,说实在的,他一家已过上较富裕的生活了,但难能可贵的是,言谈中,他在满意自己生活的同时,不是一味歌功颂德,而是更多地关注那些困难群体、弱势群体,对社会的一些不良现象表现出了深深的忧虑。表现在写作上,他的作品贴近百姓生活,几年前他出版了小说散文作品集《运河边的故事》,诚如老作家屠再华先生评论的:"作品中的乡情扑面而来,这源于作者对故土的强烈认同,朝夕相处、休戚与共,生活的体验全在一片拳拳之心……"我尤其喜欢他写的乡土风情、风物的散文,这些文章经得起欣赏,经得起品味,回味悠长。不是长期生活在乡村,没有真切的体验,靠走马观花式的采风,就是所谓大家也是写不出来的,诸如《三月三,梅子尝咸淡》这样的美文,不看内容,光看题目,就已令人三分醺然了。退休已六七年的陆先生至今还笔耕不辍,还在为学究的文化事业奔走操劳,参与民间艺术资源与非物质文化遗产普查工作,经营《崇尚贤德简报》,目前又在办新的刊物。在陆先生身上,我又强烈地感受到了崇贤"崇尚贤德"的美好乡风,温良恭俭让,可为我师!

在余杭,崇贤是乡镇企业、民营企业兴起得最早,也办得最好的乡镇(现为街道)之一。十几年前,我曾在余杭政协领导的带领下，采访过杭州崇贤纺织机械厂的创办人俞庆发先生，后来文章刊登在杭州市政协的刊物上。不多的接触，短时间的采访，但俞厂长朴实低调的为人就给我留下了深刻的印象。听说俞厂长也已在去年过世，令人痛惜，我想崇贤人是不会忘记他的功德的。崇贤民营企业的另一重磅人物是杭州崇钢集团有限公司张志高董事长，我曾陪记者采访过他，后来也通过材料写过报道他事迹的报告文学，见过他仅几次，同样也是留给人淳朴、和善的印象。去年，我因编辑《崇贤老板》一书，认真通读了全书，包括俞董、张董在内的二十位入传的崇贤老板，无论是本地的还是外来的，无不给人留下艰苦创业、造福乡梓、乐善好施的印象。"橘生淮南则为橘"，为富亦仁，是崇贤"崇尚贤德"的"水土"使然吧。

崇贤人美，风物也美。大运河水滋灌的崇贤，土地肥沃，物产丰饶，是瓜果之乡。云松先生曾几次带给我他家自己种植的奶油葡萄，特别的鲜甜芳香。著名的超山杨梅，其实很多是产在崇贤。有一次杨梅成熟时节，曾和我在潘板中学共事过的姚奎林老师邀我到他家做客。姚老师是崇贤本乡本土的人，家里还分到了几棵杨梅树，就在家附近的小山上。那天下着蒙蒙细雨，好客的姚老师坚持要带我一起上山采杨梅。姚老师爬上树去，一颗颗挑选着最大最红（实际上红得近乎黑了，故有炭梅之称）的杨梅，小心翼翼地采摘着。我则在低矮的枝上边摘边吃，大享口福——杨梅和枇杷是我最喜爱的水果，但这样甘美新鲜的杨梅我还是头一次尝到。在姚老师家吃了中饭，姚老师要我把满满一篮杨梅带回家，让全家人尝个鲜。

还有崇贤的大红袍荸荠,远近闻名。我十二岁时随父母从杭州城里到了余杭獐山,让我成功和本地孩子"打成一片"的活动就是踏荸荠。大冷天,高高地卷起裤管袖管,下到冰冷刺骨的水田里,跟在掘荸荠的大人身后,用脚踩的方法"捡漏",往往半天下来,虽一身的烂泥,但看着一篮子荸荠的收获,心里也是很快活——顺便岔开一句,供家长教育孩子时一思:一个过惯了舒适生活,刚从城里来到乡下的孩子,很快就能不怕苦不怕累不怕脏,下田踏荸荠,这说明孩子的适应能力很强,关键是你给他提供怎样的机会和环境——所以我对荸荠并不陌生,但是读了屠再华先生对大红袍荸荠充满感情的诗意描写,仍是禁不住神往,后来看到荸荠,总不免要端详一下,这是大红袍荸荠吗?

当然,崇贤最著名的特产可能要数三家村的藕粉了。1992年的盛夏和初秋,我曾两次慕名赶往三家村,不仅观赏了"接天莲叶无穷碧"的美景,还看到了农民掘"夏白藕"的辛劳情景。我在散文《藕花香里》《夏白藕》中曾这样描写道:"蓦然映入眼帘的是一碧无垠的接天莲叶。那莲塘一个接着一个,田田的参差莲叶在微风中摇曳,像翻动着的不规则的波浪,这浪头一直轻轻地拍到天边,那树、那村舍也都像是泊在这绿波之上了,这简直是一个莲的海洋……""洗去污泥的藕,果如沈伯母所说,水灵灵的可爱,特别是梢头一节,连着那嫩芽尖儿,真是冰雕玉琢一般,润润的,莹莹的……"这样美好的印象久久烙在心中,因而早在多年前,我就忍不住向有关部门建议，在开发塘栖旅游中可以列入三家村赏莲的内容。

　　我父亲晚年曾居临平，他在《临平新貌三咏》中也写到了三家村："一去诗僧句尚留，藕花数满汀洲。三家村娶藕花去，赢得娘家万座楼。"那已是在改革开放十多年之后，在我父亲看来，"藕花"嫁到三家村，却换来了"娘家"临平建设的欣欣向荣。话说得夸张了一点，但也许这正是诗的特点，我们不必较真，何况，作为余杭第一个亿元乡，崇贤为临平、为余杭现代化建设确实做出的巨大贡献，那是毋庸置疑的。

　　大约是因为开头和结尾都提到三家村，关于崇贤的点滴记忆，似乎都弥漫了一种淡淡的莲香，我沉浸其中，甜美而芬芳……